喬忠延　編著

中國寓言

中華教育

目錄

愚公移山

很久很久以前，北方有兩座大山。一座叫做太行山，一座叫做王屋山。太行山很高很高，有人說高過了萬丈；王屋山也很高很高，高過了萬丈。兩座大山肩並肩緊挨在冀州的南面，河陽的北面，一下綿延出去七百餘里，好巍峨呀！

站在遠處望去，日頭從山頂落下去，白雲從峯尖飄過來。

白雲生處有人家，愚公和他的子孫們就生活在這裏。這一年，愚公已是九十歲高齡了。他頭髮白了，鬍子白了，連眉毛也白了。他是個開朗和善的老頭，鬍鬚中長滿了故事，繞膝的小孫子、小孫女最愛依在身邊聽他講前朝往事。只要爺爺眉毛一抖，就會讓他們的笑聲響徹山嶺峯巒。

這一天，爺爺的眉毛不抖了，皺在一起，擰成個疙瘩。孫子們問他有甚麼心思，爺爺指指門前高聳的兩座大山對他們說：

「山這麼高，路這麼險，來來去去一點也不方便。爺爺攀上爬下，苦累了一輩子，難道讓你們也過這種日子嗎？」

孫子們的眉毛也擰在一起了，都在動腦筋，想辦法，思來想去，忽然有一個開了口：

「那就把山搬走吧！」

愚公笑了，擰起的眉毛舒展開了，笑着說：「好孩子，爺爺正是這個心思！」

當天晚上，一家人坐在窰洞前聽愚公說明了移山的打算。大家在山裏攀高爬低，苦累極了，聽到移山沒有不同意的，紛紛摩拳擦掌準備大幹一場。惟有一位老婆婆有點猶豫，她是愚公的老伴，已經髮謝齒脫，說話也走風漏氣了。她說：

「老頭子，你這麼大的歲數了，能有多大力氣？我看挖掉門前那個饅頭大的小山頭也不容易，怎麼搬得走太行山和王屋山呢？再說，挖下來那麼多石塊泥土，往哪裏放呢？」

愚公笑着還沒回答，大家七嘴八舌開了口。

這個說：「人多力量大，我們大夥一起幹。」

那個說：「渤海大着呢，把石頭泥土填到那裏去！」

孫子們也嚷着：「幹吧，幹吧，我們也添一份力氣！」

老婆婆見兒孫們勁頭這麼足，放心了，不再說甚麼，事情就這樣定了。

第二天清晨，太陽還沒有出來，愚公一家就幹了個熱火朝天。簸箕嚓嚓，挖的挖，剷的剷，擔的擔，孩子們挖不動，剷不起，就用手搬起石頭往簸箕裏裝。一邊幹，一邊說說笑笑，工地上好不紅火熱鬧！

工地上的紅火熱鬧驚動了鄰人，聽說挖山修路，都說是造福子孫後代的大好事，一個個趕來了，幹開了。有位複姓京城的人年前去世了，老婆一個人帶着孩子過日子，聽說了，也過來幹活。她後頭那個剛剛長出嫩牙的小寶寶，也一搖一晃撿石塊。大家被他逗樂了，勁頭更大，工地上更紅火熱鬧了！

工地上的紅火熱鬧驚動了遠處的人，黃河岸邊有個老頭名叫智叟，聽說有人帶着家人移山，把頭搖得撥浪鼓一般，不信。這一天，他起個大早上路了，要去實地看個究竟。到了地方一看，還真是這樣，他大吃一驚，瞪大眼睛在忙碌的人羣中找到了愚公，鄙夷地說：

「嘻嘻，你怎麼能幹這樣的傻事呢？像你我這一把年紀的人，拔一根山上的茅草都很吃力，怎麼能搬走山呢？快罷手吧！」

愚公聽了智叟的話，長長歎口氣，指着工地上搬石頭的孤兒寡母說：「你這個人真不明事理，還不如這寡婦和幼子。要知道，我雖然

幹不了重活，可我有兒子呀！兒子死了，又有孫子，子子孫孫沒有窮盡，而山是不會再長高了，為甚麼挖不掉呢！」

聽聽愚公鏗鏘有力的話語，看看大家埋頭苦幹的樣子，智叟不敢再說甚麼，低下頭，悄悄溜走了。

愚公說這番話的時候，不光是智叟聽見了，還有個聽到的山神。山神是主管這太行山和王屋山的神仙，他來無蹤，去無影，在青松下枕石睡覺，在溪流邊飲水食果。睡醒了，聽枝頭鶯叫；吃飽了，看碧空燕舞。不料，愚公帶着人們竟挖開了山。原以為，幹不了幾天，累了，苦了，他們就停手不幹了，也損壞不了大山的幾根汗毛。聽了愚公的一番話，他吃驚不小，看來這些人還真要幹到底，那不把他的家園給毀了？

這麼一想，山神不敢悠閒了，騰空而起，駕着雲絮，乘着長風，跑回天宮，慌忙報告給天帝，請他老人家治罪。天帝從宮中探頭往下一看，可不，愚公和子孫鄰人挖得熱汗直流，卻毫不鬆勁。他不但沒有責怪愚公，反而大受感動，非常敬佩人們的雄心和毅力。他對天宮的神仙說：

「你們要是有人們的這股勁，天下地上的事情都好辦了！」

各路神仙不敢吱聲，都有點臉紅。天帝接下說：「夸蛾氏，你那兩個兒子力大無比，就讓他們辛苦一趟，把太行、王屋兩座山挪個地方吧！」

天帝下了命令，哪個敢不聽！兩個大力神翻着跟頭來到人間，正要背山，都停住了。山上的人們正幹得歡，這麼去背，不把他們也背走了嗎？他們商定待晚上人們睡了再動手。

愚公帶領眾人勞累了數日，山已削去了一塊。看着山一點點矮了下去，人們無不欣喜。這日夜晚，大家早早休息了，因為明天還要繼續大幹。公雞的叫聲喚醒了人們，大家紛紛下炕，出門，抄起農具向工地奔去。抬頭一看都傻了眼，哪裏還有山呢？家門前成了平坦坦的

原野，一望無際看不到邊。此時，一輪紅豔豔的太陽正從遙遠的天邊冒了出來，好寬廣呀！

眾人興奮地呼喊起來，高喊着朝太陽跑去。

66 **編者的話** 99

愚公移山是《列子・湯問》中的一個片斷。在遙遠的古代，人類對自然的認識非常有限，生存艱難，不要說山路的險峻阻塞，就是風雨雷電也常常危及人們的生命。這個寓言正好表達了人類改造自然，征服自然的堅強決心，因此流傳十分廣泛。人類社會發展至今，早已今非昔比了，人類需要的不再是征服自然，而是與自然和諧相處，持續發展。但是，寓言傳導給我們的雄心壯志，堅韌毅力，仍然需要繼承和發揚。

造父學駕車

西周的時候，有個聞名天下的駕車高手，名叫造父。

據說，造父曾給周穆王駕過車。造父駕的車又快又穩，在陡峭的山路上行走，和在平原大道上一樣疾行如飛。周穆王喜歡出遊，造父駕着車東臨大海，西上崑崙，人跡罕至的地方都能去得了。

造父這麼高超的駕車本領從哪裏來的呢？是從師傅學來的。

造父的師傅名叫泰豆。泰豆駕車的名氣可大了，人人都說他能日行千里，夜走八百，簡直趕得上颶風了。造父慕名而來，拜見泰豆學習駕車。此時泰豆年歲很大了，卻耳不聾，眼不花，連頭髮都像木炭染過一般黑。造父見了泰豆，雙膝下跪，行拜師大禮，說明自己學習駕車的來意。師傅點點頭收下了他。

收下了造父，師傅卻不教他駕車技術。造父擔心師傅年邁耳笨，沒聽清自己的意思，又對他說明學駕車的心思，師傅聽了還是點點頭。

師傅仍然沒有教他學駕車，只讓他伴隨在自己身邊，形影不離，幹些零七碎八的雜活。

造父是個忠厚人，他將師傅侍候得十分周到，吃飯時，他端菜；睡覺時，他鋪被。就連洗浴也要為老人家準備好溫水。

造父是個有心人，他將師傅的一招一式看在眼裏，記在心中。師傅行走的步法，揮臂的舉止，趕車的架勢，他都默記下來了。

一年過去了，師傅仍不教造父學車，造父仍一心一意侍奉師傅，每時每刻留心師傅的舉止。

師傅終於開口了，說教給造父駕車。造父可高興啦，他夢寐以求的就是趕着車飛奔呀！出人意料的是，師傅沒讓他趕車，卻讓他往地上一根一根栽木樁。看着造父大惑不解，師傅說：

「好弓匠的兒子，應先練習編織竹器；好鐵匠的兒子，應先縫製皮衣。我們先從步法練起。」

造父高高興興答應了。

木椿栽好了，栽得密密麻麻，只留下個插腳的縫隙。師傅告訴造父，這是仿照馬道栽插的，你在當中穿梭行走，要走得疾步如飛，不能有一點閃失。

造父走進木椿馬道，剛走了幾步，腳就絆住了，碰疼了。他靠邊休息，回味師傅平日的步法，再走進去，順當些了。繼續練習，好像師傅就在前頭引領自己，走起來自如多了。過了三天，造父在木椿馬道上行走起來，如履平地，鳥一樣靈活，風一般輕快。師傅見了也為他叫好，然後，將馬鞭交給他，讓他駕車。

造父真沒想到自己駕車會這麼得心應手，長鞭一甩，馬蹄踏踏，六匹駿馬同一個節奏，和諧地向前奔馳。轉過幾圈，他停下車，驚喜地問師傅：「為甚麼一上手就這麼輕鬆自在？」

師傅對他說：「駕車就應該這麼學習。駕車和走路一樣，要手腦並用。你走路雖然用腳，腳的擺動卻由腦子來指揮。腳靈活，是因為腦子靈活。將這工夫用在駕車上就能指揮得當。指揮得當了，六匹馬就會步調一致，悠閒自得，這樣馬車就會平穩前行。到了這種程度，快走慢行都是隨心所欲的事情。」

❝ 編者的話 ❞

造父學駕車這則寓言故事出自《列子‧湯問》篇。造父學車多數時間沒有駕車，一旦上車卻能駕輕就熟，這說明學習一切東西都有個共同規律，那就是首先要練好紮實的基本功。

放生

春秋時期，晉國有位大夫趙簡子。他在邯鄲這個地方管理子民百姓，就想讓大家都知道他是位仁愛的好大夫。

怎麼才能讓大家知道他仁愛善良呢？趙簡子挖空心思想主意，思來想去，就是沒有一個好辦法。

這一天，他外出巡視，在路上碰見個小孩掏了一窩斑鳩。小斑鳩黃嘴嫩口，羽毛未全，毛茸茸的，在小孩手中驚恐地叫喚，小小的眼睛瞪得不能再大了。小斑鳩的尖叫，驚動了老斑鳩。一對斑鳩在樹梢叫着，叫着，飛了過來，盤旋在小孩的頭頂。那肯定是這些小斑鳩的父母。老斑鳩驚叫着，眼中露出可憐乞求的神色，就差流眼淚了。

淚流出來了，是趙簡子的淚水。他看得動了情，就勸那個小孩將小斑鳩送回樹梢的窩裏。小孩很聽話，馬上照辦了。小斑鳩回到窩裏，老斑鳩立即飛進去撫慰牠們。再聽牠們的叫聲，是合家歡樂的歌唱了。

趙簡子忽然心頭一亮，若是讓天下子民都愛護禽鳥，那不也是很好的仁愛嗎？就在這時，他打定了放生的主意。

放生也該選個好時候吧！他選定了正月初一。選定正月初一放生，有着很好的寓意。這一天，是人間的大年，家家戶戶歡聚一堂，享受天倫之樂，若是此時把逮住的飛禽放回去，不也是讓牠們享受天倫之樂嗎？好，好主意。

主意一定，立即實行。為了把這件善良的事情做成，趙簡子不惜破費，發出命令：凡是大年這天放生的人，都可以得到賞賜。當然，這賞賜可比那小小的鳥雀值錢多了。

命令一下，到處行動。這年的正月初一不同尋常，趙簡子府前門庭若市。

一個人帶着鳥雀來了，領了賞賜，放了生靈，鳥雀飛上天空，一聲驚悸飛遠了。

一羣人帶着鳥雀來了，領了賞賜，放了生靈，鳥雀飛上天空，一聲驚叫飛遠了。

領賞賜的人絡繹不絕，趙簡子可高興啦！他陶醉在放生的喜悅中，覺得自己仁愛的良知總算大大施展了一下，興奮得神采飛揚。

正當趙簡子得意的時候，來了一位老者，見了他疑惑地問：

「你為甚麼要放生呀？」

趙簡子說：「這還用問嗎？不就是讓大家知道我的仁愛，學會仁愛嘛！」

客人點點頭，說：「那麼，我們一起出去走走好不好？」

趙簡子同意了，隨同老者出了府，出了城。郊野裏一片忙碌，到處都是捕鳥雀的人羣。有的人爬上樹去掏，有的人張開網去捕，有的人拿着弓箭去射……都忙得不可開交。放箭的人只射鳥的羽毛，不能射肢體，可哪能那麼準確呢！他們走過時，一位後生正射出一箭，嗖的一聲響過，一聲慘叫，一隻斑鳩跌落下來，摔死了。後生走過去，看一眼，踢一腳，惱火地說：

「誤了我的賞賜！」

四野瞅瞅，這一隻，那一隻，都是死去的鳥雀。老者說，這就是放生的結果。

趙簡子驚得目瞪口呆。

❝ 編者的話 ❞

放生這則寓言故事，出自《列子·說符》。古人節選時曾以獻鳩為名。故事不長，道理卻發人深省。為甚麼趙簡子想辦好事卻辦了壞事？看來一切形式主義、表面文章都是非常有害的。

杞人憂天

古時候有個國家，叫做杞國。

杞國出了個怪人，不知姓名，就姑且稱他為「杞人」吧。

這杞人可不是個一般的人物，他勤思多想，甚麼事情都要問個來龍去脈，不搞清楚，絕不罷休。很小的時候，隨同爸爸、媽媽出去，走一路，問一路，嘴就沒有閒住的時候：

小鳥為甚麼會飛？

溪水為甚麼會流？

石頭為甚麼不長腿？

花朵為甚麼會長成果實？

……

他看見甚麼，思考甚麼，想到了就問。有的問題爸爸、媽媽能回答，就告訴給他；有的問題爸爸、媽媽也答不上了，別說回答，他們根本就沒聽過有誰提過這樣的問題，覺得這孩子傻傻的，就對他說：

「閉住嘴，千萬不要再亂問，別人聽了會笑話的。」

杞人漸漸長大了，不再多說話了，可是腦子裏的問號就像秋天架上的葡萄，一串一串的，繁盛着呢！這些問號擠在頭腦裏，時常攪得他飯吃不香，覺睡不甜，所以，他常瘦瘦的，看上去吹一陣風就會把他颳跑了。

這一回杞人遇上了個真正的難題，不僅飯吃不下去，覺睡不着了，而且，額頭上皺起了深深淺淺的波紋，一看就是冥思苦想的樣子。他愁思甚麼？知道了你肯定會說這可是個大問題。

原來，杞人聽說了個故事。故事講的是盤古開天地。那時候可真夠早的，沒有天，也沒有地，天地間是一個混沌的球體。在球體中孕育了好長好長時間，孕育出了一個人，這就是盤古。盤古在混沌中不

斷長大，長着長着，手伸不直，腿蹬不開了，實在是有些憋悶。他用勁伸，伸不開；用勁蹬，蹬不開。這一來，就不光是手腳憋悶了，心裏也憋悶，因而，更想舒展舒展肢體。他沒有再蹬，用手四處亂摸，竟然摸到了個東西，長長的把柄前頭有個帶利刃的硬物，後世的人們稱它是斧頭。就是這把斧頭遂了盤古的心願，他拿在手中使勁一掄，掄出巨響！哧嚓！轟隆！

隨着這聲巨響，天升高了，他的手伸直了，伸得很高很高。

隨着這聲巨響，地降低了，他的腿蹬直了，蹬得很深很深。

盤古可高興了，他放鬆肢體，在天地間奔跑舞蹈起來，嘴裏也高興地唱着甚麼長腔短調的。跳了一會兒，唱了一會兒，歇下來一看，不好！天怎麼慢慢落下來了，落着落着，就要壓在他頭上了。他連忙伸出手去，把天又擎上了高空。一用勁，他的身體一節一節長高，天也就一節一節升高……就這麼，盤古高擎着天，一下就擎了九萬六千年。

杞人聽到這個故事，馬上生出好多疑問。最主要的一個是，盤古擎天這麼長時間了，肯定早就累了，應該找個人替換替換，讓他歇歇氣。可是，去哪裏找一個像他這麼身強力壯的大漢呢？問題這麼想下去，一個接一個，沒有窮盡。

這一天，他不想了，那是因為想得頭都疼了，也沒有想出個辦法來。

這一天，他出發了，甚麼也不想啦，乾脆先找到盤古，看望看望他，再做別的打算。

杞人走呀走呀，來到了大川裏。大川一望無垠，只有綠草和開滿綠草間的繁花，哪裏有頂天立地的盤古啊！

杞人走呀走呀，來到了高山上。高山峯巒重疊，只有蒼松和鳴唱在蒼松枝上的烏鴉，哪裏有頂天立地的盤古啊！

找不見盤古，杞人心力交瘁地回到家裏。這時候，看天，天隨時能塌下來；看地，地隨時能陷下去。沒有那位英雄的支撐，讓人活得戰戰兢兢。杞人甚麼也不想幹了，眼看就要天塌地陷了，自己就要被砸死了，還種甚麼地呀？打下糧食讓誰吃呢？

杞人就這麼愁眉苦臉地活着，看天發愁，看地也發愁。沒過多少日子，他就瘦成了一根柴火棍。

杞人的一位朋友聽說他枯瘦如柴，馬上跑來看望他。這位朋友是位遠近聞名的熱心腸，要不大家為甚麼叫他善友呢！

善友進了家門，一見杞人果然瘦得塌了架子，連忙問他是甚麼原因。杞人見是朋友來了，也不顧及自己的臉面了，把自己裝在心裏的憂慮說了出來：

「你知道嗎？天很快就要塌了！」

「天怎麼會塌呢？」善友好奇地問。

杞人誠懇地說：「人們都說盤古開了天地，舉着高天，我跑遍了高山平川，都沒找見盤古的影子。你想，那盤古要是開了小差，天不很快就塌下來了嗎？」

善友聽了，笑了，笑着對他說：「那只是個傳說，怎麼能相信呢？」

杞人不笑，一本正經地說：「就算是傳說，可天那麼高，又沒個支撐，說不定哪一天就會塌下來！」

善友不再笑了，告訴朋友：「天是聚積起來的氣，不會塌下來。」

杞人仍然擔心，又問：「別說天塌下來，就是日月星辰掉下來，也把我們砸扁了。」

善友回答說：「日月星辰，也是氣聚積成的，不會掉下來。」

杞人點點頭放心了，轉瞬間又說：「那地要是陷下去也不得了呀！」

善友不慌不忙地對朋友解釋：「地是土塊石頭堆積成的，你整天在上頭走，走了好多年了，不是實實在在的嗎？不要再過多擔心，地也不會陷下去。」

聽了朋友的解釋，杞人心頭亮了，不再擔心天塌地陷，愁眉舒展開來了。

❝ 編者的話 ❞

杞人憂天的寓言故事，出自《列子・天瑞》篇。故事藉助杞人擔心天塌地陷的憂慮，說明人們大可不必擔心那些不必擔心的事情，為此自尋煩惱不值得。今根據古文演繹成篇。寫完了忽然覺得還應說幾句，隨着人類的進步，社會的發展，我們所處的時代和杞人大不相同了。如果說杞人憂天是多餘的，那我們面對大氣的污染，臭氧層的破壞，不能不憂慮頭上的藍天了。

丟斧疑鄰

　　柴生以打柴為生。每天一早就上了山，砍一大捆柴，背回家裏。積攢多了拉到集市賣了，換取吃的穿的。

　　打柴要有工具，柴生得心應手的工具是一把斧子。斧頭硬，斧刃利，斧把光滑，握在手中，隨意一掄，一陣風下去，樹棍就斷了個利利落落。

　　這一天，藉助鋒利的斧子，柴生早早砍好了柴，背着回家。

　　柴生往家走着，聽見有人叫他，側臉一看，是牛生。

　　牛生正在放牛。嫩綠的草灘上有一頭黃牛低頭吃草，黃牛旁站着牛生，邊招手邊對他說：

　　「柴生，天還早哩，玩一會兒再回家。」

　　柴生背着柴走累了，也想歇歇，就將柴捆放在路邊走了過去。

　　那天好熱，草灘邊就是一條河，他倆脫了衣服下河游泳了。游着游着，牛生大叫不好，慌忙跳上岸。

　　原來牛差一點跑到農田偷吃禾苗，牛生將牛趕回草灘，又下到河裏，兩人接着游泳。

　　太陽偏西了，柴生上岸穿了衣服要回家。牛生熱情地跑到路邊，扶着柴捆幫柴生背了起來。

　　回到家裏，擺好柴捆，柴生躺在炕上休息。忽然想起，放柴捆時沒拿出斧子，連忙去找。

　　翻遍了柴捆，沒有見到斧子。斧子丟到哪了呢？他估計是丟在路上了，因為斧子是紮在柴捆裏的，可能沒紮實，掉了下去。返回去尋找，找了半天，也沒有找到。

　　看見牛生還在放牛，柴生走上前去問：「看見我的斧子麼？」

　　牛生回答：「沒有呀！」

　　牛生答話的時候，柴生發現地上釘了個木樁，黃牛拴在木樁上了。牛生不用再趕牛，等牠吃完一片，將木樁換個地方拴上牛就行。這真是個好辦法。

　　斧子沒有找到，柴生垂頭喪氣回到家裏。飯也不想吃，挖空心思地想他那把得心應手的斧子。思來想去，他覺得準是牛生偷了他的斧子，要不，他那拴牛的木樁是怎麼砸下去的？對，肯定是他，牛吃完一片草，換地方又要砸木樁，所以，他急需一把斧子。

　　想到這，他覺得牛生為偷這把斧子費了不少腦筋。首先，他叫自己停下來玩耍就是佈下的陷阱。要不，自己每天經過這他不叫玩，為甚麼就今天叫玩呢？肯定是剛想好了這麼個主意。再說，他要是不偷斧子為甚麼幫我扶柴捆呢？肯定就在幫我背柴捆時順手抽走了斧子。我為甚麼不回頭看一眼呢？為甚麼要把這樣的歪人當做好人呢？他越想越生氣，真想找到牛生大鬧一場，可惜沒有拿到人家的證據。

　　從此，柴生注意留心牛生的舉動。

　　這一天，他走過草灘，牛生背對着他，連個招呼也沒有打。柴生心想，就是他偷了斧子，心虛，不敢面對我。

　　又一天，他走過草灘，牛生見他過來，走上前來和他說話，主動問他：「斧子找見了沒有？」柴生心想，真狡猾，怕我懷疑他，還假意關心我呢！

　　柴生怎麼看，牛生都是偷斧子的人。

　　過了幾天，柴生又上山砍柴了。他新買了一把斧子，儘管使喚起來沒有那把舊的順手，也只能湊合，誰讓我遇上了牛生這樣的賴小子呢！去哪砍柴呢？柴生又來到了老地方，這裏樹多柴茂，上次沒多挪地方就砍了一大捆。他放下繩索，彎腰砍柴，突然手停住了，幾片枯葉下躺著一把斧子。拿起一看，這不是他朝思暮想的那把斧子嗎？他高興地自語：

　　「踏遍鐵鞋無覓處，得來全不費工夫。」

柴砍好了，背着回來，牛生還在草灘上放牛。牛生背對着他，沒有和他打招呼，他想，牛生正忙呢！

再一次路過，牛生又約他玩。玩過後，又幫他將柴捆扶上背，他很感動，心裏說：「牛生真夠朋友。」

❝ 編者的話 ❞

丟斧疑鄰，又名疑鄰竊斧，或偷斧子的人，源出《列子・說符》。這則寓言故事流傳很廣，生動地說明了只靠主觀想像，很可能歪曲了事情真相，學會正確認識世界太重要了。

薛譚學歌

　　薛譚喜歡唱歌，歌唱得真不錯，清脆悅耳，婉轉動聽。

　　他走路唱着歌，路上的人聽到了誇他唱得好，聽完了說，要是唱到秦青那份上就更好了。

　　他下田唱着歌，田裏的人聽到了誇他唱得好，聽完了說，要是唱到秦青那份上就更好了。

　　薛譚決心把歌唱得更好，就去拜秦青為師。秦青見了薛譚，讓他唱了幾聲，說他是個好苗子，收下了他。

　　收下了他卻不教他唱歌，每天清早就把他和弟子們帶到村外，坐在田邊的小溪旁，聽枝頭各種各樣的鳥雀鳴叫。

　　收下了他卻不教他唱歌，每天傍晚就把他和弟子們帶到村外，站在山頭上，對着縱橫的溝坡吼喊。

　　不知不覺過去了一年。薛譚無時無刻不想唱歌，嗓子早就癢了。這一天，趁着老師不在，他放開喉嚨唱了一支歌，同窗弟子們聽了都翹指誇讚，還有的說他唱得和老師沒有兩樣。薛譚聽得可高興啦！聽完了一想，既然我和老師唱得沒有兩樣，那還學習甚麼呀！

　　於是，薛譚拜見師傅向他說明回家的心意。師傅聽了，惋惜地看了看他，同意了。第二天一早，薛譚就要學成歸鄉了，師傅帶了弟子們前來為他送行。走出村落，走過小橋，走到山前的長亭，在這師徒就要分別了，薛譚依依不捨，含着深情給師傅唱了一支歌。他唱得動了情，身邊的草葉花朵都隨着他的歌聲微微顫動，不用說，這是他有生以來唱得最為動聽的一次。

　　薛譚唱完了，師傅說，我也為你唱一支送行歌吧！

　　秦青接過弟子手中的竹片，輕輕擊打着節奏，舒展開喉嚨，想想師徒離別不知何年才能再見，才能相聚，聲音中添了幾多留戀，幾

多憂慮。清亮的歌聲響過林梢，響上峯巔，飄蕩到高空裏去了。碧藍碧藍的天空飄遊着幾朵潔白潔白的雲絮，剛才還蕩蕩悠悠着前行，聽見歌聲，竟然不動了，也靜靜聆聽呢！聽着聽着，白雲被師傅的離別深情感動了，眨巴眨巴眼睛落下了淚水。不，是雨點。弟子們都感動了，泣泣落淚，淚水和那雨點融合在一起。當然，流淚最多的還是薛譚。

師傅唱完了，薛譚顧不得擦去臉上的淚花，跪在地上愧疚地說：

「師傅您唱得真好，弟子比師傅相差萬里，我不走了，繼續跟您學藝！」

師傅聽了，謙虛地說：「我唱得還不夠好。從前，韓國有個歌手韓娥，她唱得才好呢！有一次，韓娥去齊國投親，親戚家沒有走到，乾糧吃完了，自己又身無分文。經過雍門時只好賣唱討飯，大家聽她唱得好，就給她吃的。韓娥吃過飯，繼續趕路。她雖然離開了雍門，可她留在那的歌聲整整縈繞了三天不肯散去，人們誇她的歌聲是餘音繞樑。天黑了，韓娥投身住店，因為沒錢，店主人對她很不禮貌。受了委屈，她放聲哀哭，店裏的男女老少沒有一個不悲傷，都為她流淚，有的幾天吃不下飯去。大家連忙追上離去的她，讓她安歇。第二天，又給她財物，送她上路。所以，至今齊國雍門附近的人都善於唱歌，也善於哀哭！」

說到這裏，師傅指指前面的山，說：「山外還有青山呀！」

薛譚會心地點點頭，從這天起，一心一意跟着師傅學唱歌。

❝ 編者的話 ❞

薛譚學歌在古文中曾以學謳作為題目。這個寓言故事出自《列子·湯問》，形象生動地說明了藝無止境，學問無窮，不深入學習，就不會得到其中的真諦，就不會有大的成就。

知音

　　俞伯牙是春秋時期彈琴的高手。說到彈琴，遠遠近近的人們都會豎起大拇指誇讚他。

　　他在村巷彈琴，來聽的人真多，堵住了巷道，聽完了齊聲喊好！

　　他在街頭彈琴，來聽的人真多，阻塞了街道，聽完了拍手鼓掌！

　　他在宮廷彈琴，來聽的人真多，擠滿了大殿，聽完了咂嘴讚賞！

　　每逢別人誇獎他，俞伯牙總問一問，我彈得哪好？可惜，問到的人，不論是鄉里農人，都市商賈，還是王公大夫，都說不出個子丑寅卯來。這讓他心裏總是不滿意，他不相信，世界這麼大，世人這麼多，就沒有一個可以聽懂他琴音的高人？

　　俞伯牙練琴更多了，他要精益求精。

　　俞伯牙彈琴更多了，他要尋找知音。

　　這一天，俞伯牙在村口彈起了琴，不知不覺人們圍了一大羣。他撥動細瘦的琴弦，卻發出了剛勁有力、鏗鏘轟鳴的聲音。一曲終了，眾人可着嗓門喊好。喊過了，聽見人牆外有聲音說道：

　　「好啊，大夫琴音意在高山，就像泰山一樣巍峨峻拔！」

　　眾人回頭看時，是一位頭戴斗笠的陌生人。

　　俞伯牙聞言，心頭一喜，又撥動琴弦，彈奏了一曲。這曲子與剛才那曲完全不同，舒緩自如，流暢明快。彈完了，只聽那外鄉人說：

　　「妙啊，大夫琴音意在流水，就像江河一樣奔流不息！」

　　俞伯牙慌忙上前，握住他的手說：「先生真是精通音律！」

　　那人謙虛地說：「哪裏，只是略知一二。」

　　兩人報過姓名，俞伯牙知道這位外鄉人名叫鍾子期，旅行外出，路過此地，就請他回家敍談。兩杯清茶，一張几案，俞伯牙和鍾子期談得日落日出，話語難絕，都為有共同的話題興奮不已。

　　第二日，兩人攜手遊泰山。剛登上玉皇頂，吹過一陣涼風。隨着涼風過來的是烏雲，烏雲成羣結隊，轉眼間就佈滿了天空。藍天不見了，豔陽不見了，涼風更緊了，樹林發出了響聲。接着，有了稀疏的雨點，很快雨點密了，大雨如注。此時，電閃雷鳴，驚天動地……俞伯牙和鍾子期被困在巖石下出不去，兩人不僅不焦急，還激動得指指畫畫，手舞足蹈。

　　旅遊歸來，還忘不了泰山的雄奇壯觀，暴雨的威猛烈勢。夜闌星稀，兩人談興仍濃，毫無倦意。鍾子期說：

　　「伯牙兄，何不乘興彈奏一曲！」

　　俞伯牙說聲好，坐到琴案前撥動了弦索。

　　聽完一段，鍾子期說：「初登泰山，天開地闊，羣山都變小了。」

　　俞伯牙再彈一段，鍾子期說：「涼風忽至，白雲飄飛，像是萬馬奔騰。」

　　俞伯牙又彈一段，鍾子期說：「烏雲密布，天地鎖合，山雨就要來了。」

　　每彈一段，鍾子期都有新的感受。

　　一會兒說，山風陣陣，大雨降臨。

　　一會兒說，暴風勁猛，大雨傾盆。

　　一會兒說，山崩地裂，驚天動地！

　　俞伯牙彈完了，跳起來，激動地抱着鍾子期說：

　　「你對樂曲心領神會，真是我難得的知音呀！」

　　兩人相處一些時日，更為難捨難分。只是鍾子期有事在身，不能待下去了。離別這天，兩人商定明年中秋節時再在這裏相聚，共賞明月，彈奏新曲。

　　鍾子期走後，俞伯牙遊走山川，漂渡河流，精心體悟，潛心彈琴，又有了新的曲調。他盼着中秋節早日來臨，好演奏給這位知音聆聽，只覺得日子過得太慢。

中秋節終於來了。一大早俞伯牙就倚在門口等候鍾子期的到來，等過了正午，等到了黃昏，等來了明月當空，卻沒有等來這位知音的身影。俞伯牙心神焦躁，無意彈琴，熬到天亮，匆忙打點行囊，去尋找鍾子期。

翻山越嶺，長途奔波，俞伯牙來到鍾子期家鄉。一打聽，真如五雷轟頂，鍾子期已經去世了。

俞伯牙悲痛極了，跌跌撞撞找到鍾子期的墳頭，長跪彈琴，邊彈邊唱：

今日來訪君，傷心復傷心，只見江邊墳，不見我知音。

唱罷，哭喊着說：「子期呀子期，你是我的千古知音。你離去了，我彈琴給誰聽呢？」

哭喊着揪斷琴弦，雙手舉起琴盤，用力往地上一摔。瑤琴落地，四分五裂，俞伯牙轉身離去，終身不再彈琴。

66 編者的話 99

知音的故事見於《列子・湯問》，不過，其中只敍述了俞伯牙和鍾子期相逢，聽琴，成為知音的故事。後來，鍾子期去世，俞伯牙碎琴終身不彈的故事則沒寫到，寫到這故事的是《呂氏春秋》。今以兩種典籍演繹成文，旨在使讀者從中領悟，交朋友易，交好朋友難，要找到知心的朋友更難。

孟家學施

施家在春秋時代的魯國是個富甲一方的大家庭。誰都知道施家的房子大，一座座院落首尾相連，從大門進去，穿過一座，又穿過一座，繞得頭昏眼花也走不出最後的院門。施家的大門高朗，門前有個很大很大的場院，家人高車駟馬，出入來往，十分方便。一看這氣派，人人都誇施家闊氣得很。

施家闊氣是因為有兩個很爭氣的兒子。原先他家是個農耕小戶，糧食收下只能填飽肚子。後來，兩個兒子有了出息，施家也就富足了。大兒子施元，自小文靜，說話慢聲細語，心思卻靈動得少有。父親讓他讀書，先生教過的知識，他熟記在心，過目不忘。很快，他就讀通了古典經籍，談古論今，滔滔不絕，還真有自己的不凡見解。

眼看兒子一天天長大，學富五車，腹有經綸，施父高興極了。高興歸高興，他卻沒有閒着，時常四處走動，和鄰人拉拉家常，特別是要了解國家的大事。村裏人知道的事情有限，施父聽了不過癮，乾脆離家而去，跋山涉水到了京城。京城就是京城，來往的除了各國的官宦，還有各地的商賈。從他們口裏出來的話就不是村巷裏農戶的家長里短，而是各國的大事新聞。施父常常聽得耳目一新，獲益很大。

這一日，施父正在餐館吃飯，麵條端上來了，剛吃兩口，吃不下去了。他聽見鄰桌的人議論，齊王要為公子選拔一位有學識的老師，榜文貼出，廣招天下賢士呢！他停住口，不吃了，跑出餐館，打探清楚，慌忙回到家裏。

施元在窗前誦讀，見父親急急忙忙跑進門來，開口問有甚麼事，父親已開了口：「兒呀，好事情來了！齊侯要為兒子選聘老師，你有沒有信心去應聘？」

施元正愁滿腹才學沒處用呢，立即答道：「有，當然有。」

父子二人不再多說，抓緊收拾行李，星夜啟程前往齊國。

趕到齊國，果然不假，齊侯正為兒子選聘教師，只是進展並不順利。齊侯召見了好些應聘的學士，雖然都自稱賢達，飽讀典籍，但還沒有一個讓他覺得滿意的。就在這個時候，施家父子風塵僕僕趕來了。齊侯約見施元，讓他談談自己的見識。施元口若懸河，上知天文，下曉地理，通古代史事，明當今世理，齊侯聽得心花怒放，當即選定施元當兒子的老師。轉眼間，一個布衣學士，成為錦衣玉食的仕人了。

施父見長子高就欣喜異常，不過，卻沒有高興得忘乎所以。這下他一心惦着的是次子施仲。施仲和施元恰好打了個顛倒，風風火火，坐立不安，小小年紀就喜愛舞槍弄棒。若要讓他讀書，那就如霜打了的秋葉一樣，馬上蔫巴巴了。坐下來，不用多會兒，眼睛一閉，早就轉遊到夢鄉去了。施父不難為他，他好耍鬥，就讓他習武。這小子還真入了門，刀槍劍戟舞熟了，竟然找些兵法典籍讀了起來，也不見瞌睡打盹。過了幾年，施仲說起兵家之爭，還真頭頭是道，句句在行。

施仲時運也算不錯。施父待在齊國都城，沒有急於歸家，這日又聽到讓他喜出望外的消息，說楚王喜歡征戰，廣招天下武士豪傑。他一聽坐不住了，不用說又是風風火火趕回去的，不用說施仲聽了父親的話當然樂意應招。於是，父子二人打點行裝趕到楚國。

楚王見了施仲就有幾分滿意，但見他行如虎步，站有熊姿，這不是一個英武的將軍架勢麼！說起兵家之事，熟悉黃帝戰術，知曉孫子兵法，攻擊有進策，防衛有謀略，真是難得的將才。楚王當即任命他為將軍。

這一來施家今非昔比了。兩個兒子給家裏帶來了榮顯。舊房小了，拆了重蓋，蓋成了遠近聞名的施家莊園。不僅施家人光彩體面，就連親戚朋友，稍微有點瓜葛的三姑六舅，也跟着沾了不少光。左鄰右舍，看着施家的變化都有些眼紅。

別人有些眼紅，紅也白紅，孟家眼紅卻不大一樣。孟父也有兩個兒子，施家憑兒子光門耀祖，我就不能學學人家麼？孟父早就有了這樣的心思。

過大年時，施家兩個兒子都回到家裏，衣錦還鄉，好不榮光。不說施家共享天倫之樂，卻說孟父聽說施家兩個兒子回來了，覺得這是個求教的好機會。正月初一，走進了施家大院。施家雖然門庭富貴，卻還是過去善待鄉鄰的老樣子。施父見是孟父過來，連忙迎進客廳。聞知孟父要和兒子敍談，就將他們叫了過來。二位見禮落座，孟父即詢問他們的情況。

施元說：「我學文，教齊國公子讀書學禮。」

施仲說：「我學武，在楚國領兵當將軍。」

孟父羨慕地說：「你們都有出息，都在侍奉王侯，怪不得富甲一方。」

施仲接着話說：「你家兩個兄弟要做事，也可做王侯身邊的大事。」

孟父點點頭，會心地說：「就學你們的樣子，走你們的路子吧！」

回到家裏，孟父即把兩個兒子叫在一起，語重心長地說：「我剛從施家回來，看人家那兄弟倆多有出息。我們家今後的日子看你們了。其實，那兄弟倆我是看着長大的，他們的才智本事比你們大不了多少。你倆和他倆還真有些相似，施元是老大，喜歡學文，你孟元是老大，也喜歡學文；施仲小，喜歡習武，你孟仲不也一樣麼！我看，你倆都學成了，應該出去闖闖了，像人家兄弟倆一樣，要幹就幹侍奉王侯的大事。」

兄弟倆聽了都很激動，馬上準備動身，去外面闖蕩天下。

孟元年齡大，心思也大，一意要出人頭地，幹一番大事業。他聽說秦國日漸強大，將來可能會主宰天下，便來到秦國，拜見秦王。他對秦王說：

「仁愛是治理國家的根本。大王要想得到天下，必須從仁愛做起，先取得民心，爭取諸侯，天下就非你莫屬了！」

秦王聽說取得天下，心動了，急切地問：「這仁愛取得天下快，還是武力征討快。」

孟元不敢作假，如實說：「當然是武力更快！」

秦王擺擺手說：「那就不要再說你那一套了！滿嘴胡說，施以宮刑！」

孟元被扔出秦國都城。

不說孟元拖着殘體艱難地回家，卻說弟弟孟仲這時已到了衛國。衛國此時不算強大，孟仲想，要是我當上將軍讓衛國強盛起來，那我還不是衛侯的左膀右臂！到那時，我孟家肯定要比他施家榮耀百倍。他走進宮中，拜見衛侯，向他陳述了領兵打仗、征服各諸侯國的大計。衛侯聽了，憂心忡忡地說：

「衛國弱小，受制於各個大國。只有恭奉強國，撫慰比衛國還弱的小國，才能國泰民安。要是按你說的征戰，國家會動盪不安。」

孟仲不甘心這麼退出，又說：「大王，我是一心要讓衛國變弱為強呀！」

衛侯不再說甚麼，搖搖頭，趕他走了。孟仲轉身而去，快出殿門了又嘟囔：「良禽擇木而棲，此處不留人，自有留人處！」

聲音不大，衛侯卻聽見了，心裏一驚，這小子是個人物，要是到了鄰國，說不定會領兵來打我們，乾脆來他個先發制人，於是下令：

「來人，剁了他的雙腳！」

孟仲被扔出衛國都城。

日子不長，兄弟倆歷經千難萬險回到家裏，孟父一見兩個兒子成了這般模樣，怒火中燒，這還不是施家害的呀！不由分說，怒沖沖找到施家來，站在門外，揮舞着胳膊大罵施家坑害良民。

施父聽見，趕緊跑出來將孟父請進客廳，問明情況後，他說：

「此一時，彼一時，得天時者辦事順暢，失去天時事情就辦不成。世界上沒有固定不變的道理，也沒有固定不變的事情。昨天的辦法，今天不一定能用。今天的辦法，明天不一定能用。掌握時機，適時應變，沒有現成的辦法，全憑應時變通，這就是聰明才智。若是沒有聰明才智，即使像孔子那樣有學問，像姜尚那樣善用兵，也要打敗仗。」

一席話說得孟父啞口無言，心悅誠服地退回家中。

❝ 編者的話 ❞

孟家學施是《列子·說符》中的一個寓言故事，也有古書將其名之為施氏與孟氏。故事讓人們感悟到，世事千變萬化，辦事的方法也要隨之變化，墨守成規，就要吃苦頭，栽跟頭。

暢遊飛瀑

孔子來到呂梁山間，聽見有海浪呼嘯的聲音，站在路邊四處觀望，只見山脈綿延，峯迴路轉，不見有甚麼流水。

轉過一座山峯，又轉過一座山峯，突然眼前一亮，一條清亮的大河在兩山當中滔滔流過。那海浪呼嘯的聲音正是這大河發出的。

循着聲音走去，不一會出現了壯觀的瀑布。匆匆流來的河水，突然向幾十丈深的河溝跌下去，清流碎成浪花，浪花碎成水珠，水珠碎成水霧，水霧被陽光一照變為一道高掛空中的彩虹。彩虹下邊如風裹怒濤，如山崩地裂，看得人驚心動魄。

孔子連忙囑咐同遊的弟子往後靠，往後靠，千萬當心掉下河去。

囑咐聲未停，忽然發現浪濤中閃動着一個人影。孔子大叫一聲，不好，有人落水了。喊着，讓幾個弟子往下游跑去，搭救落水的那人。

水流激盪，浪濤翻捲着、呼叫着向前奔流。

隨波逐流，那人在浪濤中忽上忽下，順水而行。

喘吁吁奔跑，弟子們追着那人在岸上跑得上氣不接下氣，惟恐救不起，那人淹死。

弟子們拼命追趕，還是沒有趕上。待他們趕到時，水中的漢子早在前面上了岸，正在抖落頭髮上的水珠。弟子們見狀驚奇得不知說甚麼好，這麼急湍的瀑布，這漢子真有些神奇！

轉眼工夫，孔子也氣喘喘地跑來了，見漢子在岸上悠閒地走動，瞪圓了雙眼，愣了一會兒，走上去說：

「我以為是有人尋短見，沒想到你是游泳。這麼急湍的河水，真不簡單！」

說着翹起大拇指。那漢子卻不以為然地說：

「這沒甚麼，我經常在河裏嬉遊。」

孔子仍然好奇，謙虛地討教：「好後生，能不能給我說說你游泳的祕訣？」

漢子看孔子一眼，不解地說：「老先生，哪裏有甚麼祕訣呢？我生在山間，長在水邊，完全依憑本能，順從自然。」

孔子說：「說得好，那你是怎麼依憑本能，順從自然的呢？」

漢子隨口又答：「在陸地上，我腳踏實地，山高我高，溝低我低；在河水裏，我隨波逐流，浪高我高，波低我低。從小到大，我就是這麼過來的。」

孔子回頭告訴弟子們：「說得太好了！在岸上安於陸地，在河裏適應流水，這就是依憑本能，順從自然。」

66 編者的話 99

暢遊飛瀑又名蹈水之道，這則寓言故事出自《列子·黃帝》。暢遊飛瀑，在孔子眼中十分神奇，在游水者看來卻極其平常，平常得和白天起牀，黑夜睡覺沒有兩樣。但是，其中蘊含着深刻的道理，人要想事業順暢，生活得好一些，就應適應事物發展的規律，把自身和自然融為一體，這或許也有天人合一的意思。

宋人餵猴

春秋時期，宋國有個人被大夥喚做猴王。

猴王是個名副其實的猴王，成天都有好多好多猴子圍着他轉。

他在家裏，一大羣猴子在院子裏上高爬低，嬉笑逗樂。

他去山野，一大羣猴子簇擁在身邊大呼小叫，前後奔跑。

他高興了猴子們蹦蹦跳跳，跟着他一起快樂。

他憂慮時猴子們木木呆呆，跟着他一起憂慮。

他和猴子們成了形影不離的好朋友。

原先不是這樣，他家一隻猴子也沒有。只是住在村邊，院子裏有一棵高大的橡樹。秋風吹拂的季節，橡樹上掛滿橡子，好多好多。就是這橡樹招來了猴子。猴子最愛吃橡子，遠遠跑來了，在大門外邊瞅着樹上的橡子直流口水。他看見了，開了門把猴子放進院裏。

猴子三跳兩蹦上了樹，坐在樹杈上，吃開了橡子。

吃飽了，跳下樹來，衝他叫了兩聲。他見猴子伶俐可愛，朝牠打個招呼。猴子揚起一隻爪子，算是招手還禮。

第二天，猴子又來了，而且不是一隻，是兩隻。他放牠們進來，吃了個飽。自然猴子走時，沒有忘記和他告別行禮。

他是個好心腸的人，從此喜歡上了猴子。知道猴子愛吃橡子，就想為牠們多準備些，便在院子裏栽下了好多的橡樹。

夏天過去了，秋天來臨了，樹上結滿了橡子。橡子招來了猴子，他又像去年一樣招待着牠們。一隻，兩隻，三隻……猴子一傳十，十傳百，都知道他這裏有好吃的橡子，紛紛歡跳着來了。他的院子成了猴子們的天地。

猴子們吃飽了，不走了，就在院子裏玩耍。

猴子們玩餓了，沒憂慮，就在樹頭上摘橡子吃。

一來二去，猴子越來越多，人們就把這喜愛猴子的人稱為猴王。

猴王可不像猴子的日子這麼無憂無慮，這麼多猴嘴，張開就要吃，現有的橡樹是不夠的。他乾脆就在院子裏見縫插針地種滿了橡樹。

可是，橡樹種得再多，也沒有猴子來得快，來得多。再說，冬天裏大雪封山，這些小生靈哪個也要吃呀！看來，不光要讓牠們吃飽，還要讓牠們養成節儉的好習慣，細水長流度時光嘛！

這一天，猴王把自己的想法告訴了猴子朋友們，滿以為牠們會通情達理，因為這是為牠們着想呀！他最後宣佈：

「從現在起，每天定數吃橡子，早上吃三顆，晚上吃四顆！」

猴子們聽了不應不答，都蔫巴下來。猴王沒往心裏去，以為過一會兒牠們就會換副臉面。哪知，這夥東西竟然使開了性子，整整一天不吃不喝，蔫頭蔫腦的。這麼下去，真會鬧出病來。

猴王慌了，給牠們加量吧，真沒有那麼多橡子。而且，從他觀察的情況看，一天吃七顆，都能吃飽。他一皺眉，哈呀，有了點子，趕緊對猴子們說：

「大家別愁眉苦臉了，我總要讓你們吃飽嘛！看來，早上吃三顆，晚上吃四顆是不夠，那就調整一下，早上吃四顆，晚上吃三顆。這一下總可以了吧！」

猴王一說完，猴子們都高興地跳起來，沒有一個不同意的。

66 **編者的話** 99

宋人餵猴是《列子·黃帝》中的一則寓言故事，講的人多了便有了成語「朝三暮四」。現在的人習慣將這個成語理解為說話辦事不講信用，反覆無常。我沒用朝三暮四做故事題目，是怕大家簡單苟同了這種解釋。我認為，這個寓言意味深長。猴王和猴子因為食物多少發生了矛盾，解決的辦法應該是增加食物的量。但是，猴王卻用改換排列順序的辦法換得了猴子的滿意。站在猴王的位置，這不失為一種巧妙的辦法；若是換成猴子的位置，千萬不要被巧妙的手法蒙蔽了眼睛。

紀昌學射箭

　　古時候有個神射手名叫甘蠅，他一拉開弓，野獸就倒地上了，飛鳥就從天上掉下來了。他收了個徒弟飛衛跟着他學射箭，飛衛學習很認真，把他的本領學到了手。

　　紀昌是個年輕的後生，很喜歡挽弓射箭，聽說飛衛的技藝超過了師傅，就前去請他教授箭法。飛衛請紀昌射兩箭給他看看，紀昌精神抖擻，張弓搭箭，只聽嗖的一聲，長箭飛到了高空。這一連串的動作，利落、圓潤、花哨，好看卻不中使。瞅瞅紀昌得意的樣子，飛衛不願掃他的興致，只對他說：

　　「你應先練好眼睛，然後才可以射箭。」

　　怎麼樣練眼睛呢？紀昌是個聰明人，看見妻子織布時機梭來回飛動，他就躺在地上，雙眼緊盯機梭。機梭飛過來，他緊緊盯住；機梭飛過去，他仍然緊緊盯住。剛開始，盯不多一會兒，眼睛就流出了眼淚。

　　一個月過去了，眼淚不流了，卻仍然有痠痛的感覺。

　　一年過去了，眼睛不痠了，看上去豁亮豁亮的。

　　又過了一年，眼睛不僅豁亮豁亮，而且硬朗了好多。妻子拿個錐子向他刺來，錐尖快要扎到眼珠了，眼皮仍然不眨。

　　紀昌可高興了，連忙將這個消息告訴給師傅。飛衛聽了很高興，不過還不讓射箭，要他繼續練習視力。飛衛說：

　　「要把小的看成大的，把模糊的看成清楚的，那才能射箭。」

　　要把小的看成大的，甚麼小呢？紀昌抓了個蝨子，拔根牛尾巴的長毛，將牠拴住，掛在窗口，雙眼盯住去看。

　　過了一月，蝨子變大了，彷彿成了螞蟻。

　　過了一年，蝨子更大了，彷彿成了銅錢。

過了三年，蝨子大的不得了，彷彿成了個車軲轆。

這下該把模糊的看清了。紀昌家門前有一條河流。河水有深有淺，淺的地方可以看見河底的卵石，水中的游魚；深的地方，墨綠一團，甚麼也看不見。紀昌就坐在河岸上，專心呆看那一潭深水。

過了十天，水變清了，能看見水中的游魚了。

過了一年，水更清了，能看見水中的小蝦了。

過了三年，水清得不得了，像一面鏡子，河底的卵石歷歷在目了。

紀昌去找師傅，將這種感覺告訴了他。師傅拍着他的肩膀對他說：

「很好，你可以射箭了！」

聽了師傅這話，紀昌比喝了蜂蜜還甜。他沒有急着射箭，先找了燕國特產的牛角做成了一個弓，又找到北方的特產篷竹做成一支箭。然後，拔根牛毛拴了個蝨子，將之掛在百步以外的樹枝上。

紀昌要射箭了，引來了好多人觀看。站在百步之外，大夥甚麼目標也看不見。有人清楚，就領他們去看了樹枝上的牛毛，還有牛毛梢上的蝨子。看過了，眾人都很驚奇，那能射中嗎？

紀昌謙虛地說：「試試看吧！」

說着，挽弓搭箭，箭已離弦，飛過了拴着牛毛的樹枝。眾人一擁而上，都要看個仔細。啊呀，可不得了，只見牛毛仍然拴在樹上，隨風飄蕩，蝨子卻被射穿了，而拴牠的那個圓圈還完整無損。

大夥拍手叫好！這事傳播開去，紀昌成了有名的神射手。

❝ 編者的話 ❞

紀昌學射箭出自《列子‧湯問》。這則寓言故事生動地告訴人們，學好技藝，要勤學苦練，但是，光勤學苦練還不夠，還要找對路子，也就是從基本功練起。有了紮實功底，才能學成精湛的技藝。

伯樂薦才

　　伯樂是春秋時期名揚各國的相馬大師，秦穆公想選一匹千里馬，就把他召來了。此時，伯樂年過七旬，髮稀齒落，走路也搖搖晃晃，難以穩當了。

　　秦穆公請他落座，問他相馬的經驗。伯樂說：

　　「千里馬很不好識別。普通良馬，一眼就可以看出，骨架粗壯，體格魁偉，外形英俊，非常招人喜歡。千里馬比良馬要好，卻很難從外貌上看出。牠的疾速和韌性主要潛在血脈中，外部也有些表現，只是若有若無，若隱若現，稍不留神就會忽略過去。但是，這馬一旦奔跑開來，又輕又快，飛馳而去，眨眼工夫就會跑得無蹤無影。因而，千里馬很難找到。」

　　聽了他的話，秦穆公說：「本來我想請你為寡人選一匹千里馬，可是，你年邁體弱，實在不忍心煩勞你。請問你的後代中有沒有善於相馬的？」

　　伯樂回答說：「我的後代中還真沒有會相馬的人。不過，先前和我一同擔菜運柴的人中有位叫九方皋的，他相馬的技藝不比我差，他去吧！」

　　九方皋被召來了，衣冠不整，口齒不清，秦穆公實在看不上他。可他是伯樂推薦來的，不好說甚麼，只能試試他的本事了。九方皋領命去了。九方皋走後一直沒有消息，等了三個月，秦穆公才把他等了回來。他站到秦穆公面前，興奮地說：

　　「好不容易，總算找到了一匹千里馬！」

　　秦穆公問他，在哪裏找到的？馬是甚麼樣子？九方皋按捺不住心頭的喜悅，連忙回答：「哈呀！在西邊沙丘找到的，是匹母馬，黃色的。」

秦穆公立即派人去找那匹千里馬。那人在沙丘邊轉來轉去，不見有黃色的母馬，只有一匹黑色的公馬孤零零站着，便順手牽了回來。

回來稟報秦穆公，說沒有找到九方皋相中的黃馬，只找到一匹黑馬。秦穆公有點不高興，讓九方皋前來驗證，他一見竟說這就是那匹千里馬！秦穆公有些惱火，就叫來伯樂，生氣地說：

「你推薦的這人真不怎麼樣，連黃黑、公母都分不清，還會相馬？」

伯樂聽了秦穆公的話，驚訝地說：「啊呀，想不到九方皋的相馬技藝竟高超到這種程度了。他一眼就看穿了馬的血脈神魂，精神氣韻，連牠的皮毛都不屑一顧了。實在是高超，我不如他。他選出的馬一定是匹超常的千里馬。」

秦穆公聽了將信將疑，只好留下這馬，調養數日，牽出棚廄，到闊野上一騎。嗨呀，可不得了，不用揚鞭自奮蹄，一日馳出千里地，果真是匹千里馬呀！

66 編者的話 99

伯樂薦才出自《列子‧說符》，也有人以九方皋相馬為題。本文之所以用伯樂薦才為題目，不僅是說九方皋相馬不看外表，直觀內裏精神實質，而且，九方皋本人也是個其貌不揚，不拘小節的高人。不光千里馬難以識別，九方皋這樣的人也需要伯樂的慧眼發現。

楊布打狗

　　從前，魏國有個小山村楊家莊。楊家莊遠離鬧市卻在國中有不小名氣。那是因為莊上出了個有名的學者楊朱。

　　楊朱自幼飽讀詩書，許多古典經籍過目不忘，熟讀成誦。青年時代，意氣風發，遠走山川，遍遊列國。因而，通古達今，識山知水，每逢有人來訪，席地而坐，娓娓相敍，聽者樂得連回家也忘了。

　　楊朱有個弟弟，名叫楊布。楊布天資聰慧，自小耳濡目染，跟在哥哥身邊也學了不少典籍文章。兄弟倆雖是同父同母所生，但是性格卻有些不同。楊朱好靜，手捧竹簡，邊讀邊想，不知不覺就是好半天。楊布好動，讀書不求甚解，每有所感便樂得手舞足蹈，四處炫耀。

　　這一日，有文友請楊家兄弟前往講學。楊朱正在寫文章，一時擱不下筆，去不了，楊布興沖沖一個人去了。

　　早晨起來，天色晴好，豔陽高照，楊布穿了一件白色的衣衫出了門。山路彎曲，路邊又有溪水淙淙流過，楊布一路走來，心情就像溪流一樣歡快。走着走着，詩句就在口中唱了出來：

　　關關雎鳩，在河之洲，窈窕淑女，君子好逑。

　　邊吟誦，邊前行，不覺走出好遠，眼前的山頭出現了房舍，文友家就要到了。

　　猛抬頭，忽然發現，豔陽不見了，藍天不見了，烏雲早已佈滿了頭頂。一陣風吹來，送來了涼意；再一陣風吹來，就落下了雨滴。楊布加快腳步，向前趕去，緊趕慢趕，豆大的雨點劈里啪啦砸了下來。轉眼間，楊布成了落湯雞，那件潔白的衣衫淋個透濕貼在了身上。

　　到了那裏，文友見他淋濕了，取出自己的一件黑色衣衫給他換上。這會兒，屋裏早來了不少人，都是遠近喜歡詩文的朋友，聽說大

學者楊朱的弟弟要來講學，都眼巴巴等着他。見他來了，大家簇擁上前，問東問西，請教學識。楊布忘了路上的辛苦，請大家落座，口若懸河講誦起來，直到自己也飢腸轆轆了，他才停口。

用過午飯，雨停了，天還陰陰沉沉。晾在簷下的白衫還沒有乾，楊布只好穿着文友的衣服回家了。雨淋土濕，山路有些泥濘，回家比來時走得更吃力，楊布轉到山村前時，已是黃昏時分，樹上的麻雀嘰嘰喳喳地叫着。

嘰嘰喳喳的叫聲讓楊布想起初去時，文友們七嘴八舌的提問。他開講後，則是鴉雀無聲的場景。講完後，爆響起熱熱烈烈的掌聲，多麼令人激動呀！他急切地想將這成功的喜悅向兄長彙報，緊走兩步，到了門口。

楊布伸手推開門，一隻狗倏地躥了過來。他沒在意，往常進門都是如此，這位忠實的家丁就跑來歡迎自己。他熱情地伸出手去撫摸那狗，唉呀，不妙！那東西居然後腿直立、前腿上傾，向自己撲來。楊布慌忙退出門外，才免遭狗的一咬。他嚇了一跳，惱火極了，放聲大罵：

「瞎眼了，連我也不認識了！」

聽見聲音，那狗立即溫存下來，搖着尾巴朝他走過來，像是做錯事道歉的樣子。

楊布怒氣未消，進了大門，抄起一根木棍，就要打狗，嚇得那狗汪汪叫着在院裏亂跑，楊布在後頭窮追不捨。

狗叫聲驚動了楊朱，他出來叫住弟弟。楊布氣沖沖地指着狗吵罵，掄着木棍還要追打。兄長笑着喝住他：

「別打狗了！怎麼能怪罪牠呢，你走時穿的是白衣服，晚上回來卻換成了黑衣服，牠一下怎麼能認出來？」

楊布想想，兄長說得有理，怒氣也就消了。

❝編者的話❞

　　楊布打狗是《列子‧湯問》中的一則寓言故事。狗沒有認出主人，是因為只看外表，沒有注意實質。人所以打狗，是因為忽略了自身的變化，苛責狗的過錯。我們不應犯狗的錯誤，當然也不能犯人的錯誤。

羊翁找羊

楊朱有個鄰居，靠養羊為生，家裏養了一羣羊，人稱羊翁。

這天，太陽西斜沒多會兒，羊已吃得肚子鼓圓了。羊翁便趕起羊往家裏走來。剛走上大路，就聽見馬蹄踏踏的聲響，羊翁回頭看時，一輛馬車拖着塵煙急馳而來。他匆忙往路邊趕羊，緊趕慢趕，還沒避開，馬車就疾駛過來，闖進了羊羣裏頭。羣羊受了驚嚇，四散逃竄。馬車去遠了，羊翁打起口哨，趕忙吆喝散亂的羊隻。

口哨就是羊羣的集合號令，聽見了，羊隻都撒開四蹄向羊翁集聚。不一會，羊羣歸攏了，羊翁一甩長鞭，羣羊順從地往前走去。

入圈的時候，羊翁多了個心眼，挨個一數，不好，竟少了一隻羊。肯定是受驚嚇時，有一隻跑得太遠，沒有返回來，只有趕緊去找了。

怎麼找？羊翁是個細心人，他盤算一下羊羣走過的道路。北路、南路前頭有東路、西路。東路、西路前頭有南路、北路。路中有岔，岔中有路，粗略一數就有二三十條。那隻羊受了驚嚇，倉皇逃竄，沒有目標，哪條路都可能走，人少了根本沒法找，因而，吆喝了二三十個人同去。

楊朱正閒坐小窗讀《易》，忽然聽見叩門聲，出來一看，見是鄰居羊翁，問明情況，就打發僮僕相隨眾人去找羊。

羊翁領着眾人先來到羊羣受驚的地方，說明情況，再相隨往前尋找。

找着找着，出現了一條岔路，羊翁便分派一個人去岔路上找。

找着找着，岔路不斷出現，人不斷分派出去，只剩下羊翁一個人了。

　　羊翁繼續往前走。此時，一輪紅日擱在西山梁，映得大地通紅，好看極了。羊翁無心觀賞，天色不早，得趕快找羊。他加快腳步。

　　羊翁繼續往前走去，此時，紅日西墜，晚霞騰空，大地一片燦爛，景色更為好看。羊翁無心觀賞，天色更晚了，他加快了腳步，要不天一黑，看不見了。

　　趕得風風火火的羊翁突然停下了腳步。面前出現了個十字路口，該往哪裏去呢？羊翁真恨自己帶的人少了。沒辦法，但只好先往東找。走呀走，走得正起勁，前面又出現了個岔路口。如果羊真的到了這裏，哪條路都可能走，可是，羊翁只能找一條。選了一條往前走，走沒多遠，又是一個岔路口擺在羊翁面前，每條路都迷迷濛濛的，看不清了。羊翁不再往前走了，天黑了，遠處有羊也看不見了。

　　羊翁頹喪地回到家裏，幫助找羊的人們陸續回來了。一看那模樣，不用問，羊沒有找到。每個人都說自己找羊的情況，竟然和羊翁的遭遇一樣。

　　聽見鄰家嘈雜的聲音，楊朱趕緊過來詢問情況。看看大夥懊喪的樣子，他明白了結果。沒等楊朱開口，羊翁就急切地對他說：

　　「這總不能說我們不盡心吧？二三十個人找一隻羊，夠費心力了，可是，人多沒有路多，路中生岔，岔中生路，有再多的人也不夠用呀！」

　　楊朱聽了點頭，寬慰羊翁幾句轉回家裏。過了好一會兒，羊翁的話仍然在他耳邊回響：人多沒有路多，路中生岔，岔中生路，有再多的人也不夠用呀！整整一個晚上，楊朱覺也沒有睡好，一直琢磨這句話。第二天了，他還眉頭鬱結，不言不語，仍然沉迷在羊翁的話裏。

　　見先生這麼憂慮，楊朱的幾位弟子心生疑竇，就問他：

　　「師傅，丟了一隻羊又不是甚麼貴重東西，為甚麼這麼憂慮？況且，羊也不是我們家的？」

楊朱聽了笑着說：「我哪裏是憂慮羊呢！我是憂慮自己。讀書求學和找羊是一樣的道理，前面多路，路中多岔，走錯一步就會誤入歧途，一無所獲啊！」

幾位弟子連連點頭，對師傅更為敬重。

❝ 編者的話 ❞

有個成語「歧路亡羊」就是根據羊翁找羊這個故事得來的。原文出自《列子·說符》，故事簡單，道理深刻。今根據簡單故事編寫成此文，基本表達了這則寓言的主旨：世界上的事情如同找羊一樣，複雜多變，歧路叢生，迷失方向，就會失去目標，一事無成。其實，這個道理，楊朱已委婉告訴了我們。

仙術丹藥

燕國同其他國家一樣，有個國君。

燕國的國君同其他國家的國君卻大不一樣。

其他國家的國君都思謀給天下子民辦好事，讓大家安居樂業，過好日子。

燕君卻成天除了吃喝玩樂，就是玩樂吃喝。他穿要綾羅綢緞，還要一天一個樣，天天不重樣；吃要山珍海味，還要一頓一個樣，頓頓不重樣；玩要鬥雞走狗，還要一次一個樣，次次不重樣。

在吃喝玩樂中，太陽升起來。

在吃喝玩樂中，太陽落下去。

燕君的日子花天酒地，歌舞昇平，過得沒有一點憂慮，人稱無憂國君。

不知不覺，燕君的頭髮稀疏了，漸漸腦門上光禿禿的一根也沒有了；牙齒脫落了，嘴裏頭塌了洞，空空落落的；眼睛昏花了，看出去迷迷糊糊的。這一來無憂國君有了憂慮：難道我老了，快要死了？

想到死，無憂國君憂心忡忡，他實在不願意死，他丟不下綾羅綢緞，捨不下山珍海味，還有那些永遠永遠玩不夠的鬥雞走狗。燕君派人四處打聽，哪裏有長生不死的法術祕方。

派往北方的人回來了，對燕君說沒有找到。他很失望。

派往東方的人回來了，對燕君說沒有找到。他很失望。

派往西方的人回來了，對燕君說沒有找到。他也很失望。

惟有派往南方的人好久好久才回來，對燕君說，找到了，找到了。說遙遠的大海邊上有個蓬萊仙閣，仙閣上有一位長壽大仙。大仙既有長生不老的仙術，也有長生不老的丹藥。服了這丹藥，練了這仙術，百歲老人還可以返老還童呢！大王就可以千秋萬歲了！

頓時，燕君的憂慮飛到了九霄雲外，眼鼻口舌笑成了一朵花。他連忙喚身邊寵臣聽令，命他乘坐快車前往蓬萊仙閣求取仙術丹藥。

寵臣不敢怠慢，乘了車立即出發。一路上，夜不宿店，晝夜兼程。只有馬累得不行了，才停下來稍做歇息，餵餵草料。趁空自己也吃點乾糧，喝口水。

不說寵臣風塵僕僕趕路，只說燕君待寵臣一走，就打了如意算盤。心想自己要長生不老，要千秋萬歲，那宮殿就太小了，他要蓋一座好大好大的宮殿，殿中要有好多好多的美女，美女要會跳好多好多的舞蹈……他想得白天笑不夠，晚上作夢也笑呢！

燕君笑不夠的時候，寵臣卻哭喪了臉。

這天，他停了馬車在河邊打水飲馬。恰巧碰見對面來了一輛馬車，也停在河邊飲水。車上下來一個人，也是大臣裝束。那人見了寵臣打個招呼，談了起來。知道來意，連聲歎息，說他也是來求取丹藥的，可那仙人已經死了！

真如一盆涼水，把寵臣澆了個透心涼！那人走了，他心灰意冷不願動，這麼回去，燕君怎麼會樂意？思來想去，他繼續前行，一直趕到蓬萊仙閣。可惜，真如那人所說，仙人已死了，只有一座沒有仙人的仙閣在寒風中凄凄涼涼的。

寵臣沮喪地回返了，沒求到仙術丹藥，心裏沉甸甸的。

聽說寵臣回來了，燕君欣喜若狂，跑下殿來，跑到宮外來，迎取仙術丹藥。

哪裏想到，寵臣卻將那一盆澆了他個透心涼的冷水又澆到了燕君頭上。

燕君大怒，將寵臣喚上殿來，厲聲申斥：

「寡人派你前往，為何沒有取回仙術丹藥？」

寵臣如實稟告：「小臣領命，一路快馬加鞭，趕到蓬萊，那仙人就已死了。」

　　燕君更惱怒了，拍案呵斥：「你還強詞奪理，若是提前趕到，仙人怎麼會死？仙人不死，仙術丹藥不是全取回了？來人，拉下去斬首！」

　　寵臣還要說甚麼，刀斧手已架着他往外走了。

　　在此關頭，站出一位老臣，跪地拜過，稟奏燕君：「大王息怒，恕小臣直言。試想，仙人既然有長生不老的仙術丹藥，自己當然會先服用，既然自己服用了，那肯定會長生不老，那他怎麼會死呢？既然仙人都死了，那說明長生不老的仙術丹藥就是……」

　　燕君不傻，老臣剛說到這裏，他便接口：「如此說來，那長生不老的仙術丹藥都是假的？」

　　「大王說得極是。」老臣答。

　　「如此說來，寡人冤枉他了？」燕君又說。

　　老臣鬆一口氣說：「大王怎麼會枉殺愛臣？定會恕他不死！」

　　燕君順勢下坡，對寵臣說：「恕你無罪，下去歇息。」

❝ 編者的話 ❞

　　《列子‧說符》中記載了這個荒唐的故事。故事的荒唐在於，吹噓自己有長生不死之術的仙人居然救不了自己的命；故事的荒唐還在於，明明有長生不死之術的仙人都死了，卻還要因為沒有求取到他的仙術丹藥要殺人。好在，還有個老臣頭腦清醒，寵臣才幸免一死。故事要揭示的道理很複雜，也很深刻，卻絲毫沒有說出來。不過，讀完你肯定領會了，我想這就是寓言的魅力。

燕人歸國

燕國有個人，在家鄉長到七八歲，隨父母來到楚國，後來一直沒有回家的機會。離開家鄉時間越久，對舊事的思念也就越多。他隱隱約約記得那裏有一座城牆，土築的，不算很高，卻厚厚的。他和一幫夥伴時常爬上城牆追逐打鬧。停下腳步往城外看，能看很遠，城外的河流，河邊的綠樹，樹下的小路，歷歷在目。再往遠看，可以看到無邊無際的藍天，藍天輕輕飄動着朵朵白雲，那些白雲像是要到很遠很遠的國家去。

那時候，他很羨慕那些雲朵，可以自由自在遠走天涯海角，多麼風光呀！他絕不會想到後來自己成了一朵白雲，四處遊蕩，而且落根到了異域他鄉。早就想回國去看看，看看家鄉，看看故園，但是，這個願望總沒有實現。

那一次他依稀回到了家鄉，而且登上了那寬厚的城牆。城牆長出了不少蒿草，草叢還有蟋蟀鳴叫。小時候，他經常在草叢逮蟋蟀，逮住了，拿回去，編個草籠，養起來，他吃飯，牠會給他唱歌。蟋蟀的叫聲吸引了他，他往前一躍，欠身去捉，哪知，那生靈一展翅膀飛走了，飛到了城牆下的河邊上。他急忙去追，跑來跑去下不了城牆，到處都是高高的，陡陡的。他往前跑，跑着跑着，又回到了原來的地方還是下不去。只好猛勁一躍，跳了下去。這一跳，深不可測，無邊無底，他嚇出了一身冷汗，夢醒了！

燕人摸摸枕頭，濕了，這是夢中流下的淚水。回鄉探望已成為他一個抹不去的情結。

這一回，他要來真格的了，他明白自己年逾花甲，再不回去，以後體力不支，就一輩子也回不去了。他打定主意，立即出發，踏上了回國的路途。

走了一程，熱汗流淌，燕人找棵樹陰坐下來歇息。樹下涼風習習，熱氣消了，好不愜意。起身上路，後頭來了個商人。寒暄幾句，知道商人也是去燕國的。

而且，他經常來往於楚、燕兩國之間，路走熟了。燕人相隨他連路也不用打聽，等於多了個嚮導。於是，他們倆結伴而行。

兩人同行，少了寂寞，多了歡樂，不覺得那麼熱，那麼累了。

商人是個精明人，能說會道，給他講了好些故事。燕人忠厚實在，一心想着故鄉，說話就是童年的那些記憶，一會兒爬城牆，一會兒捉蟋蟀，一會兒還想隨着白雲遊走他鄉呢！他說起家鄉的事滔滔不絕，說到動情處幾乎能流出淚來。商人沒有長期客居國外的閱歷，也就沒有燕人的那份鄉情，聽着燕人的講述，覺得他激動得有點過頭，小眼睛一眨，就想和他開個玩笑。

走着走着，遠遠出現了一圍城牆。商人伸手一指說：「哈呀！你的家鄉就要到了，那已是燕國的城郭了！」燕人一聽，急步跑了起來，跑到城牆下，手撫牆基，雙目落淚，好久不願離去。

走着走着，遠遠出現了一座小廟。商人伸手一指說：「這是你家鄉的土地廟。」燕人一聽，急步跑了起來，跑進廟裏，雙膝下跪，叩首禮拜，眼淚如珠子般落了下來。

走着走着，遠遠出現了一個土冢。商人伸手一指，說：「這是你家的祖墳。」燕人一聽，急步跑了起來，跑到墳塋，倒地就拜，雙眼中的淚水把衣襟也弄濕了。

走着走着，遠遠出現了一座院落。商人伸手一指，說：「這是你家的老宅。」燕人一聽，急步跑了起來，跑到門前，伏地禮拜，再也禁不住心中的激情，竟然放聲大哭。

哭聲驚動了院裏的人，門一開，出來一位主婦。問及情況，燕人哽咽着訴說思鄉之情。婦人聽得暈暈乎乎，問他的家鄉是哪，他答：燕國。

　　婦人一聽笑了：「你哭哪門子呢？燕國遠多了，還有上千里呢！這裏是晉國。」

　　燕人驚呆了，呆呆看着商人。

　　商人說：「婦人說得對，這是晉國。我怕你走得無聊，和你鬧着玩呢！」

　　燕人無可奈何抹掉淚，繼續趕路。

　　走呀走呀，經過漫長奔波，終於回到了自己的國家。

　　城牆就在眼前了，燕人看了看，沒有先前高，也沒有先前寬了。

　　廟宇就在眼前了，燕人看了看，廟很破舊，塑像也很破舊。

　　祖墳就在眼前了，燕人看了看，說不清是哪位祖先的墳堆了。

　　終於走進了朝思暮想的老宅，燕人只是有些欣喜和動情，並沒有興奮不已，更沒有熱淚縱流，失去了在晉國時的激情。

❝ 編者的話 ❞

　　燕人歸國出自《列子・周穆王》，曾經有人題為悲心更微。我則以為燕人歸國便於反映寓言的全貌。以往讀到時，曾被譯解為強烈的悲痛過去後，很難再有當初的激情。我覺得還可以這麼理解，甚麼都可以玩弄，但千萬不要玩弄別人的感情。

殷王神劍

魏國有個名叫黑卵的大力士，因為個人怨恨殺死了丘邴章。

丘邴章有個兒子叫來丹，決心要給父親報仇，不殺黑卵誓不為人。

可是這仇並不好報。黑卵是有名的大力士，別說力氣有多大，單說個頭長相，就令人吃驚。身高丈餘，膀闊腰圓，豎起來像一座鐵塔，倒下去如一根橫樑，是個少見的壯漢。還有人說他，皮硬如鐵，刀槍不入，有一次上戰場，敵人飛箭猛射，他竟甩了衣服，裸露胸膛，衝了上去。一支支利箭射在他的肢體上，紛紛落地，他卻一點也沒有受傷。這黑卵真是個極不尋常的英烈好漢！

再看來丹，除了復仇的決心大，甚麼也大不起來。個頭不大，連五尺也高不過去。身單力薄，一股大風就能颳上半天空去。自從有了報仇的念頭，每日雞叫起牀，練習舞劍，但是不知要舞到哪一年才能有了斬殺仇敵的力氣和工夫？

來丹心裏急呀，常常為此焦慮不安，徹夜難眠。過了好些日子，體格不僅沒有健壯，反而更瘦了。

好朋友申他見來丹這樣子，也為他憂慮，擔心這麼下去，不但報不了仇，反而會把他的小命搭進去。那可怎麼是好？

申他忽然想起了孔周。孔周是衛國人，衛國是個不大的國家，經常遭受大國的欺辱侵擾，不時就有強兵進攻，逼着割城讓地。可是，自從孔周出面後，再沒有敵人前去侵犯。孔周傳言，家中得到了殷代帝王的寶劍。這寶劍鋒利無比，削鐵如泥，取人頭就像割草那樣容易。最為可貴的是，其中有把飛劍，若是敵兵眾多，取出飛劍，只要說句「殺死」，那劍就會離手而去，直往敵陣飛殺，劍過處一個個兵

士都成了沒頭的木頭樁子。頭顱呢？一個個西瓜般滾落在地上，簡直就是神劍嘛！

那一年，來了一國兵士。衛國根本就沒出兵，孔周一個人去了，不，還領了個四五歲的孩子。敵兵蜂擁而來，孔周巋然不動。等他們走近了，孔周厲聲高喊着，將神劍的威力告訴了他們，然後說：

「身佩神劍，再看爾輩，如同蟻蛆，根本不勞我費吹灰力氣。現在，我就把神劍交給這個孩子，只要他一聲令下，神劍出鞘，你們就全沒有命了。」

說着，不慌不忙將神劍交給孩童。孩童接過劍，口中唸唸有詞：

「神劍出鞘，人頭落地，屍橫遍野，血流成渠！」

然後，抬起頭厲聲喊道：「不怕死的上來吧！」

前面的聽到喊聲，不僅沒有向前，反而向後退了。突然間，敵人倉皇潰逃，如潮水退去，敗不成軍。

從此，孔周和神劍威震天下。若得神劍，來丹還怕報不了仇？

申他將這想法對來丹一講，來丹喜出望外。二人相隨着來到衛國，拜見了孔周。來丹聲淚俱下的一番訴說，感動了孔周，他答應借給來丹神劍。孔周說：

「我有三把神劍。一把含光，看上去無形，舞起來無影，殺人如割草；一把叫承影，說沒形看上去有影，說有形卻不是完整的寶劍，眼睛一眨，人頭落地；另一把叫宵練，白晝有光無形，夜晚有形無光，說聲殺，飛動而起，立即可以將人殺死。你們要哪一把？」

不用說，來丹知道自己力不敵黑卵，近他不得，當然要宵練。孔周真是慷慨之士，便將宵練借給了他。

來丹得了寶劍，直奔黑卵家而來。時值暗夜，黑卵睡得死沉，鼾聲驚得來丹身肢發抖，他定定神說：「神劍出鞘，取黑卵首級，一、二、三……」話音未落，劍已飛進屋裏，鼾聲停了片刻，劍已飛出來了。

來丹正要接劍，忽覺背後有響動，一看是黑卵的兒子從另一個屋子跑出來了。來丹將手一揚，神劍就向他飛去。神劍過處，那小子已倒在地上。來丹不敢久留，收了劍，往外走去。

沒走幾步，背後有了響動，地上那小子爬了起來，跑進屋去。就聽父子倆說：

「剛才我喉嚨好疼，不知為甚麼？」是黑卵說話。

「是來丹搞亂，他不知有甚麼魔法，沒動手弄了我一跤。」這是那小子的聲音。

來丹這才發現，或許是神劍太快了，掠過肉體，傷口又黏合了，根本殺不死人。

❝ 編者的話 ❞

耳聽為虛，眼見為實，這則寓言故事包含了這個道理。這或許是我從《列子‧湯問》中選寫此文的意思，不知你看後有甚麼感觸？

黑牛白犢

誰都知道，義公是宋國有名的大好人。義公愛乾淨，家裏院裏都收拾得清清潔潔，整整齊齊。不只如此，還把家門前的村巷也打掃得一乾二淨。

村巷連着大道，大道延伸出村去，村外有一條河，河上有一座木橋，那也是義公領着兒子們搭的。

沒橋時，村裏人挽起褲腿過河，水要大了，就得脫了衣裳，再大了，沒人敢過，只能等水退下去再說。義公搭了橋，眾人都方便，所以大家才稱他義公。義公家祖祖輩輩都做好事、善事，遠的不說，眾人能數上來的就有三代了。

最近，義公家有件事在村裏傳成了新聞。

義公家有頭黑牛，黑得溜溜黑，渾身上下沒有一根雜毛。可就是這頭黑牛卻生下了一頭白牛，白牛白得雪白雪白，渾身上下也沒有一根雜毛。白牛在四鄉八村本來就不多見，偶爾見上一頭，也有不少雜毛，像這樣白的牛實在少見。何況，這頭白牛竟是黑牛生的呢！沒有幾天，這就成為稀奇事傳開了。

不少人見了白牛指指畫畫，背後還議論些甚麼，無非是說，仁義之家怎麼會發生這樣的怪事呢？

眾人的閒話傳到義公兒子耳朵裏，他便說給父親聽，父親卻不以為然地說：

「為人不作虧心事，半夜打門心不驚！」

父親這麼說了，兒子還是心裏不踏實，這黑牛生白犢到底是福還是禍？他想討個分曉，就跑去請教孔子。

孔子聽了，對他說：「黑牛生白犢，千裏挑一，是件吉祥事，就用白犢祭祀上天好了。」

兒子回來，將孔子的話轉告了父親，父親當然相信這位聖人的話，村裏祭祀上天時就貢獻了白牛。

義公家的日子又像往常那樣平靜了，日出而作，日入而息，稍有空隙就清宅掃院，自然也兼顧到了門前的村巷和村巷外的大道。

可是，平靜的日子沒過多久，義公突然雙眼失明了。昨天還好好的，天黑了回屋睡覺，誰知道這天地再也豁亮不起來了。村裏人免不了指指畫畫地議論：「不是說，惡有惡報，善有善報？義公盡做善事，為甚麼卻遭惡報呢？」

沒幾日，怪事又接着來了。那頭黑牛又生了，竟然又生下了一頭白犢，和那頭白犢一樣的，渾身上下沒有一根雜毛。

這一下引起眾人的思考，原來義公眼瞎就是這黑牛白犢惹的禍！這一回不知又會招惹甚麼禍事了。

兒子聽了，慌了，趕忙跑去找孔子。見了他老人家，急慌慌地說：

「上次我家黑牛生了白犢，您老人家說是吉祥事。我們按您的吩咐將白犢祭了上天，可哪有甚麼吉祥事呀？我父親的雙眼竟然看不見了！」

孔子不緊不慢地告訴他：「不必驚慌，福中有禍，禍中有福，積善人家，必有善報。」

兒子不待他老人家說完，憂心忡忡地說：「怎麼能不慌呢？這不，這該死的黑牛又生了頭白犢，不知又有甚麼禍事，唉！」

孔子勸慰地說：「是福不是禍，是禍躲不過。回去還是把這珍貴的白牛祭祀上天吧！」

兒子即使不信，也沒有別的辦法，這年祭祀時，還是將白牛貢獻給了上天。說也奇怪，祭祀過沒幾天，兒子的兩眼也看不見了。

這事在村裏引起更大風波，有人甚至說：「神鬼也怕惡人，盡挑善人欺負，你看義公家可憐麼！」

如果事情就這麼下去，世人誰還願意仁義善良呢？接下來發生了一件誰也想不到的事情。

宋國原來是楚國的盟友，後來晉國強大了，就和晉國來往多了。這一來，楚國不高興了，發兵進攻宋國。國君下令，凡是男兒都去國都守城。村裏的男人不管老少，都被趕去了。官差到了義公家，一看父子倆都是瞎子，坐在院裏的台階上曬太陽，哪裏能上陣殺敵？轉身走了。可憐全村男兒，除了七八歲的孩童就剩下了宋家父子。

可怕的是，戰爭一打就是幾年，前去參戰的人死傷過半。村裏被捉去的男人沒有一個活着回來，全戰死了！戰爭結束了，村裏蕭條冷落。地裏的莊稼也由女人打理，長得抖不起精神，又黃又弱。

奇怪的是，硝煙散去沒幾天，義公和他的兒子在一個早上起來，都被亮光刺昏了頭，他們竟然能看見了，眼睛復明了。父子倆興奮不已，仍像往日那麼勤勞善良，忙了地裏，忙家裏，當然也沒忘了忙村裏的事情。家中的光景就像他們種植的禾苗一樣蓬勃興旺。

這時候，村裏人忽然明白了這才是善有善報呀！

❝ 編者的話 ❞

這是《列子·說符》中的一篇寓言故事，人們常說福禍一體，這可能就是故事中要表達的意思。我用黑牛白犢作題目，是要大家認識世界的複雜性。這則寓言故事不算長，留給人們的思考空間卻很大。

晏子笑國君

這天閒逸，齊景公帶了史孔、梁丘據和晏子出了都城巡遊。攀爬一會兒，他們登上了國都南面的牛山。站在山頂，山下的房舍田園一覽無遺。齊景公免不了觸景生情。

極目天際，齊景公看見了臨淄都城，城中的房舍成排成片，鱗次櫛比。一兩道升騰的炊煙，悠悠然飄上藍天，為那整齊的街市平添了生機。齊景公得意地笑了。

放眼遠望，齊景公看見了滿目的田禾，遍地綠油油的莊稼被一行行綠樹裁割開來，成了一方方，一塊塊。每一方，每一塊都長得蔥蘢茂盛，看來今年又是好收成。齊景公滿意地看着。

俯首山前，齊景公看見了一道清清的流水。河道曲曲折折，從遙遠的天際流來，越流越寬，越流越快。側耳聽，似乎能聽見那河水滔滔汩汩的聲響。齊景公憂傷地垂下了頭。

好久好久齊景公不言不語，低着頭默不作聲。過了一會兒，竟然抽泣落淚了。三位大夫不知他為甚麼悲傷，近前問候。齊景公動情地說：

「你們看我們的都城繁華嗎？」

大夫齊聲答：「繁華。」

「你們看百姓的莊稼茂盛嗎？」齊景公又問。

大夫齊聲答：「茂盛。」

「你們看山下的河水流動嗎？」齊景公再問。

大夫們順口說：「流動呀！」

齊景公搖搖頭說：「不對，是在死去。百川東入海，誰見有回頭的？河水是在死去呀！人生就好比這河水，是在一點點死去。可惜，這麼好的城市，這麼好的莊稼，有一天我死去就看不見啦！」

隨着一聲歎息，齊景公居然放聲痛哭。

見齊景公痛哭，史孔也哭了，哭着說：「我依賴君主的恩賜生活，只要有點粗食飽腹，就不願去死，何況您呢！」

見齊景公痛哭，梁丘據也哭，哭着說：「我依賴君主的恩賜生活，即使有個駕馬棧車，也不願去死，何況您呢！」

三人哭成一團，淚流不止。忽然聽見有一陣笑聲，齊景公側目看時，是晏子發出的冷笑。他一臉鄙夷神色，目光正對着他們幾個。齊景公馬上大怒，厲聲質問晏子：

「面對盛世，我感歎人生短暫，止不住傷心痛哭。史孔、梁丘據也被感染，與我同哭，你為甚麼卻冷眼嘲笑我呢？」

晏子止住笑，不慌不忙答道：「生死是世上常情，哭也無用。我明白君主的意思，世事卻難以兩全。若是讓賢明的君王治理齊國，那太公、桓公就要永存；若是要英勇的君主守護齊國，那莊公、靈公就會永存。如果他們中有一位永世存在，為君治國，那君王你就只能像農夫一樣在田中荷鋤躬耕了，哪裏有你主政的位置？你這麼痛哭是貪戀權勢，缺乏仁義呀！」

齊景公心頭一震，滿臉羞愧。晏子指着史孔、梁丘據接着說：「作為臣僚，我們應為君王着想分憂。君王偶有過失，我們應直言上諫，怎麼能不分是非，阿諛奉承呢！」

說着面對了齊景公：「恕臣直言，君王不仁，大臣獻媚，我實在看不慣，所以冷笑！」

齊景公猛然醒悟，舉起酒杯說：「寡人不對，自罰一杯！」

說着，一飲而盡，又命令史孔、梁丘據各飲兩杯，算作懲罰。

❝編者的話❞

　　晏子笑國君出自《列子・力命》。這是一則發人深思的寓言故事。古人說，人非聖賢，孰能無過，國君也一樣，不會事事正確。人們有了錯誤，國君可以通過法律糾正。國君有了錯誤，誰來糾正？只有靠近臣直諫來糾正了。若是近臣都阿諛奉承，那國君的錯誤勢必禍國殃民。好在世上還有晏子這樣的人。

小兒辯日

孔子在魯國是個很有聲望的人，所到之處，人們都很尊敬他。這一回來東方周遊，一路上受到了不少人的禮遇。他和隨行的弟子都樂滋滋的。

這天，風和日麗，一早他們又踏上旅途。馬蹄悠閒，車行緩然。孔子坐在車上看綠樹田原，聽鳥鳴雀叫，心情特別舒暢。

忽然，車停了，就聽見車夫和幾個孩子爭吵。孔子下了車一看，原來是幾個孩子攔在路中間不讓車過。

車夫說：「快讓開，我們要過去。」

一個矮些的孩子指着腳下用黃土圍起的圓圈說：「這是我們的城市。你說哪有城給車讓路的道理？」

一句話，問得車夫無言可答，頓了一下說：「別胡攪蠻纏，小心我的車壓傷你們！」

孔子上前一步，攔住車夫說：「別急，孩子說得有理。」

回頭對孩子說：「我去過不少城市，城邊都有路，供人通行，可沒有見過城市建在路上的呀！」

一個高個小孩說：「這位先生說得對，就放他們過去吧！」

矮個小孩接着說：「是，我看這位先生很有學問，就讓他給我們評個理吧！」

車夫聽了這話，脫口而說：「算你有眼力，他就是大學問家孔子。」

小孩子們知道孔子來了，連忙將他們剛才爭論的事說給他聽。

高個孩子說：「我說早晨的太陽離我們近。」

矮個孩子說：「我說正午的太陽離我們近。」

高個孩子說：「不對，人常說，近大遠小，剛出山的太陽像車輪那麼大，到了正午卻小得像個菜碟那麼一點點。」

矮個孩子說：「不對，人常說，近熱遠涼，正午的太陽曬得熱烘烘的，而早晨的太陽卻涼涼的。」

說完，兩個孩子眼巴巴瞅着孔子，想聽他評個誰是誰非。孔子思來想去，實在不知哪個對，就誠懇地說：

「你們都說得有理，我確實說不清誰對誰錯。」

孩子們哄然笑了，笑着說：「大學問家也有不懂的呀！」

孔子歉意地說：「活到老，學到老，我真是不知道。」

❝ 編者的話 ❞

小兒辯日不只是個寓言故事，而且已成為廣為流傳的民間故事。經過查考，曾經出現在《列子·湯問》中。自然界有着無窮的奧祕，需要人類去探求，去發現，你瞧，兩千年前難住孔子的問題對今天的人們來說依然不是三言兩語能說清的。讀這則寓言不是要了解和解答這個難題，而是說，面對大自然，人類只能是個永恆的學生。

諫釋馬夫

齊景公非常喜歡駿馬，國廄裏全是英俊瀟灑的良驥。

好馬要有好人餵養呀，於是，在全國徵召、選拔來了最好的馬夫。

那時候，馬夫被稱為圉人。齊景公親自召見圉人，告訴他怎樣養馬。他說：

「我的馬都是良驥，比人還嬌貴。人吃甚麼，馬吃甚麼；人喝甚麼，馬喝甚麼。只能侍弄得比人好，不能比人差。聽明白了嗎？」

圉人答：「明白了。」

說是明白了，其實圉人是聽糊塗了。馬就是馬，馬不是人，怎麼能和人的吃喝一樣呢？圉人餵馬是有經驗的，心想，只要餵好就行了，並沒有按齊景公吩囑的去辦。

過了幾個月，馬匹體壯膘肥，滾瓜流油。齊景公很高興。

這天，圉人正在廄中給馬飲水，沒料到齊景公突然進來了。看看他用陶罐打來的水飲馬，說：

「這是涼水吧？不行，寡人不是對你說過，人喝甚麼水，馬也喝甚麼水嘛，天涼了，要讓馬喝熱水，記下了嗎？」

圉人躬身回答：「記下了。」

齊景公說：「記下就好，要是違犯，嚴厲懲罰！」

齊景公走了，圉人為難了。不聽君王的，就要大禍臨頭，聽了他的還不知把馬餵成甚麼樣子。思來想去，還是先保自身安全，不要招惹禍事。此後，天天就用熱水飲馬。漸漸，這些良驥都習慣了喝溫水。

深秋季節，草旺獸肥，正是狩獵的好時候。齊景公帶了一班大臣駕了車馬去山林圍獵。馬蹄飛奔，車駕疾進，齊景公站在車上連連放箭，支支射中，一陣陣喝彩聲響徹山谷。日近晌午，停車歇息，齊景公和大臣飲酒作樂，馬匹們則閒逸在河溝邊吃草喝水。

日暮歸來，夜晚就有幾匹駿馬暴病身亡。圉人明白，是這些馬匹已經不習慣吃嫩草、喝涼水了，因而才遭此大難。看着一匹匹精心餵養的馬倒在槽前，他痛苦不堪。

哪裏知道，齊景公比他還要痛苦，還要惱火。當即傳令：

「將圉人肢解了！」

聽說齊景公因馬殺人，相國晏子緊忙趕來了。眼見齊景公臉色鐵青，暴跳如雷，明白大勢不妙，此人難救。難救也得救呀！忽然想起齊景公幾次和他談到要當堯舜那樣的賢君。他溫和地發問：

「堯舜也肢解人嗎？」

齊景公知道他是為圉人求情，怒沖沖地說：「不肢解也得斬首！」

晏子變換出惱怒的口氣說：「餵死了君王的馬匹，怎能不殺呢！不過，死也要讓他死個明白，我現在就數數他的罪過。」

晏子幾步走到圉人面前，指着他的鼻子，氣惱地說：「你犯了三條大罪。頭一條，是將馬給養死了，這是失職；第二條是將君王最心愛的馬養死了，罪加一等；第三條是因為養死了馬，招致君王殺人。百姓們聽說了會罵君王不仁，諸侯聽說了會罵君王昏庸。百姓不擁戴君王，諸侯要疏遠齊國，我們的國家就危在旦夕了！你看你的罪大不大？」

說到這，晏子對行刑的人說：「拉下去吧！」

晏子的話音剛落，齊景公長歎一聲說：「放了他吧！不要因為幾匹馬而影響齊國仁愛的名聲。」

❝ 編者的話 ❞

諫釋馬夫是《晏子春秋》中的一則故事。晏子用自己的智慧救了利刃擱在脖子上的圉人。這讓我們看到了智慧的力量。當然，寓言中包含的道理不這麼簡單，至少還讓我們領悟到：世界上確實有不能直說的話，卻沒有不能表達的意思。

金鞋寒足

　　齊景公繼位後遇上了好年景，風調雨順，五穀豐登，百姓不缺衣食，朝中也還平靜，他就以為自己是天下最好的君王了。既然是最好的君王，那當然應該吃天下最好的食物，穿天下最好的衣服。

　　最好的食物不難，山珍海味能弄到甚麼，他就享用甚麼。最好的衣服就有些難了。吃飯，好和壞都沒人看得見，無關顏面。這穿衣常要見人，尤其是要會見外國使臣，可不能有一點馬虎。費了不少心思，總算弄到好冠戴，好衣裳，惟有鞋子怎麼也弄不到稱心的。

　　越是弄不到，齊景公越想弄到。他不相信天下最好的君王就穿不上天下最好的鞋。於是下令，在各國招聘最好的鞋匠。

　　被齊景公選中的是魯國的一位鞋匠。一見齊景公，他就侃侃而談，說他家是製鞋世家，祖宗三代，技藝精湛。只要齊景公不怕花錢，就為他製作一雙金鞋。這鞋要做得珠光燦燦，金輝閃閃，舉步抬足，奪人眼目。

　　齊景公還沒聽完，嘴巴就高興得合不住了。工匠要黃金，他給了；工匠要白銀，他給了；工匠要珍珠，他給了；工匠要瑪瑙，他給了。當然，還讓工匠吃宮中最好的飯，吃飯的時候，讓美女唱最好的歌，跳最好的舞。只要工匠能製出天下最好的鞋，摘星星他都心甘情願。

　　工匠確實是個技藝高超的好工匠，他沒有辜負了齊景公的期望，經過七七四十九天的精心打造，金鞋製成了。這天，將金鞋往朝堂上一擺，光彩耀眼，臣僚們一個個無不交口稱讚。

　　這鞋果真非同尋常，金底金幫金鞋帶，金光燦燦，再嵌上美玉，綴上珍珠，遠看珠光寶氣，近觀精細入微，難怪臣僚們都誇好。最為滿意的是齊景公，他費盡苦心，終於有了天下最美的鞋。

齊景公生怕怠慢了這難得的金鞋，齋戒七天，沐浴一天，才正式上腳。

金鞋着腳，好沉好沉，齊景公穿着，腳上就像拽着兩塊青石，不使勁，還真邁不開步子。他用力前行，從寢宮到朝堂冒了一身汗。

金鞋着腳，好涼好涼，齊景公穿着，腳上就像套著兩個冰槽，一扎腳，透心涼。他強忍着前行，從上朝到下朝雙腿冷成了兩根冰棍。

不管穿着怎麼樣，金鞋還是挺撐面子的，各國使臣見了，都誇說從來沒見過這麼好的鞋，使臣們一說，各國都知道了，天下人沒有一個不知道齊景公有對舉世無雙的金鞋。

齊景公穿着金鞋，金鞋給了他榮光。

齊景公穿着金鞋，金鞋給了他痛苦。

他穿着金鞋費力行走，艱難拔步。冬天來臨了，西風勁吹，寒氣襲人。齊景公穿着那鞋寒冷得發抖，沒過幾天，腳腫了，又紅又紫；再過幾天，想穿也不能穿了，腳腫得插不進鞋裏了。

金鞋被放在一邊了，齊景公再也沒有穿過。

❝編者的話❞

金鞋寒足出自《晏子春秋》，是一篇耐人尋味的寓言故事。愛美之心，人皆有之。審美情趣是人的基本素質。但是，物極必反，如果美成了一種負擔，一種痛苦，那可就有些過頭了。我們千萬不要再步齊景公的後塵。

猛犬社鼠

齊莊公被人殺死後，繼位的是齊景公。

齊國是個大國，要治理好並不容易。齊景公思來想去又起用了老臣晏子。晏子在齊莊公時就擔任相國，秉公理政，得罪了不少朝中小人。齊莊公聽信讒言，疏遠了晏子，晏子便辭官歸里。

晏子奉召歸都，齊景公和他商談國家大事，問他，怎麼能治理好國家？晏子沒有正面回答，講了兩個故事。

第一個故事是關於賣酒的。都城裏人口眾多，喝酒的人也多，有位商人看準了行市，開了門店和作坊，作坊造酒，門店賣酒。為了造好酒，他請了全國有名的釀酒師。這位師傅祖輩造酒，是在酒坊裏薰大的，酒味撲鼻，就知道了酒的成色，該加溫還是減火了然於胸。釀酒師說造好酒要好料，商人就收買最好的大麥高粱；釀酒師說造好酒要好水，商人指定一駕車專門去有名的神泉拉水，果真釀出了世上罕見的好酒。

好酒上市，也不凡俗。裝酒的全是精巧的陶罐、陶甕，進了店不要說買酒，看一眼也賞心悅目。為了招人眼，簷前高插一桿，桿上掛一酒幌，上寫三個大字：入口香。

這麼精心安排一番，開了張，商人心想，就等着招財進寶吧！

一天過去了，酒店裏空空蕩蕩的，沒有人來。

一月過去了，酒店裏空空蕩蕩的，沒有人來。

作坊裏釀出的酒源源不斷，裝滿了甕，裝滿了罐，後廠前店都裝滿了，再也沒有東西裝了，還是一碗也賣不出去。商人着急了，跑到街面上去打聽原因。附近的店家沒說甚麼，用手指了指他的酒店。這時候，正好有人挨近門前，蹲在店裏的一條黃狗猛然躍出來，嚇得那人一蹦好遠。逃遠了，還回頭看看，那猛狗有沒有追來。

商人明白了，立即趕走了那狗，酒店有人買酒了。人一天天增多，生意紅火起來了。

晏子剛講完猛犬的故事，齊景公就說：「寡人明白了，治理國家要謹防身邊有權勢的人成為兇猛的惡狗。若是他們擋道，別人有再好的意見寡人也聽不到了。」

晏子說：「大王說得對，只是這猛狗尚好管治，另一類東西雖小，你拿牠還真沒辦法。」

晏子說的是社鼠。有一家人，不缺吃，不缺穿，日子過得卻挺心煩。煩甚麼？煩老鼠。家裏時不時就有老鼠竄動，吃點五穀雜糧也罷，吃飽了四處磨牙，啃門框，啃窗戶，啃破的衣裳不計其數。那就打吧！一打就竄了。後頭緊追慢追，老鼠竄進了隔壁的牆洞。要按常理，用水灌，用火燒，非把這惱人的禍害治死不可。然而，在這不能用這辦法，隔壁是社廟，裏頭供奉着先祖的牌位。把這小廝治不死，先驚擾了祖先的英靈，那怎麼能行？

齊景公聽晏子講完社鼠的故事，贊同地說：「是，這社鼠比猛犬難治。」

過了一霎，他不解地問：「那麼，何為社鼠？」

晏子一針見血地指出：「社鼠就是君王身邊那些小人呀！」

齊景公心胸豁然亮堂，拍案笑道：「哦，寡人明白了，謹防猛犬社鼠，國家就會安寧。」

❝ 編者的話 ❞

> 猛犬社鼠出自《晏子春秋》。晏子和齊景公論政，是在遙遠的春秋時期，那個時代遠離我們兩千年了，可是翻開典籍一讀，不僅沒有古老的感覺，而且，滿目新意。因此，選寫成這篇文章，願讀者從中有所啟示。

賞賜刖跪

刖跪是齊國宮中的看門人。

一看這個名字，你可能就清楚了。刖是被剁掉足的人，不能站立，不能走路，只能跪着，就被人稱為刖跪了。

刖跪在齊莊公時，是宮中的一位大臣。有一次因為君王連連狩獵，誤國殃民，他直言上諫，激怒了齊莊公被施以刖刑，剁去雙足，由臣僚降成了守門人。受了重刑，肢體殘廢，應該接受教訓吧，偏偏這刖跪生性耿直，遇見不平的事情就禁不住直言相告，君王都換了，脾氣還是改不掉。

這天，刖跪在門口值守，聽見宮中有馬蹄響動。轉身看時，奔來了一輛馬車，而且是六匹馬駕的大車。六匹馬駕的大車只有君王才能乘坐，可看趕車的人，披頭散髮，袒胸露臂，不像是那位熟悉的馭手。仔細看時，那馬車漸漸近了，哪裏是馭手呀，是齊景公。

駕車的正是齊景公。他和後宮嬪妃歌舞取樂，蹦蹦跳跳，打打鬧鬧，忽然覺得宮室太小。有妃子說，乾脆到郊外的草地上戲耍去。玩鬧得興頭正濃，齊景公怎能不答應呢！於是，不束髮，不戴冠，披一件衣衫親自駕着車直衝宮門而來。

刖跪看清是齊景公，馬上一腔怒氣，君王不理國事，不正衣冠，荒唐到這種樣子，國家真要衰亡了。待馬車奔到門口，他一躍而起，扒住馬身，指着齊景公的鼻子說：

「你哪裏像個國君！作為齊國人，我感到丟人！」

齊景公根本想不到小小的刖跪竟敢這麼指責他，羞愧地怔住了，車上的嬪妃們也驚呆了。愣怔間，刖跪已回過馬頭，齊景公只好悻悻地回到深宮。沒有遊玩成，還遭受了下人的責備，齊景公又羞愧，又

生氣。想治罪刖跪吧，可人家說得有些道理；不治罪吧，實在讓他大丟臉面。乾脆不上朝，不見臣，一個人獨自坐着慪氣。

晏子聞知，趕忙進宮拜見齊景公。宮人報知，齊景公連聲說：「不見！不見！」

晏子說給宮人：「你報給君王，說我賀喜來了。」

宮人報過，晏子進了宮，見到齊景公即施禮道賀。齊景公瞅着晏子苦笑着說：

「我作為一國之君，竟然受到一個殘疾門人的羞辱，往後還怎麼面對國中子民？還怎麼會見各國諸侯？」

晏子不緊不慢地說：「大王怎麼把天大的喜事當成憂慮呢？我聽說，明君在上，臣僚就敢直言上諫；昏君在上，臣僚就閉口不言。今天，你不慎有了過失，連一個殘疾了的小人都敢直言勸諫，說明你是少見的明君呀！我就是為此向你賀喜的。」

一席話說得齊景公轉憂為喜，頓時，雲散天開，換了一副模樣。

晏子趁勢說：「若是大王能獎賞那位耿直的刖跪就更好了！」

齊景公當即傳令，重賞刖跪，免去稅賦，還給了他不少錢財。

❝編者的話❞

賞賜刖跪是《晏子春秋》中的一則寓言故事。晏子以能言善辯著稱於當世，也流傳於後世。讀了這則寓言故事，我以為應該稱道晏子的不僅是他精巧的言辭，還有他那靈活的思維。當然，更讓人敬仰那位剛直進諫的小人物刖跪，國家太需要這樣的人了。

金壺亡國

齊景公去東方遊覽，不知不覺進了古紀國的地界。

看山，山色青葱，樹木翁鬱，是難得的好山。

看水，水色青碧，波光蕩漾，是難得的好水。

看人，民風淳樸，忠厚善良，是難得的好人。

人們聽說是君王出遊，黃土填道，迎來送往，非常熱情，還有人獻上了一個金燦燦的寶壺。齊景公仔細觀看，造型圓潤，花紋精細，是個難得的寶貝。打開壺蓋，裏面還裝着東西，歪轉壺身，倒出來一封丹書。那丹書上寫着幾個大字：

食魚無反，駕馬勿乘。

顯然這金壺原本是紀國的鎮國之寶，大家都高興異常。

齊景公反覆讀那丹書，讀了兩遍，笑着說：「我知道是甚麼意思了。食魚無反，是說吃魚不要翻動，翻動會出腥味；駕馬勿乘，是說不要乘劣馬駕的車，那是因為它走不了多遠！」

晏子皺皺眉，又琢磨了一會兒，說：「大王說得有理，但既然是宮中寶物，這話應該理解為：食魚無反，是說不要搜刮盡百姓的財力；駕馬勿乘，是說不要任用品德卑劣的小人為臣。」

齊景公聽晏子這麼一解釋，連忙說：「這話說得好，這是治國的大政方略呀！」

晏子說：「我想，是的。」

轉念，齊景公突然又說：「紀國山好水好人更好，又有這麼好的丹書指導政事，怎麼會亡國呢？」

晏子哈哈一笑，意味深長地說：「丹書是好，他們不使用，卻裝在金壺裏藏起來了，怎麼能不亡國？」

❝ 編者的話 ❞

　　《晏子春秋》故事眾多，金壺亡國是其中的一則。故事不長，但意蘊很深。表象是說，有了好的謀略，若不實施，也是白搭。深一層想，金壺是好壺，丹書是好書，用好壺收藏好丹書，看似珍視，卻束之高閣，變成了另一種棄置，好事辦成了壞事，多麼發人深省。

賞桃殺士

齊景公喜歡狩獵，召來了很多武士。每次出獵，武士們四面圍攏，包抄野獸，趕到一起，齊景公再搭弓射擊，因此，捕獲甚豐。

齊景公對武士寵愛有加，讓他們享受臣僚的待遇。

武士們自恃功高，為所欲為，成了朝中的禍害。特別是公孫接、田開疆、古冶子，竟然公開大鬧國宴，弄得寵愛他們的齊景公很沒面子。

事情是這樣的。按照慣例，歲序更新，齊景公要舉行國宴，辭舊迎新。出席國宴的主要是朝中重臣，因為齊景公寵愛武士，所以也給他們設置了幾個席位。不用說，他們的席位在大臣之後。哪知，他們一看席位竟然發了怒。

公孫接藉口禮數不周全，拂袖而去。

田開疆則說酒水不好喝，擲杯而去。

古冶子大嚷飯菜不可口，掀席而去。

本來是一場喜慶的國宴，弄得不歡而散。散席也罷，三位武士仍然怨氣難平，公然揚言要攪亂齊國。齊景公聽說後，憂心如焚，坐立不安，慌忙找來晏子商議對策。

齊景公決心要殺這三個東西了，可是又有些擔心，派勇士刺殺，恐怕武力不敵；用箭刺殺，恐怕射不中。稍有閃失，驚動了他們，反而會被他們所殺呀！

晏子說：「先禮後兵，我們做到仁至義盡。我先代表國君去安撫，若沒效果，再說如何除掉他們！」

齊景公同意了，晏子來到武士駐地。三個武士狂傲不羈，披頭散髮，在室中鬥毆。見晏子進來，住手怔了片刻，便戲弄起堂堂相國來。

公孫接蹬地行走，搖搖晃晃，顯然是羞辱晏子個子矮，嘴裏還唸唸有詞：「小人不才，願步相國後塵。」

田開疆插話逗趣：「走得好，比相國走得還好！」

古冶子更是出語傷人：「胡扯，傻模樣，還不如狗！」

晏子忍住火氣，待他們笑過，才說：「三位武士在上，小臣這裏禮拜！日前國宴上不周之處，是小臣禮數不全，恭請諒解！」

晏子施禮，三人不還禮也罷，繼續起哄。

晏子無聊地退出，稟告齊景公說：「君王所慮極是，此三人蠻橫無禮，日後必然要生變亂。」

齊景公擔心地問：「那如何處置？」

沉吟片刻，晏子說：「也好辦。這三人不懂禮儀，何需動劍挽弓，只要送去個物品讓他們火併即可。」

時值初春，草木未萌，花朵未開，果實最為珍貴。所幸宮中尚有保存很好的桃子，這更珍貴得不得了。齊景公派大臣送去兩個桃子，並對三位武士說：

「你們功高恩重，君王時刻念記，宮中尚有隔年的珍貴桃子，願與你們共同分享，可惜藏物太少，只有兩個，你們就論功而食吧！」

大臣剛走，公孫接就搶了一個，說：「我該吃一個！我公孫接武力過人，先擒猛鹿，後搏惡虎，這桃子是君王賞我的！」

沒等他說完，田開疆搶奪下來，斥責：「我吃一個才應當！上陣作戰，總是我揮戈在先，打得敵軍潰退大敗，這桃子是君王賞給我的！」

不等田開疆說完，古冶子早已大怒，厲聲道：「當初我隨國君渡黃河，黿魚突然上船咬住左馬，拖進了砥柱山。對這惡魚，誰也無奈。那時我年輕氣盛，一聲大喝，跳入水中，往上追了百步，被黿魚發現，又往下逃。我雙嘴緊閉，大氣不出，追出九里，掄拳猛打，擊

死了鼉魚。我左手拉馬，右手抓鼉魚，浮出水面。船夫見了，以為是河神出水，倒身就拜，哪裏知道是我呢！」

田開疆、公孫接被激怒了，揮劍直劈古冶子。古冶子未及提防，被刺中了。但是，他不愧是個英雄好漢，肋間鮮血泉湧，不管不顧，拔劍直指對手。田開疆後退一步，沒被刺中，而公孫接已倒在血泊中了。田開疆轉身，古冶子手起劍至，從後背穿到前胸。未及拔劍，田開疆已栽倒在地上。古冶子見二位被刺身亡，口噴血雨而死！

不費一兵一卒，不用一弓一劍，兩個桃子就結果了三個武士的性命。

❝ 編者的話 ❞

讀過《晏子春秋》中的這則寓言故事，不由得思考這樣的問題，世界上最不可戰勝的是甚麼？不是力氣，而是智慧。當然，故事提供我們的思考很多，人們的和諧生活靠甚麼？靠禮讓，若是愚昧到不懂禮儀的程度，那麼禍事隨時可能發生。這也是啟示之一。

攘雞

攘雞就是偷雞。偷雞在戰國時期被稱做攘雞。

攘雞的是位年輕的後生，人們就叫他攘生。

攘生原本是個聰明機靈的孩子，走上偷雞的歪路是出於好奇。

那一次，他和夥伴們在草地上玩耍。草地上綠草茂密，開放着一朵一朵的小花。綠草間蹦跳着螞蚱，花朵上飛旋着蝴蝶，他們又逮螞蚱，又捕蝴蝶，玩得可開心呢！

突然，一道紅光閃過，就聽見嘰嘰嘎嘎的雞叫聲。定睛一看，是一隻火紅的狐狸從旁邊的樹林躥出，直撲草地上覓食的雞羣。雞們受了驚嚇，尖叫着四散而逃。紅狐瞅準一隻，箭一樣彈射過去，咬住牠的脖子，匆匆鑽進樹林裏去了。

紅狐偷雞的場面讓攘生看呆了，當然，他這會兒還不是攘生，可是那亮眼的身影，機敏的動作，撩撥得他也想捉隻雞。試過幾次，一撲過去，雞就飛走了，沒有一次能達到目的。

一次又一次的失敗，讓他很不甘心，他要報復雞，就趁黑夜溜到人家的籠窩裏摸雞。那時候，雞正睡覺，不用說，一摸一個準。看着雞被馴服的樣子，他比紅狐還要得意。

一次又一次的得意，讓他成了習慣，一天不偷雞他就手癢得坐立不安。因此，每當夜深人靜，他便來了精神，溜出屋去，跳進人家院裏，摸到雞窩，捉住雞轉身就逃。逃回家去，那個高興勁就甭提了！

世上沒有不透風的牆，他偷雞的事很快被村裏人知道了。知道了也沒人和他較真，一隻雞值不了幾個錢，鄰里鄰居，低頭不見抬頭見，鬧翻了多不好意思。大家就送他個名字：攘生。

攘生夜夜出去，都要設法偷到一隻雞。

攘生夜夜得手，沒有多久，就偷光了全村的雞。

　　只因村小，人少，雞養得不多。這一來，攘生的日子可難過了。一天不去偷雞，就睡不着覺；兩天不去偷雞，就吃不下飯。到了第三天，攘生已打定主意去鄰村偷雞。

　　夜幕降臨，星光閃爍，攘生已躲在東莊的外面了。待到夜色一深，他便鑽進村去，摸到了一隻雞。他快步出村，忽然，鑼聲響起，村口已堵滿了人。原來東莊有個護村隊，他的可疑行跡早被人家盯住了，不用說攘生被逮了個正着。一夥後生撲上來，讓他飽嚐了一頓拳頭棍棒的滋味。虧得幾位長老勸說，才放了他。

　　攘生腿痛腳腫，跌跌撞撞回到家裏，在炕上躺了好幾天。心想，這雞不能偷了。可是，傷好了，手癢了，又坐臥不安了。這天晚上鬼使神差溜出村來，不過，還多了個心眼，沒去東莊，拐進了西莊。

　　誰知西莊的警惕性比東莊更高，攘生剛把手伸進雞窩，就被一夥人圍住了。一隻大腳踏在他的背上，屁股領受着雨點般的棍棒。他苦苦哀求，爺爺奶奶的叫喚，人家才放了他。

　　攘生渾身傷痛，在炕上躺了好幾天。

　　得知攘生又因偷雞挨了揍，好友潔漢跑來勸他：

　　「你這麼精明，幹甚麼不好，為甚麼偏要偷雞挨打？」

　　攘生說：「我也知道這事不對，可習慣了，改不了。」

　　潔漢說：「怎麼改不了，下決心，不去了就改了。」

　　攘生說：「我聽你的，只是這毛病是慢慢養成的，我就慢慢改正吧！過去我一天偷一隻，以後就一月偷一隻，再以後一年偷一隻，過兩年不偷了，這總行吧！」

　　潔漢苦笑着，搖搖頭。

❝編者的話❞

　　這是《孟子》中的一則寓言故事。孟子到了宋國，見稅收繁重，民不聊生，就勸國君免稅。大夫戴盈之卻說，逐漸減少。於是，孟子就講了這個故事。孟子雖然是告誡戴盈的，跨越時空，到今天仍然有着教育意義。知錯就應改，要改就徹底改，否則，自我寬容，會越陷越深。

子產受騙

子產是鄭國的相國。他很聰明，這不用說，一個不聰明的人怎麼會當上相國？

說到他的聰明，史書上記載着這麼一件事。那是他隨同鄭簡公去晉國拜見晉君。同是國君為甚麼要拜見呢？因為從晉文公起，晉國強盛起來，登上了霸主國的地位。霸主可以指使諸侯，若是哪國違例，他率眾而來，不打個落花流水才怪。鄭國沒有晉國強大，所以就得去拜見人家，當然，拜見時還少不了要帶一份禮物。

事不湊巧，子產和鄭簡公到了晉國，魯國的國君卻死了。晉平公以哀悼為名不予接待。這可真是個棘手的事情，人家不理睬，連個落腳的地方都沒有。關鍵時候，子產的聰明顯示出來了。他命令隨從，推倒驛館的院牆，將車輛趕了進去，他和鄭簡公也就進去了。

牆一倒，晉國大夫士文伯來了，本是怒沖沖問罪來的，可是聽了子產的一席話，有天大的火也發不出來了。子產說：

「我們沒有膽量推倒圍牆。可是，更沒有膽量將禮品裸露街頭。既是禮品，不是我們的，是晉平公的。若在街頭露水浸濕，犯了欺君之罪。我們寧可推牆受指責，也不敢欺君呀……」

如此一番辯解，士文伯還能發甚麼火呢？只好安排時間，讓他們拜見晉平公。

這件事傳播開去，子產成了智慧的化身。可就是這麼聰明的子產竟被一個小小的校人給騙了。

校人是管理池塘的小吏。子產有個專門養魚的池塘，這是他施善的場所。他不僅聰明，而且善良，善良到不僅體恤百姓，而且關愛一切生靈。作為相國，他是個一人之下，萬人之上的大官，少不了有人

要送些禮品，見了活雞活魚，他不忍殺生，就要放了牠們。雞好放，魚要水養，於是，便有了個放生的池塘。

這一日，有人送來了一條活魚。待那人一走，子產馬上叫來校人，要他把魚放進池塘。

校人接過魚一看，是條鯉魚，渾身鱗光閃閃，紅嘴紅鬚紅鰭。不光好看，而且肥嘟嘟的。這是個饞人，不看還好，一看禁不住口水直流。因而，朝池邊一轉，趁着沒人，拿了回去，煎熟，吃了，吃得餘香滿口。

剛剛吃完，校人就被子產叫去了。子產惦記着那魚，問他，不知是不是活了？

校人小眼睛骨碌碌一轉，馬上回答：「多虧大人給我的早一點，遲了，那魚就活不成了。大人給了我，小人不敢怠慢，三腳兩步跑到池邊，將牠放入水中。剛一會兒，牠動了，身子擺正了，接着搖頭擺尾游動了。游着，游着，鑽進深水不見了。大人，這魚活了！」

子產聽校人這麼一講，高興地說：「牠可找到合適的地方了！」

校人出來，抹一把冷汗，嘿嘿一笑，說：「誰說子產聰明？聰明個屁！」

66 編者的話 99

不能說子產不聰明，但聰明的子產卻被校人給涮了。人人都希望自己聰明，人人都在這個世界上使用聰明，這個世界便成了聰明的世界。聰明讓世界美好，聰明也使世界糟糕。聰明的美好和糟糕不決定於自身，而決定於人有沒有道德。《孟子》中的這則寓言故事發人深省，有道德而又聰明的人，才有健康的人生。

學弈

戰國時候各國對弈成風。

對弈就是下棋。所以下棋成風，是因為戰爭不斷，血流成河，人們深受其害，就將兵戈之爭放到棋盤上來了。在這不動利器的戰場上，可以奮力廝殺，可以拼個你死我活。這就將混亂的戰爭變得有了秩序，將流血的拼爭化為智慧的較量。

較量來較量去，在諸多國家頻繁的較量中，出現了一個常勝不敗的大師。他姓甚麼無人記得，只知道他的名字叫秋，因為他弈技超羣，眾人就尊稱他為弈秋。

弈秋大勝回國，得到家鄉父老的厚愛，都請他帶個徒弟，來年再在各國競弈時爭魁奪冠。弈秋也不推辭，可是，在確定徒弟上有了難點，國內下棋的高手如雲，到底帶哪一位合適？最後大家商定，舉辦一次比賽，就帶那位最後的勝利者。

賽事進行得緊張而又激烈，選手們各展絕技，互不相讓，搏殺了一場又一場，淘汰了一個又一個，賽到後來只剩下兩位了，而這兩位竟是兄弟倆。一個叫大悶，一個叫二明。在決定勝負的關鍵一盤，弈秋親自觀弈。只見二人弈技全然不同，大悶技法穩健，紮實推進，全盤如銅牆鐵壁。二明攻勢凌厲，頻出奇招，總能佔據優勢，結果，二明勝了大悶。

自然，弈秋應該帶二明為徒了。出人意料的是，弈秋做出決定，將二明、大悶都收做弟子。從此，二位便拜弈秋為師，成年累月鑽研弈技。

二明果真聰明伶俐，師傅一點即會，非常靈動。大悶就來得慢了，師傅點撥的招數，他總是悶爛於心，好久好久地琢磨，兩個眉頭常常擰結在一起，若是偶然各歸其位，準是他感悟到了新的東西。光

教不行，還要實戰交手，師傅不時帶他們去鄰國參加一些賽事。每次比賽，都是二明勝出。一時間，二明成了眾生仰慕的新星。

　　二明是個有心人，就是腦瓜子太靈活了。那日，賽事之後，為祝賀他奪魁，一位射手當場表演，挽弓搭箭，對準長空中的一行飛雁射出一支。眨眼工夫，一隻大雁跌了下來。頓時，眾人掌聲如雷，高呼叫好。那射手挽弓的英姿，以及射中後自豪的場景牢記在他的心中了，他甚至想當一名神射手。

　　這天，弈秋師傅又在講授弈技，忽然，天上飛來一羣大雁。大雁一叫，二明的心思就飛了出去。先是想着天上的雁羣，接着是挽弓的英姿，然後是射落的大雁。雖然盤膝正襟，坐得端端正正，但師傅講了些甚麼，他一句也沒有聽進去。這樣的事如果是一次也還好說，問題是以後大雁一叫，他就不由得走了神。待雁羣飛遠了，師傅已講了好多，他回過神再聽，聽得雲山霧海似的。

　　時隔不久，各國的弈技大賽開始了。大悶、二明都作為選手參加了。眾人都對二明這位棋星寄予厚望，盼望他奪魁爭光。沒想到，僅僅殺了幾圈他就敗下陣來，被淘汰了。國人的眼光黯淡了，看來這一回奪魁與自己國家無緣了。然而，大悶卻一路獲勝，連克高手，以優異的成績走上了最高獎壇。

　　大悶成了弈壇明星。

❝ 編者的話 ❞

　　《孟子·告子上》中的這則寓言故事，曾經產生了一個成語：專心致志，以此告誡人們，不論是求學還是做事，只有專心致志才能成就大業。用時新的眼光去看這古老的法則，固然人不能忽視智力因素，但是更不能偏廢意志的訓練，否則，就會聰明反被聰明誤，一事無成。

楚人學齊語

　　古時候有個楚國人，當了一輩子官，年齡大了，官不能再大了，就想讓自己的兒子將來當大官。他連兒子當大官的路子也給設計好了。那時候，齊國最強大，各國都看霸主齊桓公的臉色行事。要是讓兒子精通齊語，那就為日後當大官做好了準備。

　　想好了，說幹就幹。楚國這位官人辦事挺認真，立即給兒子請來了家庭教師，還是位外教。既然是學齊語，當然這位教師是齊國人了。齊國教師一見官員，嘰哩呱啦一番，像鶯聲雀語，他一句也沒懂。雖然聽不懂，可聽見人家說話就像流水一般暢達，自以為不錯，很滿意。當即擺菜上酒，宴席招待。

　　官員的熱情感動了齊國先生，一定要教好他的兒子。先生教得十分認真，孩子學得也十分認真。他教一句，孩子讀一句，讀不準，返回來再讀。一句話即使說十遍八遍也要熟練了，才往下進行。這中間那位官員沒有少來，每次來了，怕打擾兒子學習都輕手輕腳。站在窗外屏息一聽，先生教得明白，兒子讀得清楚，放心地去了。

　　如此學習，很快就過去了一個月。這日夜晚，父親把兒子叫到跟前，說：「聽說你在學塾學得很好，今天當着我和你母親的面說說吧！」

　　兒子不推辭，張口即是鶯聲雀語，只是沒幾句又成了楚國語。

　　父親勸慰兒子，開頭說得不錯，不要着急，堅持下去，就學成了。

　　時光飛逝，很快又過去了一個月。瞅個空閒，父親把兒子叫來，看他有無長進。

　　兒子立即張口，鶯聲雀語響了起來，父親聽了面露笑顏。可惜，說着說着，又成了滿嘴楚國話。

這一次，父親除了勸慰，還生出幾分嚴厲，警告他不能再說楚語。

過些時日，父親叫來兒子，看他有沒有糾正了先前的錯誤。案上多了一條鞭子，對他說：「若是說錯一句，就打一鞭子！」

兒子點頭稱是，但過了半天，臉都憋紅了，也說不出一句。

父親生氣了，將先生喚來問話。

先生說：「你家孩兒學得很認真，在堂上說得很順利。不過，一下課，走進家中，總說楚語，就說不成齊語了。」

話說到這，看見官員面露狐疑，不好再作解釋。又一想，既然成效不佳，乾脆要求歸里，免得人家辭退難看。這話剛一出，官員便答應了。

官員答應了，先生卻不甘心這麼敗興而歸。憑自己的多年教學工夫，憑孩子的學習勁頭，怎麼也應該學好齊語了，可惜缺個良好的說話環境。他就要走出門了，又轉了回來，說：

「如果你同意的話，我將孩子帶回齊國教授，學成了再送他回來。」

這意見官員欣然接受了。於是，先生就帶着孩子回到了齊國。

這一來，學習齊語方便多了。除了課堂學習，先生便放他出去，他走大街、串小巷，凡有人的地方聽到的都是齊語，每個人都是先生。若是開口不說齊語，誰也聽不懂他說的是甚麼意思。

如此過了一年，孩子滿口都是齊語了。先生沒有急於讓他歸國，繼續讓他學習鞏固提高，一定要讓他說得像齊人那樣好。

如此又過了一年，孩子滿口是熟練的齊語了。先生沒有讓他歸國，繼續讓他熟悉流利，一定要讓他說得比齊人還好。

工夫不負苦心人，到了第三年，孩子用齊語演講比齊人還要精彩，帶着滿意孩子回到了楚國。

兒子歸來父親欣喜異常，不用他催問，兒子就給他說齊語，說得滿口鶯聲雀語，像當初先生說得那麼通暢流利。

說過齊語，父親讓兒子說幾句楚語，兒子憋了半天，張口結舌卻說不出來一句。

66 編者的話 99

這則寓言故事出自《孟子·滕文公下》，從一個側面生動說明了環境對人的作用。環境可以影響人，環境可以成就人，環境可以改變人……一句話，環境對人的成長至關重要。不過，寓言中還有其他含義，至少應該明白，做事不要走極端，反之，就會物極必反，顧此失彼。

拔苗助長

宋國有個人從小進城學做生意，在市井裏忙碌了大半輩子，人們把他叫做宋賈。

宋賈年老了，回到村裏閒居。他的兒子務農，每天太陽沒出來就下地去了，

太陽落了還不願回家，仍在田裏忙活，直到天黑了，甚麼都看不見了，才離開莊稼地。

見兒子這麼辛勞，宋賈很為心疼。他跑到自家地裏一看，不好，兒子這麼勞累，莊稼長得還不如鄰家的，又黃又矮，真不知該怎麼辦。

這天，宋賈沒等太陽出山便來到田裏。他輕輕一揪小草，高出了不少。宋賈馬上心頭一亮，啊呀，這不就是個好辦法嗎？把禾苗都拔一拔不就長高了！

說幹就幹。宋賈不拔草了，將穀子一苗一苗輕輕拔高。這還真是個細緻活，不用勁，拔不起來；用勁大了，拔出地面來，肯定死了。宋賈一邊拔一邊琢磨，待拔過十多苗手熟了，拔動也就快了。看着手下很快就高了的禾苗，他不免有些興奮，幹得更快了。連太陽升起，光照大地也沒有注意到，他埋着頭，只管拔。拔呀拔，趕吃早飯時，已拔完了一畦。

走出地來，他才覺得腰痠腿疼，這農活真不好幹。可是，看看那高了一節的禾苗，心中一高興，早忘了渾身的勞累。

宋賈喜氣洋洋回到家裏，邊吃飯，邊對妻子誇耀：「這種莊稼和經商是一個理，都有竅門。我可找到竅門了，一早上就幫禾苗長高了不少！」

妻子不解地問：「甚麼竅門？怎麼長高的？」

宋賈脫口而出：「這有甚麼難的，拔唄！」

妻子大吃一驚，忙問：「你拔苗了？」

他得意地說：「是，這叫拔苗助長。」

「糟了！」妻子轉身出來，就要下地去看。碰見兒子回來了，她將這話對兒子一說，兒子撒腿就跑。

這會太陽升高了，光線不如前一陣柔和了，火辣辣烤着大地。兒子跑到地裏一看，立即癱坐在田頭。整畦的禾苗全蔫了，倒伏在地上，都死了。

66 編者的話 99

拔苗助長在古文中又稱揠苗助長，這則寓言故事見於《孟子·公孫丑上》。宋賈是位急於求成，好心辦壞事的典型人物，之所以會辦壞事，是因為他的行為違背了事物發展的客觀規律。任何事物都有內在規律，只有正確認識事物，遵循規律，好心才能辦成好事。

玉石

魏國都城郊外不遠處有個村莊。村莊裏住着兩戶人家，一戶常年耕田為食，家中的老者人稱田翁。另一戶則以經商為生，那家的老者人稱賈翁。

賈翁長年累月走村串戶，不時還把生意做到都城，因而見多識廣。田翁一年四季躬耕田地，偶爾走動，除了走親戚就是趕集，所懂得的除了五穀六畜，就是柴米油鹽。

這日，田翁如往常一樣早早就下地鋤草。他掄動鋤頭，用勁大幹，不一會兒就渾身出汗。乾脆脫了上衣，光着膀子，彎腰鋤地。突然，一鋤下去，唭嚓作響，還迸濺着火星。伸手一刨，撿起了一塊石頭。看是石頭，卻與平常見到的石頭不同，半邊粗糙，半邊光滑，也沒有普通石頭那麼重。收工時，田翁便將這怪石帶回家裏。

走近村口，湊巧碰上賈翁。賈翁一見田翁拿着東西，便問他：「拿的甚麼寶物？」

田翁隨口說：「哪是寶物，一塊怪石頭。」

賈翁近前一看，眼光閃亮，分明是一塊玉石嘛！頓時，垂涎三尺，就想把這個寶物弄到自己手中。他問田翁：「哪裏來的？」

田翁告訴他是鋤地時發現的，險些碰壞鋤頭。賈翁立即接口：

「哎呀！可不好，你家世代種田，土地疏鬆，從沒發現這石頭，為甚麼獨獨你就發現了？你種瓜沒有得到瓜，反而得了塊怪石頭，這不是好兆頭，乾脆扔了吧！」

田翁聽了，覺得賈翁說得有理，可是已端到家門口了，放在院裏也不會有甚麼妨礙吧，就拿了回去。

夜裏，田翁出屋，只見院中閃爍着一道白光。他順那光找去，又見到了田裏的怪石。這光是它發出的。從來也沒有見過發光的石頭，

田翁慌了，可別因為這石頭惹下災禍。匆匆忙忙跑到鄰家，敲開了賈翁的門，說明了石頭發光的怪事。

賈翁聽了即說：「我不是哄騙你吧！自古以來哪有石頭發光的？不是好兆頭，別弄出災禍來，快扔了。」

田翁不再猶豫，趕緊抱着石頭跑出村去，扔進一條小河溝裏。

田翁的舉動賈翁看了個一清二楚，待他前腳剛走，賈翁便悄悄溜了過去，撿起玉石揣進懷裏。帶回家裏，他小心翼翼取出來，放在屋中。那玉石光芒四射，照得如同白晝。賈翁興奮極了，睡意全無，只怨天亮得太慢。

好不容易盼到天亮，賈翁不去做生意了，套了牛車，載了玉石，悄悄向都城走去。

到了都城，進入宮中，他將這寶物獻給了魏王。

魏王接了過去，看看這似石似玉的東西，不知有無價值，就將玉工找來鑑定。玉工一見，雙目放光，跪在地上就拜魏王：

「恭賀大王得玉之喜！」

魏王笑嘻嘻地問：「莫非這真是塊玉石？」

玉工答：「不僅是塊玉石，而且是塊千載難求的玉石。」

「如此說來，這玉石還值些錢？」魏王喜滋滋問玉工。

玉工答：「價值連城，價值連城！」

魏王大喜，下令賞賜賈翁黃金千兩，並讓他一輩子享受上大夫的俸祿。

66 編者的話 99

讀完《尹文子·大道上》中的這則寓言故事，我的心中憤憤不平，我為田翁鳴不平，也為賈翁的奸詐而不平。不平歸不平，後人怎麼也無法懲治前人。要緊的是，當今社會仍有無知的田翁，仍有奸詐的賈翁。我們有責任讓無知者有知，讓無德者有德。

國色醜女

　　齊國有位姓黃的先生，從小飽讀古籍詩書，養成了謙虛好學的習慣。越學越知道自己知識不足，越學越謙虛好學。謙虛好學本是一種美德，可是，黃先生謙虛慣了，時常也就謙虛過頭了，給生活帶來了不應有的麻煩。

　　有人說黃先生讀書廣博，他謙恭地說：「哪裏，虛讀幾卷。」

　　有人說黃先生學識豐富，他謙恭地說：「哪裏，腹中空洞。」

　　黃先生的謙虛更加引起了人們的敬仰，因為，他滿腹才學，開口滔滔不絕，講起前朝古代的舊事如數家珍。

　　有人說黃先生身材魁梧，他謙恭地說：「哪裏，高及人肩。」

　　有人說黃先生相貌堂堂，他謙恭地說：「哪裏，五官不正。」

　　黃先生的謙虛更加讓人敬仰，因為他身材不低，面容端正，怎麼說也是一位美男子。

　　如果事情到此為止，黃先生的謙虛就不會影響到家庭生活了，只是，黃先生經常講學，社會交際廣，見的人多，奉承討好的人也多。

　　有人說黃先生的妻子長得貌美，他謙恭地說：「哪裏，醜如東施。」

　　有人說黃先生的兩個女兒如花似玉，他謙恭地說：「哪裏，一對醜妮。」

　　一對醜妮！哈哈！這可壞了，黃先生只是隨口一說，不想卻招來了不應有的後果。

　　第一個聽見的人對別人說：「知道嗎？別看黃先生長得像模像樣，娶了個醜妻，醜妻給他生了兩個醜女兒。」

　　第二個聽見的人對別人說：「誰都有不如意的事，黃先生那麼個好人，妻子醜不說，兩個女兒也醜得沒法說。」

第三個聽見的人對別人說：「娶誰家的女兒為妻都可以，千萬不要娶黃先生家的女兒，連他本人都不得不承認女兒醜陋。」

……

話就這麼傳開去，越傳黃先生的女兒越醜，鼻子歪，眼睛小，嘴特大。

黃先生的女兒一天天長大，女大十八變，越變越好看，長得花容月貌，水靈靈的迷人，可惜外頭沒人知道，知道的是她們奇醜無比。這就麻煩了。男大當婚，女大當嫁，兩個女兒到了出嫁的年齡，沒有一家人上門說媒。

女兒在家裏飯不做了，活不幹了，整天愁眉苦臉，各想各的心事。

黃先生不愁不行了，典籍讀不進去了，文章寫不出來了。有時外出講學，只得放下架子，託人家給女兒找個婆家。

這麼一來，傳言更甚了：「怎麼樣，黃先生的兩個女兒就是醜吧，醜得嫁不出去，自己急得找人家了！」

這麼一傳，更沒有人敢上黃家說媒了。過了好些年，黃家的兩女兒仍然沒有嫁出去。

衛國有個男子中年喪妻，沒有配偶。他見過黃先生，心想，父親長得那麼端正，女兒能醜到哪裏去？再說，續娶個妻子也不容易，就託人上門說親。一說，成了，娶過家一看，真真是花容月貌，國中絕色佳人呀！

鰥夫娶了個絕代佳麗，成了遠近新聞。不少人都跑來看這位新娘，看了，明白了，原來是黃先生的謙虛害了女兒。這麼一傳，馬上又有人上門提親，把二女兒也娶走了。

啊呀，二女兒更是個少見的美人。

❝編者的話❞

　　這是個讓人啼笑皆非的寓言故事。故事出自《尹文子‧大道上》。誰能說謙虛不好？但黃先生卻因為謙虛招惹了不應有的麻煩。其實，仔細一想，黃先生已超出了謙虛的範圍，謙虛過頭了，就成了虛偽。謙虛招益，而虛偽招害呀！

鄭玉周鼠

鄭國人將沒有雕琢的玉石稱為璞，而到了周人那裏就不同了，他們將沒有醃製成的乾肉叫做璞。

一天，有位鄭人來到周都，走進了市場。正左顧右盼琳瑯滿目的貨物，不知道回去帶點甚麼為好，聽見有人問他：

「要璞嗎？」

回頭一看，是位當地人，手中無貨，卻把衣服摟得很緊，莫非那璞揣在懷中？看來這是一塊好璞，露在外頭怕別人搶走。他本來沒有買璞的計劃，突然靈機一動，若是真帶塊好璞回去，加工成一塊美玉，說不定能賣個上好的價錢，那我不就發財啦！

鄭人想到這，張口就問：「甚麼價？」

周人伸出指頭一比劃，想不到價格低得出奇。鄭人以為當真有了財運，馬上痛快地說：「要！」

聽說要，周人從懷中一掏，呈現在鄭人面前的竟是一隻脫光了毛的老鼠。鄭國沒有吃老鼠肉的習慣，這人一陣噁心，簡直能嘔吐出來。連連擺手，走遠了。

鄭人在周都遭遇尷尬時，周人在鄭國也碰了個釘子。

有位周人在鄭都跑餓了，走進一家飯店。吃甚麼呢？既想吃飽，又要吃好，還要少花錢。思來想去，要是來一隻璞，蘸點食鹽吃，既可口，又便宜。店小二問他：「客官，要點甚麼？」

周人說：「來個璞就行了。」

店小二一頭霧水，怕是聽錯了，又問了一遍，他還是要璞。店小二為難地說：「對不起，客官，沒有璞。」

周人很不高興地責問：「連璞也沒有，還開店呀？」

見客人不高興，小二慌忙賠禮道歉，他想起老闆的訓教，一定要讓客人高興而來，滿意而去。說了聲「稍候」，就一溜煙跑了出去。

不一會兒，小二又一溜風回到店裏，將一塊玉石往案上一擺，喘息着說：

「客官，我給你討來一塊，你看行不行？」

周人一看氣得瞪圓眼睛說：「你看我哪個牙能啃動石頭？」

說着，周人怒氣沖沖走出店去。

❝編者的話❞

鄭玉周鼠出自《尹文子·大道下》，也有題為周人懷璞。無論甚麼題目，都是因習俗不同弄出笑話。笑話多是逗趣，然而笑過了還引人思索。地域不同，習慣相異，相同的名稱，不同的東西，若不親歷很難搞清。

蒙鳩築巢

　　草長鶯飛，沁河灣裏是禽鳥的家園。

　　春光乍暖，河寬草綠，禽鳥們忙碌地構築新巢。每年春季都是這樣，牠們要在新巢裏哺育自己可愛的小寶寶。

　　最先築成新巢的是草雞。草雞做活真是毛糙，撿一個水草茂盛的河灣，挑一棵柳樹的根杈為家，一屁股壓下去，壓呀壓，壓得那些草彎了，倒在地上，便成了一個窩。這時候，銜一些柔草，拔一些絨毛，往窩裏一鋪，一屁股臥下去，臥呀臥，臥在裏面無聲無息地把蛋生出來。這就是草雞的新巢了。

　　草雞的新巢築成了，已落臥在其中生蛋了，蒙鳩還在忙個不停。蒙鳩築巢就是精細，這可能和牠們的長相有些關係。蒙鳩個頭不大，很是精巧，全身的毛紅而不嬌，雅而不淡，緊簇一體活像是個美妙的繡球，河灣裏的生靈都說牠們長得小巧玲瓏。說到這，牠們新築的巢也好說清了，同樣小巧玲瓏。

　　蒙鳩這小巧玲瓏的新巢還沒有築成，在河灣裏已傳為佳話。禽鳥們都誇這是最精緻的巢窩。的確名不虛傳，蒙鳩不知從哪找來了那麼多比頭髮絲還細的柔草，不緊不忙，一絲一絲編了上去。尖尖的小喙勝過靈動的小手，這頭一塞，那頭一抽，七塞八抽，就把一根根細絲牢牢編在巢邊了。一天一天，巢邊的柔絲多了，厚了，成了一個沒簷的小草帽。蒙鳩夫婦往裏頭一鑽，啊呀，不大不小，正合適。

　　這時候，在巢裏生蛋孵雛完全可以了，可是，蒙鳩夫婦生出個新點子。大家都說牠們的巢精美好看，那要是和草雞的窩一樣擱在樹根下就一點都不顯眼，那不埋沒了自己的手藝嗎？於是，牠們決定，把這精美的小巢掛到葦葉梢尖去。

　　說幹就幹，蒙鳩夫婦抬起小巢，騰空展翅，已飛到了葦葉梢頭。正要抽絲拴牢，就聽有聲音喊叫：

　　「快弄下來，小心摔壞了！」

　　誰這麼掃興呀，盡說些喪氣話。蒙鳩夫婦往下看時，是草雞在叫。叫甚麼呀？你們那破窩怕人看見，當然不敢往顯眼的高枝上掛。我們掛上去礙你們甚麼事啦？不就是嫉妒，心裏不舒服嘛！

　　蒙鳩夫婦不理不睬，用草絲一條一條將新巢拴了個牢靠。不多時，精美的小巢成了河灣裏的一道風景。走近河邊，一眼望見蘆葦梢也就看見了蒙鳩巢。最為招眼的是微風吹拂的時候，葦梢上下翻飛，小巢盪開了鞦韆，多了幾分驚險和刺激。

　　蒙鳩夫婦陶醉在驚險的刺激中，得意洋洋，卻又聽見草雞在底下喊叫：

　　「快弄下來，小心摔壞了！」

　　蒙鳩夫婦不理不睬，在新巢中開始產卵了。

　　一顆又一顆，過了幾天，產了一窩，牠們臥在裏頭開始孵化自己可愛的小寶寶了。

　　一天又一天，過了幾天，卵殼已暖暖的了，牠們感到寶寶黃黃的小嘴就要破殼出世了。

　　然而，就在這天可怕的事情發生了。

　　狂風颳過來了，梢頭的新巢隨着蘆葦上下亂顛，隨時都可能掉下來。嚇得蒙鳩夫婦跳了出來，躲在下頭怔怔地瞅着。牠們慶幸自己幹活認真，拴得牢實，要不狂風早把小巢捲走了。可就在這時，意想不到的事情發生了，蘆葦折了，小巢掉下來被風颳走了。快孵化的卵被甩出巢外，跌在地上。

　　草雞慌忙跑來救災，緊趕慢趕，只幫蒙鳩夫婦從河裏打撈出了那個小巢。

❝ 編者的話 ❞

　　蒙鳩築巢出自《荀子·勸學》。荀子以蒙鳩築巢的寓言故事告誡世人，做事情必須有一個可靠的基礎。今根據原文稍加演繹，也向那些好圖虛榮的人提個醒。

廟中警器

　　孔子帶着弟子參觀魯桓公的廟宇。廟中的陳設和其他廟堂一模一樣，只有一件器物新奇少見。像是一個陶壺，卻瘦了些，高了些。外面的花紋很是精細，如同一個案几上的裝飾品，挺好看的。

　　孔子反覆觀賞，擺弄來擺弄去，也沒鬧明白這是甚麼用具，就請教守廟的人：「這是甚麼器皿？」

　　守廟人告訴他說：「這是警器。」

　　孔子立即明白了。這東西是放在座位右邊的，用來警示自己。警器裏要裝水，裝上水才能顯示它的作用。裝少了就要傾斜，裝滿了就會翻倒，不空不滿才能端正。孔子對弟子們說：

　　「其實，這警器是在體現做人的道理。一個人沒有學問難以正身，若要是自以為是，自我滿足就會摔倒。只有謙虛好學，永不滿足的人才能站得正，行得端。」

　　聽孔子這麼一講，弟子們對警器產生了興趣，大家提水的提水，灌水的灌水，馬上來驗正。果然，這警器很靈驗，不空不滿端端正正，剛一裝滿就翻倒了，水流空了，自己就斜起來了。

　　弟子們驚喜地讚歎：「真是難得的警器。」

　　孔子卻發出了一聲歎息：「可惜放錯了地方。」

❝ 編者的話 ❞

　　廟中警器曾被題為欹器，出自《荀子‧宥坐》。這是一則寓意深奧的故事。警器本來應該放在座位的右邊，時時警示自己，故稱座右銘，但是卻擺在了廟裏，說明身處高位的人已不再自我反省，不再深刻思考。

　　如果說孔子那一聲歎息是對世事的憂慮，那我們卻應從那一聲歎息中明曉世理。春秋時期，魯國還是數得出名字的諸侯國，然而，孔子歎息後不久，戰國七雄中已沒有了它的影子。

送寶借路

　　春秋時期，晉國的國君晉獻公決定出兵征討虢國。

　　要征討虢國，必須先解決個難題，借路。因為，晉國和虢國中間夾着個虞國，若是虞國不同意晉軍從國土上通過，那晉國就無法征討虢國。晉獻公盤算來，盤算去，沒有甚麼好主意。

　　這時候，大臣荀息出了個主意，他認為虞國國君貪圖財物，送些好東西給他，就會同意借給道路。送甚麼好東西呢？晉獻公聽了荀息的主意嚇了一跳。

　　荀息要送給虞國的東西是垂棘的玉石，屈地的駿馬。這兩樣東西都是晉獻公的心愛之物，他哪裏捨得呢？荀息對他說，捨不得寶物，借不到道路，就無法征討虢國。見晉獻公仍然猶豫，便對着他耳朵說了句甚麼，他竟然忍痛割愛同意了。

　　荀息帶着寶物來到虞國，虞公一見寶馬眼光都直了。自己做夢都想要匹好馬，就是無法找到，今天晉國居然送上門來了，真是天遂人願呀！再一看那塊美玉，溫潤雅致，虞國還真沒有這樣的寶貝，頓時高興得嘴巴都合不住了，連聲問荀息有甚麼事情。

　　看看情狀，荀息直來直去：「借路。」

　　看看寶物，虞公慷慨答應：「可以。」

　　荀息去驛館歇息了，虞公還捧着美玉把玩不夠。正玩得上癮，大臣宮之奇進來了，對他說：「大王，千萬不能借給晉國道路！」

　　虞公盯着美玉，心不在焉地問：「為甚麼？」

　　宮之奇懇切地對虞公說：「我國和虢國相依，誰也離不開誰。牙齒脫落了，嘴巴就會塌癟；嘴巴若是不存在了，牙齒就會寒冷。晉國借路是要討伐虢國，假如他們滅了虢國，那我國也就危在旦夕。請主上三思而後行呀！」

虞公早被寶物迷亂了神魂，他想的是不借給人家路，去哪裏弄這麼好的美玉、駿馬呀？宮之奇說些甚麼，他根本沒有聽進去。他不耐煩地打發走宮之奇，又去馬廄觀賞那匹矯健的駿馬。

晉國如願借到了道路，荀息領兵去攻打虞國。

晉軍浩浩蕩蕩從虞國的道路上開了過去，虢國兵少將寡，哪裏是晉國的對手？戰不幾合，全軍潰敗，退回城中，又沒守住城門，晉軍殺進城去，一鼓作氣滅掉了虢國。消息傳來，虞公不聞不問，依然陶醉在得到寶物的喜悅之中。

晉軍浩浩蕩蕩從虞國的道路上高歌歸來，帶着勝利的喜悅，帶着繳獲的物品，大步前進。這時候，士氣高昂，精神抖擻，回兵至虞國都城，荀息突然傳達命令，放下物品，立即攻城。虞國毫無準備，措手不及，頃刻間城被攻破。晉軍衝進城裏，虞公從寶物的陶醉中驚醒了，但是，一切都遲了。

虞國滅亡了，虞公當了階下囚。

荀息牽着駿馬，帶着美玉，來見晉獻公。晉獻公看看駿馬，又看看美玉，得意地說：

「美玉完好無損，只是馬的年齒增長了一些，嘻嘻！」

❝ 編者的話 ❞

送寶借路為《韓非子‧喻老》中的一段文章，現延展成篇。從中可以感悟到：好處誰不想得到？但歷史的教訓告誡人們，一般不會有天上掉餡餅的好事。當天上真掉下餡餅時，既要看到餡餅，也要看到餡餅背後潛藏的危險。同時，不能見利忘義，假如背棄了友鄰，自己也不會有好的結果。

守株待兔

　　宋國有個老實的農夫，常年日出而作，日落而息，耕田而食，挑水而飲，日子過得雖然勞累，卻也衣食不愁，安然自在。

　　這一天，同往常一樣，天一亮，農夫早早下田鋤草。太陽升高了，毒熱毒熱地炙烤着大地，炙烤着農夫。農夫汗如泉湧，汗珠一粒粒從頭上冒出來，一滴滴從腮邊落下去。但是，他不敢休息，趁着天熱，鋤下的草容易死，得抓緊除草。他記得老輩人講過，有一分耕耘，才有一分收獲。要耕耘，當然就不能怕辛苦。今年苗好，管好了，收好了，就能多收糧食。糧食吃不了，賣上點，就能換些錢。這一下，渾身更來了勁，鋤頭掄得更快了。

　　忽然，地裏一陣響動。抬頭看時，竄出一隻兔子。那廝箭一般從眼前穿過，立即撲到了田那邊。農夫撂下鋤頭就要去追，就在這時他看到了意想不到的事情。田那邊有一棵粗壯的大樹，挺挺拔拔立在河畔。河太寬了，兔子飛身跳躍，險些掉了進去。匆忙回頭跑來，跑得太猛了，太快了，停不住腳步，一頭撞在樹上不動了。

　　農夫三腳兩步跳過去，彎腰一瞅，可憐的兔子碰死了。

　　農夫喜出望外撿起來，扛着鋤頭，拎着兔子回到家裏。

　　妻子見了兔子也很高興。

　　農夫說：「真沒想到，天下會有不勞而獲的好事！」

　　妻子說：「好事多着呢，往後多個心眼，千萬別錯過。」

　　第二天，農夫同昨天一樣，早早又下田鋤草。掄着鋤頭，想着兔子，不時抬頭遠望，看有沒有兔子跑來，看有沒有撞在樹上，可千萬別錯過這樣的好事呀！一心沒二用，稍不留神，鋤頭碰傷一棵禾苗，禁不住心疼。只好埋頭繼續鋤草。鋤了沒幾下，兔子又撩亂了心思，一抬頭，唉呀又一棵禾苗被鋤掉了。農人心內又是一揪！就在這時，

樹陰下來了幾位路人乘涼，說說笑笑，嘻嘻哈哈。農夫有點急了，要是這時兔子跑來，要是這時兔子碰死在樹上，那還能是自己的嗎？肯定不是，肯定被這些人撿去了。想到這裏，農夫立直鋤把，走出田來，坐在樹下，眼巴巴等着兔子到來。這一天，沒有等到兔子，也沒有鋤成地。

第三天，同昨天一樣農夫早早來到地裏。不過，他沒有下田鋤草，徑直來到樹下，坐穩了等待兔子。他無心鋤草了，那活真累，幹得腰痠背疼的；那活真苦，太陽曬得皮膚都起了泡。坐在樹下，才知道涼爽是甚麼滋味，才知道涼爽真是一種享受。在享受中等着兔子到來，當然比鋤田地要美得多。農夫美美地在樹下待了一天。

待了一天，又待了一天，兔子越是不來，農夫越想把牠等來。

待了一天，又待了一天，田草越是不鋤，茂密得越是無法下手。

夏天過去了，兔子沒有再來，禾苗卻被荒草吞沒了。

秋天來臨了，兔子沒有再來，莊稼也顆粒未收。

❝編者的話❞

守株待兔是《韓非子·五蠹》中的一則寓言故事。一次偶然的不勞而獲，改變了農夫的活法。農夫錯把偶然當成必然，成天守株待兔，結果，兔子沒有得到，還荒了自己的莊稼。農夫應該從往事中吸取教訓，後人應該從農夫身上獲得經驗。

畫師論畫

齊王喜歡繪畫，請來一位畫師在宮中作畫。

畫師每天揮毫潑墨，齊王得閒便前來觀看畫師乘興走筆。

這確實是位全國有名的畫師，握筆胸有成竹，下筆龍飛鳳舞，看似隨意點染，每幅畫都意象非凡。看人物，表情生動，栩栩如生；看花鳥，惟妙惟肖，生趣盎然；看山水，神韻飛揚，氣勢磅礴。齊王不看則罷，每每走進畫室，就如同釘在地上一般難以拔步。

畫師技藝高超，卻很謙虛，逢有人來觀看，就請指教，對齊王也同樣。齊王尚能自知，不懂畫藝決不胡亂指手畫腳。

觀看的時日久了，齊王看出了些門道，又不敢斷定對不對，就向畫師討教：

「先生作畫駕輕就熟，一揮而就，是不是所畫之物還有難易區別？」

畫師停住手說：「有，即使再高明的畫師也會有易畫的，有難畫的。」

齊王接着說：「先生如此坦誠，寡人就直言了。這麼多畫幅中，山水人物，翎毛花卉，樣樣皆有，可就是不見有鬼，莫非畫鬼是最難的了。」

畫師微微一笑，回答齊王：「鬼不難畫。」

話音一落，揮筆一旋，卷面出現了一個葫蘆般的東西。齊王猜測，莫非是個別樣陶壺？只見畫師奮筆撇去，葫蘆邊繚繞着一縷縷雲霧。仔細看時，雲霧原來是飄動的髮絲。葫蘆還會長頭髮嗎？疑慮剛在頭腦中一閃，馬上就消失了。畫師手動筆至，葫蘆兩側多了兩個墨點，墨點中間栽了一棵大蒜。唉呀，大蒜的根鬚也垂掛了下去，直掛到葫蘆底。

齊王看得全神貫注，畫師突然停了筆，笑一笑問：

「大王，請看畫上是甚麼東西？」

齊王再看時，哪裏還是別樣陶壺？是一個面目猙獰的怪物。像人，不是人；像獸，不是獸。這到底是甚麼？齊王真不知如何回答，就聽畫師說：

「大王，這就是鬼。」

齊王笑了，說：「像鬼，哦，是鬼！」

畫師這時對齊王說，不難吧？齊王也說不難。因為，從畫師抓筆，到擱筆成鬼，也就是一轉臉，一眨眼的工夫。想一想，齊王又問：

「先生，那到底甚麼最難畫？」

畫師隨口吟出了這麼幾句：

畫人難畫手，畫馬難畫走，畫樹難畫柳，畫獸難畫狗。

齊王一聽又愣住了，好奇地問：「這不都是些常見的東西，怎麼難畫？」

畫師微笑着回答：「大王，奧妙正在這裏。常見的東西，眾人都很熟悉，有一點不像，都逃不過大家的眼睛。所以，畫這些東西必須細緻觀察，熟爛於心，隨心走筆，還要形似神至，因此最難畫了。最容易畫的倒是眾人沒見過的東西，你畫成甚麼樣就是甚麼樣，就像我剛才畫鬼，提筆就成，沒費吹灰之力，對不對，大王？」

齊王聽得心領神會，笑呵呵地說：「寡人明白了，畫鬼最易！」

❝ 編者的話 ❞

　　畫師論畫是《韓非子·外儲說左上》的一則寓言故事，畫師用不同於常人的眼光告訴人們一個很容易被忽略的道理：常見的事情要幹好難，而那些少見的事情幹好未必難。難和易正好錯了一個位。最終齊王明白了：畫鬼最易。因而這則故事也有人以畫鬼最易作題目。

曾子殺豬

曾子名叫曾參，他是孔子的弟子。孔子教育弟子們要仁愛百姓，也要誠實守信，曾參就把先生的教誨牢記心中，付諸行動。

有一天，風和日麗，氣溫宜人。曾參妻子早早起了牀，做好飯，吃過後，她換了一件乾淨的衣服，準備去集市上買些用品。

她剛要出門，四歲的兒子跑過來了，嚷叫着：「媽媽，我要去！」

集市離家有十餘里路，兒子步行是走不到的，那要是把他背上不是多了個包袱，多了個累贅？弄不好趕天黑也回不來。她摸摸兒子的頭說：

「乖孩子，聽話，媽媽一會兒就回來了。」

兒子身子一扭，說：「不，我要去！」

說着，怕媽媽走開，伸開雙臂將她的兩腿抱住了。媽媽一看這樣走不了，就哄他說：

「乖孩子，放開媽媽，你不是要布老虎嗎？我給你買一個。」

兒子聽了沒有動心，雙手抱得更緊了。

媽媽笑着說：「等我回來，把我們家那頭豬殺了，讓你吃個夠！」

說着指了指院裏的圍欄，欄中有一頭半大不小的豬。兒子扭頭一看，可高興啦，放了媽媽，在院子裏跑着轉圈，邊跑邊喊：

「吃肉嘍！吃肉嘍！」

趁空，她趕緊出了門，直奔集市上去了。

一路趕得好緊，緊走慢走，到了集市太陽已經很高了。她不顧勞累，趕緊選物問價，買了急需的東西，就往回返。快進村時太陽已經偏西了。她不顧勞累，趕緊進村回家。

她小跑幾步，跨進院門，一眼看見丈夫正和兒子忙着按豬。一見這架勢，她着急了，三腳兩步跳了過去，拉着丈夫的胳膊說：

「你瘋了，怎麼殺豬呢？」

曾參抬起頭，對着氣惱的妻子說：「這不是你答應孩子的嗎？」

這時，妻子想起了她臨出門時那隨口的一句話，說：「我是哄兒子呀，你怎麼當真了？」

曾參認真地說：「自己說了話，怎麼能不算數呢！」

妻子說：「我是有些隨意了，可你看豬正在長個頭，再過兩三個月就成了個大肉豬。這會兒要少賣錢的。」

曾參一本正經地說：「少賣就少賣吧，不要因為幾個錢，讓自己的諾言變成謊言。那樣你以後說話兒子不會相信了，說不定還會學會說謊，變成一個不誠實的孩子。要真是那樣，損失可就大了。」

妻子覺得丈夫說得有道理，同意了，兒子吃到了豬肉。

曾參就是這樣言行一致，誠實待人，成為一個學識淵博，很有造詣的文化人，因而被後人尊稱為曾子。

編者的話

言而有信，誠實待人，這應該是做人的基本信條。曾子殺豬這則寓言故事正是說明這個道理。這則出自《韓非子•外儲說左上》的故事，刻畫出曾子恪守誠信的品格，也傳達了他對兒子以身作則的教育原則。他為兒子，也為世人樹立了一個誠實守信的榜樣。

神醫診病

很久很久以前，有位很有名的醫生，名叫扁鵲。他診病，手觸脈而知病情；他開方，藥入口而病減輕，所以眾人稱他神醫。

到了戰國時期，齊國也出了個名醫秦越人。由於他醫術高超，各國的宮廷都請他給王侯診病。

這一天，秦越人應邀來到蔡國，給蔡桓公診病。秦越人來宮中落座了，蔡桓公大步流星地走來，見了他熱情寒暄，聲若洪鐘，說話間開懷大笑，餘音繞樑。談笑間，秦越人已診視了蔡桓公的容顏膚色，他說：

「君王有病了，不過是個小病，只在皮膚的表層，很容易治好！」

蔡桓公聽了很不高興，自己吃飯咬得動鐵，睡覺雷也打不醒，走路恨不得三步兩步走，說話震得幃帳都抖動，怎麼會病呢？他覺得這個醫生是想無功受祿，冷冷地說：

「寡人沒病，用不着你診治。」

秦越人張口要解釋甚麼，蔡桓公揮揮手趕他走了。他討了個沒趣只好退出宮來。

退是退出來了，可是秦越人總惦記着蔡桓公。這是醫生的良知在告誡他，小病不治，大病就無法治了。於是，他決定再見蔡桓公，說明病情。

過了十天，秦越人又走進了宮中。蔡桓公見了他就說：「怎麼，寡人說的沒錯吧，我這不是好好的嗎？」說話間，秦越人已察看了蔡桓公的臉色，他誠懇地說：「君王，你還沒有感到，病已到肌膚中了，趕緊治吧……」不等秦越人說完，蔡桓公不耐煩地趕他走了。秦越人前腳剛出門，蔡桓公就惱火地說：

「膽大包天，硬要把寡人說成病人！」

過了十天，秦越人又走進了宮中，他還是放心不下病人。蔡桓公見秦越人又來了，戲謔地說：「怎麼，神醫不神了吧！你看寡人不是還和先前一樣硬朗？」說話間，秦越人已察看了蔡桓公的膚色，他誠懇地說：「君王，你還沒有感到，病已深入到腸胃中了，趕緊治吧……」不等秦越人說完，蔡桓公氣勢洶洶地趕他走了。秦越人轉身剛走，蔡桓公就惱恨地說：

「瘋人狂語，居心不良！」

過了十天，秦越人再次走進宮中，他仍然牽掛着病人。蔡桓公見秦越人又來了，反感地說：「你還有臉再來，你看寡人哪像有病的樣子！」說着衝他一笑，看他又胡謅甚麼。出乎意料的是，秦越人甚麼也沒有說，起身施禮，頭也不回地去了。

秦越人一走，蔡桓公有些奇怪，不知道這個怪醫生葫蘆裏到底裝的甚麼藥。派大臣前去詢問，秦越人對來人說：

「大勢不好，蔡君主已經病入骨髓了！」

大臣說：「那你該勸說君王快診治呀！」

秦越人為難地搖搖頭說：「不是我不治，是這樣的病誰也治不了。先前他的病在表皮，用湯藥熱敷可以治好；後來到了皮肉間，用針灸可以治好；再後來到了腸胃裏，口服湯藥可以治好。現在病入骨髓，那他的命就由閻王爺做主了，醫生無能為力了。」

大臣回去稟告，蔡桓公聽了不以為然地說：「一派胡言，別聽那一套！」

僅僅過了五天，蔡桓公感到身體不適，接着便疼痛難忍。此時，他想起了秦越人，才知道這醫師確實醫術高明，連忙派大臣去請。可是，遠遠近近都沒有找到，秦越人已趁着夜色逃往秦國了。

蔡桓公病情更重了，沒過幾天，死去了。

秦越人由此名氣大增，人們對他都以扁鵲相稱。

" 編者的話 "

　　這是《韓非子·喻老》的寓言故事。我一直以為是扁鵲給蔡桓公治病，因為很小時讀到的是扁鵲見蔡桓公。長大了才知道，這裏的神醫是秦越人。這個故事曾演化出「病入膏肓」和「諱疾忌醫」的成語，它告訴世人，小的缺點錯誤如不及時正視、改正，會釀成無法收拾的大錯、大禍。

鄭人買鞋

鄭國有個人，讀了很多很多的書，成了一名書生。

書生的一雙鞋穿了好長時間，眼看鞋尖就要破了，腳趾快要拱出來了。他想買一雙新鞋，可惜口袋裏沒錢，這個願望無法實現。他只好放下書本給人家割草，割了幾日，換得的錢夠買一雙鞋了，他可高興了。

他決定第二天到都城去買鞋，那兒鞋鋪多，鞋樣也多，可以盡情挑選，買到最合腳最好看的鞋。想到這，他忽然覺得，離城好遠的，若是買雙鞋不合腳，不能穿，那可就麻煩了。怎麼避免這個麻煩呢？書生想到書上講過量體裁衣，何不比照個尺寸帶上買鞋！他立即找出尺子，對準腳量了一下，然後將尺寸記了下來。這一來他放心了，安心地睡了覺，只待明日早晨太陽升起就可以去買鞋了！

第二天一早，他就睡不着了。想想家裏距城市有二十多里路，他不等太陽升起就出發了。未及晌午他到了城裏，城裏的鞋店是不少，他一家一家看了過去，一雙一雙看了過去，哪雙鞋子上眼好看，就問問價格。不怕不識貨，就怕貨比貨。跑完所有的鞋店他終於選到了一雙又好看，又便宜的鞋子。要是這雙鞋合腳就買下。這時，他將手伸進口袋去掏昨晚量好的尺碼，左面沒有，右面也沒有，他拍拍腦袋一想，壞了，敢情是忘了帶記下的尺碼了。

他轉身就往村裏跑，跑過大橋，跑過小山，跑過一片樹林，氣喘吁吁回到家裏。開門進屋，啊呀，那量好的尺碼靜悄悄躺在炕角。他一把揣在懷裏，雙手捂住口袋，惟恐尺碼丟了。

他轉身又往城裏跑，跑過樹林，跑過小山，跑過那座大橋，氣喘吁吁跑到城裏。找見鋪面，抬頭一看，唉呀，日暮天暗，鞋店早已關

門了。他一屁股坐在門前的台階上，看着翹出鞋尖的腳趾，禁不住長吁短歎。

有個好心人見他歎息不止，上前一步，關切地問他發生了甚麼不愉快的事情，書生便把買鞋的過程講述了一遍。聽完了，好心人問他：

「你給誰買鞋？」

他指着自己透出腳趾的鞋回答：「給我買呀！」

好心人奇怪地問：「那你為甚麼不用自己的腳去試鞋呢？」

書生毫不猶豫地回答：「書上講過要相信尺碼，沒有說相信腳呀！」

這時候，書生身邊圍上來不少人，他的話一落音，大家就笑得前仰後合。

❝ 編者的話 ❞

鄭人買鞋也被名為鄭人買履，是《韓非子·外儲說左上》中的一則寓言故事。故事中的鄭人是一個恪守成規的書呆子，他的愚蠢在於讀死書，死讀書，死讀到了只信成規，不信實際的地步。無疑，看了這個故事大家會發笑，笑過了你不妨想想現實中還有這樣的人和事嗎？

南郭先生

南郭先生文不能提筆，武不能殺雞，因此，連生活也成了問題。過了而立之年，還自立不起來，靠父母的積蓄過日子。父親經常憂慮地說：

「該學點真本事，不然，以後連飯也吃不上！」

南郭先生聽了，如秋風過耳，根本沒往心裏去。

誰也沒有想到，南郭先生會成為宮廷樂師。那時候齊國的國君是齊宣王。他喜歡音樂，尤其喜歡聽吹竽。南郭先生聞知，趕緊前去報名。知道的人都為他捏一把汗，因為他根本不會吹竽。但是，南郭先生胸有成竹，他早已打聽到，齊宣王聽竽不聽獨奏，要聽合奏，這一次招選樂師是嫌竽隊人數太少，不夠排場，他要擴大到三百多人。

南郭先生見了齊宣王，行過大禮，說：

「大王啊，我三歲即學吹竽，五歲就能奏曲，十歲吹出的曲調如鶯歌燕語，可惜這麼好的樂技沒人欣賞得了。今日幸遇大王您這位知音，我能為您演奏真是三生有幸！」

齊宣王被這一番話弄得暈暈乎乎，馬上收下他，編進吹竽樂隊。

南郭先生混入樂隊也不學習吹竽，只是依樣畫葫蘆。人家擺頭，他擺擺頭；人家彈指，他彈彈指；人家眨眼，他眨眨眼。乍一看去，還真像是一位技藝精湛的樂師。

齊宣王聽竽了，三百人的樂隊往殿前一站，浩浩蕩蕩一大片，柔和的樂聲一齊發出，如大海響起的濤聲一般，動人心弦，激人心魂！啊，齊宣王聽得如痴如醉，手舞足蹈，高興地下令：

「酒肉款待，增加俸祿，外出配備車馬。」

這可真是大夫一樣的待遇了。南郭先生每天吃得滿嘴流油，吃完了又無事可幹，長得肥頭大耳，富態極了。

這一日，齊宣王不聽竽，南郭先生乘了車回到家裏。高車駟馬一進村，就博得不少鄉鄰圍觀。南郭先生得意洋洋，拜過父親忘形地說：

「父親，放心！孩兒沒學真本事，也每天吃肉喝酒呢！」

父親仍然憂慮地說：「恐怕好景不長呀！」

南郭先生仍然沒有把父親的話放在心上，每次演奏依舊混在樂隊中充個數。而且依舊吃肉喝酒，拿很高的俸祿。

時光過得好快，不覺過去了好幾年。齊湣王繼位，他也愛聽吹竽，不過，他不像父親那樣愛聽合奏，而是喜歡讓樂師單個獨奏。樂師們被一個一個叫進去，齊湣王讓吹奏各自拿手的樂曲，技藝高超的還當場受到獎賜，樂師們吹奏得可賣勁了！

惟有一個人愁眉不展，他知道自己混不下去了，連夜打點衣物，趁沒人注意，溜出宮來。

這個人就是南郭先生。

往哪去呢？城外不遠就是家鄉，南郭先生悔恨當初沒聽父親的教誨。

❝編者的話❞

南郭先生出自《韓非子‧內儲說上》。這則寓言故事廣為流傳，曾被抽拔出成語：濫竽充數。繁雜的社會確實會讓某些人濫竽充數，但是，一切都會變，社會也在變，說不定一個不經意的變化，就會讓濫竽充數者流落了。學點真東西，是立身之本。

楚人叫賣

　　戰國時期，大小戰爭接連不斷，買賣兵器成了一個行當。有位楚國人抓住這個商機做起了兵器生意。

　　這一天鎮上逢集，他早早趕來，佔了個好位置，擺開了帶來的戈矛和盾牌。

　　沒想到這天的財運不好，太陽升高了，一件也沒有賣出去；太陽偏西了，還是沒有開張。此時，他飢腸轆轆，實指望賣下錢到餐館裏大吃一頓，卻未料到，一個錢也賣不下，只得強忍飢餓。

　　他有些焦急，四處看看，瞧見人家都有生意。他注意到了一家賣衣帽的，人來人往，在貨攤前爭爭搶搶，紅火得很。這一留神，有了啟示，原來人家生意好是會叫賣。你聽聽：

　　快來買，快來買，我這衣服是世上最好的衣服，穿着輕軟又結實，價格數我最便宜，快來買喲！

　　隨着叫賣聲圍上去不少的人看衣服。

　　快來買，快來買，我這帽子是世上最好的帽子，戴着輕巧又嚴實，價格數我最便宜，快來買喲！

　　隨着叫賣聲圍上去不少的人看帽子。

　　叫聲可以喚來買主，可以喚來商機，我為何不叫呢？賣兵器的想到這裏，也張開大口，放開喉嚨，叫開了：

　　「快來買，快來買，我這矛是世上最好的矛，好鐵打造，銳利無比，再好的盾一戳就穿！」

　　聽見叫喊聲圍上來不少人，指指看看，像是要買。他放開嗓門又喊：

　　「快來買，快來買，我這盾是世上最好的盾，好鐵鑄造，堅固無比，再好的矛也戳它不穿！」

他叫賣一停，圍上來的人都鴉雀無聲了。有一個人接着他的話問：

「你這矛天下甚麼樣的盾都能戳穿？」

「是的！」他利落地回答。

「你這盾天下甚麼樣的矛也戳不穿？」那人又問。

「是的！」他果敢地回答。

那人微微一笑，不慌不忙地問：「那麼，用你的矛戳你的盾呢？」

叫賣的人臉刷的紅了，紅到了脖子，紅到耳根，張口結舌，無言對答。

❝ 編者的話 ❞

> 楚人叫賣也被名為自相矛盾，是《韓非子·難勢》中的一則寓言故事。這故事流傳很廣，以至於自相矛盾已成為眾所周知的成語。楚人違背實際，胡說亂吹，結果弄得自己十分難堪。由此可知，不顧事實，無限誇張，既害別人，又害自己。

鄭人還珠

　　有個楚國人得到了一顆珍珠。這珍珠個頭碩大，晶瑩透亮，到了夜晚還閃閃放光。得到珍珠的是個商人，他認為發財的機會到了。

　　這個人是個深諳商道的經營老手，根據多年的經驗，他明白貨賣一張皮，要想將珍珠賣個好價錢，必須進行精美包裝。他請來了全國最有名的工匠，要他製作一個典雅的寶匣。工匠不敢怠慢，按照主人的意圖開始製作了。

　　又鋸又刨，規整的匣子成型了，四四方方，大小適宜，一看就入眼。

　　又打又磨，匣子精巧了許多，細細緻緻，光光滑滑，一看就上眼。

　　又鑲又嵌，旁邊裝上了翡翠，溫潤爾雅，色彩柔和，一看就惹眼。

　　又塗又抹，染上桂椒香料，香味四溢，撲鼻而來，一看就亮眼。

　　商人見到這個匣子非常滿意，把珍珠小心翼翼放了進去，又小心翼翼將裝了珍珠的寶匣放在了櫃台上，單等有人來賣個好價，招財進寶了。

　　寶匣一擺，香氣滿店，鋪子裏也添了幾分雅彩。客人進店，不約而同被這華貴典雅的寶匣奪去了目光。

　　一位客人進店，一眼盯住了寶匣，徑直走過去，久久觀賞。商人以為送錢的人來了，喜滋滋迎上前去。客人把玩着問道：「這個寶匣怎麼賣？」

　　商人回答：「不賣匣，連裏頭的珍珠一起賣。」

　　客人愛不釋手，輕輕放下，忍疼割愛地走了。

另一位客人進店，遠遠盯住了寶匣，徑直走過去，久久觀賞。商人以為送錢財神到了，喜滋滋迎上前去。客人把玩着問道：「這個寶匣怎麼賣？」

商人回答：「不賣匣，連裏頭的珍珠一起賣。」

客人愛不釋手，輕輕放下，戀戀不捨地走了。

又一位客人進店，死死盯住了寶匣，徑直走過去，久久觀賞。商人以為送錢的財神到了，喜滋滋迎上前去。客人把玩着問道：「這個寶匣怎麼賣？」

商人回答：「不賣匣，連裏頭的珍珠一起賣。」

客人愛不釋手，輕輕放下，悻悻不快地走了。

一連數日，商人犯了嘀咕，這麼好的珍珠，又裝進這麼好的寶匣為甚麼會賣不出去呢！

好不容易盼來了一個人，聽口音是鄭國人，看架勢是個貴族呢！他進了店也被寶匣吸引住了，拿在手中沒有放下，就向商人報了個價。商人一聽喜出望外，他想也沒想過這麼高的價格，這不是天價麼？馬上答應，就賣你了。

鄭人付了錢，抱着寶匣興奮地離去了。

比鄭人還興奮的是商人，他可高興啦！看來真是貨賣一張皮，若不是這麼精緻的包裝，一顆珍珠怎麼會賣出天價呢？他陶醉在如意的喜悅之中了。

猛抬頭，那位抱走寶匣的人又站在了面前。商人一慌，莫非人家不買了，要退貨？他狐疑地看着鄭人。鄭人不慌不忙打開寶匣，取出珍珠，遞到他的手中，說：

「先生，你把珍珠忘在寶匣裏了，差點讓我帶走。」

說着，嘻嘻一笑，轉身走出店去。

商人手捧珍珠，看着鄭人離去的背影，笑不出聲，也哭不出聲。

❝ 編者的話 ❞

　　鄭人還珠是《韓非子‧外儲說左上》中的一則寓言故事，成語「買櫝還珠」就出自其中。鄭人的誠實，讓注重形式、喧賓奪主的楚國商人哭笑不得，成了世人的笑料。這固然可笑，更為可笑的是，世人一邊嘲笑楚人，一邊做着比楚人還可笑的事情。反過來說，鄭人只看重華美的外表，不重實際的內容，也成為一種反面的教訓。

迷途

春秋時期，山戎國侵犯燕國。燕國慌忙向盟主國齊國求救。

齊國出兵打敗了山戎國。山戎人倉皇逃往孤竹國去了。齊桓公率兵乘勝追擊，一直追進了孤竹國。

追呀追，部隊一路挺進竟然走進了沙漠。大漠一望無際，前不見邊，後不見沿，左不見路，右不見道，到底該往哪裏走？

往左走，走呀走呀，漫無邊際，杳無人煙，只得回返。

往右走，走呀走呀，漫無邊際，杳無人煙，只得回返。

大勢不好！相國管仲對齊桓公說：「別再走了，原地休息，我聽說北方有個迷谷，可能就是這裏。」

齊桓公吃了一驚：「這太危險了，我們得想辦法走出去呀！」

管仲說：「千萬別急，我找找有無認得路的士兵。」

管仲來到兵營，士兵一個個怨氣沖天，不發火的也低着頭，哭喪着臉。他問，有認識路的嗎？沒人吱聲。他再問，有認識路的嗎？還沒有人吱聲。問遍了各營，也沒有一個認識路的。

管仲不免有些失望。他走出軍營，路過馬欄，卻見一匹匹馬安閒自在，比人穩沉多了。他忽然想起老馬識途的說法，就告訴了齊桓公。再沒有別的辦法，只好這樣了。他們挑出幾匹老馬，解開韁繩，讓牠們在前邊帶路，兵士隨後而行。走呀走呀，忽然眼前一亮，有了綠色，他們走出了迷谷，逃出了危險的死亡線。

繼續前行，走沒多遠，進了崇山峻嶺。山路崎嶇，峯迴路轉，轉得兵士大汗淋漓，焦渴難忍。不光人渴，馬也渾身流汗，渴得長長喘吁。

齊桓公高聲宣稱：加快步伐，轉過山頭就有泉水了。

聽說有泉水，將士們來了勁，邁動腳步，呼啦啦向前跑去。

跑呀跑，跑過了一個山頭，峯是禿的，溝是空的，沒有一滴滴水。

跑呀跑，又過了一個山頭，峯還是禿的，溝還是空的，沒有一滴滴水。

士兵們泄了氣，一個個癱在地上，打也打不起來。

齊桓公沒有辦法，管仲也沒有辦法，看着橫七豎八的士兵急得團團轉。

這時候，左相隰朋過來了。他對齊桓公說：「走是走不動了，我們就地找水吧！」

齊桓公看他一眼，指着光禿禿的山嶺問：「怎麼找？」

隰朋說：「我聽老人講過，螞蟻也要喝水。螞蟻冬天在山南扎窩，夏天就移往山北了。只要我們找到蟻穴，深掘八尺就可能有水。」

這倒是個沒有辦法的辦法，不妨試試，齊桓公下令：掘水。

聽說是掘水，士兵們強打精神，對着螞蟻窩深掏深掘，你別說，還真挖掘出了水。

喝了水，士兵們有了精神，馬匹也有了精神，大隊繼續前行，走出了困境。

❝ 編者的話 ❞

迷途是從《韓非子·說林上》中選寫出來的寓言故事，「老馬識途」也是從中提煉出來的一則成語。一個人的智慧是有限的，必須善於學習，也就是善於借鑒別人的智慧。這裏的故事告訴我們，借鑒人的智慧不夠，還可以向動物學習，甚至學習不起眼的螞蟻。

許由出逃

很早很早的時候，有位賢明的頭領，他帶領先民日出而作，日入而息，鑿井而飲，耕田而食，將天下治理得物阜民豐，國泰民安。後人尊稱他為帝堯。

帝堯到了晚年，想找一位德才兼備的賢人接班繼位，聽說有位學士許由，上知天文，下曉地理，通古達今，具有遠見卓識，就來訪賢禪位。

帝堯涉溪過澗，翻山越嶺，在一座高山上找見了許由。許由知道是帝堯來訪，欣喜異常，他倆在洞中盤膝而坐，侃侃而談。談治國，都講仁愛；談刑罰，都講寬緩；談耕種，都講歲時……從識天則，到順地序，見解完全相同。帝堯高興地握住他的手說：

「我總算找到可心的繼承人了。」

然後真誠地告訴許由，要將天下讓給他，請他統轄遠近子民。

許由一聽，驚得目瞪口呆。轉眼間，皺起了眉頭。他只會揣摸世事，洞察學問，怎麼能繼位主政？真要主政，每日雜務纏身，不僅荒廢了學業，而且就是操碎了心恐怕也難把天下治理好。他連連搖手，說：

「不行，不行，小民力所不及！」

帝堯以為許由是禮貌的謙讓，更為誠懇地說：

「先生不必推讓，不才我尚能主政這麼些年，你胸有韜略，肯定能擔當重任，千萬不要辜負子民重託！」

帝堯越是懇切，許由越是慌恐。可無論他怎麼辭謝，也推卻不掉帝堯的一片誠意。他抽個空隙，躥出山洞，撒腿就跑。

見許由出了洞窟，帝堯才知道是要逃離，連忙追趕出來：

「先生，別走！別走！」

許由回頭一看，帝堯在後面追了上來。他情急生智，轉出山路，躲進了近旁的一個溝谷，眼見前頭有個洞窟，匆忙鑽了進去。

進了洞窟才發現裏面住着戶人家，夫妻二人正在架火。窟中空空落落，沒有多少東西，惟有石壁上掛着一頂帽子。他連忙向他們解釋：

「我迷了路，累得腰痠背疼也走不出去，暫在這裏歇歇腳。」

夫妻倆沒有多說甚麼，請他坐下，還端來一陶碗水讓他喝。許由喝着水，只見男人在臉前一閃，走了過去，隨即石壁上那頂帽子也不見了。他以為是男人有事出去了，也沒有在意。過了一會兒，估計帝堯已經去遠了，許由向那位婦人告別走了出來。

婦人獨自在窟中，添些柴火。

男人回來了，一進洞窟，笑得直揉肚子。他問妻子：

「你知道剛才那人是誰？」

妻子不解地問：「是誰？」

「許由！」男人笑着說，「你還讓我藏起那頂破帽子，人家哪裏能看上，帝堯給人家天下，人家都不要！哈哈！」

原來，男人藏好皮帽去河裏提水，剛打上水就見許由來了，他躲在河邊的小樹林中看他做甚麼。只見他下到河邊，彎下腰，低着頭，掬起清水直洗耳朵。正洗着，巢父牽着牛來了，問他為甚麼洗耳朵。許由說，帝堯讓位給他，要他治理天下，聽得心煩意亂，耳朵裏亂糟糟的，來這裏清洗清洗。

男人講完了，婦人紅着臉說：「我看他神色慌張，以為是個從別處溜來的小偷，哪裏知道是個大好人。」

❝編者的話❞

《韓非子‧說林下》記載了許由出逃。一個品德高潔的君子，甘願捨棄天下，卻竟然被誤認為是個不期而至的小偷。看來，這世上的誤解在所難免。不過，隨着時間的推移，事情的進展，誤解可以消散。當你被誤解時，想想許由不是就寬慰了好多。

擊鼓守城

　　春秋時期是個十分混亂的年代，各國間互相討伐征戰，若是稍不戒備，被對方攻入城中便會死傷無數，血流成河。

　　血的教訓告訴人們，必須提高警惕，嚴守城池。楚國國君楚厲王防備意識很強，他召集大臣商議，怎麼才能形成攻不破的銅牆鐵壁。大臣們一致認為，守城當然要靠將士，若能將民眾也調動起來，遇有敵情，統一上城，那力量可就更強了。

　　「好！」楚厲王覺得是個好主意，立即拍板實行。

　　那怎麼告知民眾，讓他們統一行動呢？楚厲王說：

　　「這好辦，製作四面大鼓，每個城角一面。敵人來了，擊鼓報警，男女老少一起上城。」

　　沒幾天，大鼓製成了，架在了城牆上。楚厲王命令敲擊一面鼓，咚咚的聲響驚動了百姓子民，都跑出來看熱鬧。趁機，楚厲王宣佈：

　　「時局混亂，敵情不斷。若是讓敵人攻入城中，就會家破人亡，大禍臨頭。為了大家的安全，我願意和你們一齊奮戰，保護我們的共同家園！」

　　聽眾群情振奮，都報以熱烈的掌聲。看着激動的人羣，楚厲王高挺着胸膛繼續演講：

　　「城市是我家，守護靠大家。僅僅靠將軍士兵是有限的，是不夠的。要打退敵人，還需要大家共同參戰，上城抗敵！大家願意嗎？」

　　城牆下響起排山倒海的聲音：「願意！願意！」

　　「那好！」楚厲王指了指身邊的大鼓，繼續說，「我們在城牆四周安上了大鼓，若有敵情，擊鼓為號，大家就近上城參戰！」

　　眾人情緒激昂，一起高喊：「上城參戰，保衛家園！」

面對這麼齊心協力的百姓子民，楚厲王興奮不已。回到宮中耳邊仍然轟鳴着排山倒海的喊聲：「上城參戰，保衞家園。」

他激動地說：「有了百姓參戰，楚國無憂也！」

說着，命人備酒上菜，他要乘興喝幾杯。

說是喝幾杯，幾杯下肚，興奮更甚，楚厲王還要喝幾杯。

幾杯又幾杯，楚厲王喝得甩了衣服，赤裸着胸背，還要喝幾杯。

再喝幾杯，楚厲王跌跌撞撞跑出宮來，跌跌撞撞爬上城來，掄起鼓槌，對準大鼓敲擊開來！

咚，咚，咚，鼓聲一響，千家萬戶響起了開門聲。

咚，咚，咚，鼓聲再響，街頭巷尾響起了吶喊聲。

百姓子民吶喊着衝上城頭，四圍城牆都響起了震天的討敵聲。

楚厲王撂下鼓槌，仰天大笑，笑畢說：「大家回去吧，孤王多飲了幾杯，和你們開個玩笑，哈哈哈！」

眾人一個個垂頭喪氣地下城，後生們嘴裏怨氣沖天，罵罵咧咧的。

沒過幾天，真的來了敵人。消息報進宮中，楚厲王下令擊鼓報警。

咚咚咚，鼓聲響過，千家萬戶靜靜悄悄的。

咚咚咚，鼓聲響過，街頭有人打探，莫非君王又鬧着玩！

敵人開始攻城了，將士們奮勇殺敵，打退了一次又一次進攻。可是敵人太多，又一次攻了上來！將士們揮動槍戟，大聲呼喊，喊殺聲吵嚷得城中百姓都聽到了。真是有敵人來了！

敵人攻破了一個缺口，一擁而上，眼看就像洪水猛獸一樣衝擊過來。守城的將士抵擋不住了，就在這千鈞一髮的時刻，百姓子民吶喊着跑上城來。人多勢眾，力量無窮，敵軍聞風喪膽，慌忙調頭逃竄。城市守住了，可是，城上躺下了一片血肉模糊的軀體，那都是守城的將士呀！

　　楚厲王氣急敗壞地責備眾人：「大鼓早響了，你們為甚麼遲遲不來？」

　　眾人說：「我們以為又是大王喝多了鬧着玩呢！」

❝編者的話❞

　　擊鼓守城出自《韓非子・外儲說左上》，讀這則寓言故事時，我想起了一句話，在一件事情上失去了原則性，在千百件事情上就失去了說服力。不論是君王，不論是凡人，若是不守信諾，就會成為孤家寡人。那個喊狼來了的孩子不也是吃了這樣的虧嗎？

井蛙

原野上有一塊荒草地。

草地上有一口很淺的水井。

水井裏住着一隻青蛙，這就是牠的家。我們不妨就叫牠井蛙吧！井蛙時而浮在水面，游來游去；時而跳上泥灘，喘吁歇息；時而攀住井壁，來一個高台投水。井蛙在井裏生活得自由自在，惟一不滿意的是，頭上就草帽大的一塊藍天。藍天上忽兒飄過一朵白雲，忽兒掩上一重烏雲，烏雲眨眨眼睛，還會流下來不少的淚水，下雨啦！

井蛙在水井裏漸漸長大了。這一天，牠攀着井壁奮力一躍，啊呀，好刺眼呀！牠慌忙閉住眼睛。待睜開眼睛時，簡直不得了，頭上是望不到邊際的藍天，身下是望不到邊際的原野，井蛙可高興了，欣喜得到處蹦跳。

蹦跳累了，歇下來，再看自己居住的家，也就是那口井，井蛙覺得太小了，太寒酸了。

井蛙正呆看着，忽然身邊有了響動。扭頭一看，是一隻和自己模樣相似的夥伴。

這是一隻青蛙。

青蛙見井蛙愁眉不展，問牠：「你有甚麼心事呢？」

井蛙不好意思地說：「你看天這麼大，地也這麼大，而我的家卻只有這麼一點點，多麼窄小呀！」

青蛙往前湊湊，挨近井蛙身邊，往水井裏一看，吃驚地說：「唉呀，這麼寬闊的屋子，怎麼能說窄小呢！」

井蛙聽不進夥伴的話，仍然愁眉不展。青蛙就約牠去參觀自己的家。

青蛙的家離水井不甚遠，井蛙跟在牠的身後，蹦着跳着就來到了。可是，到了家門口，井蛙根本不敢相信那就是青蛙的屋舍。看上去不就是一個洞麼，一個小得只能縮着身子鑽進去的黑洞。井蛙正在懷疑，這樣的地方怎麼能居住呢，只見青蛙低頭一閃已鑽了進去。井蛙連忙彎腰欠身趕了上去，就這樣頭還是擦在洞壁上了，隱隱作痛。牠顧不了疼痛，因為一下陷入了從沒見過的黑暗，甚麼都看不見了，牠慌忙睜大眼睛，仍然是一團昏暗，只好緊跟着同伴的腳步，一點也不敢放鬆。就這麼，黑摸瞎揣了好一陣，才聽見同伴說到了。這時候，井蛙稍稍適應了點，能看見些東西了。牠仔細端詳，這屋舍也就能裝下牠們兩個，若是再有一位，連扎腳的地方也沒有了。正這麼想，就聽同伴說：

「還是你那屋舍寬敞吧！」

井蛙點點頭，皺巴的眉結舒展開了。

從青蛙的屋舍出來，井蛙高興得合不攏嘴巴，還編了個小曲唱開了：

哇哇哇，哇哇哇，我的屋舍真寬大，能游泳，能攀崖，天下我是第一家。

井蛙唱得正起勁，一隻海鱉慢慢悠悠爬過來了。聽到這美妙的歌聲，牠興沖沖地問：

「小弟弟，你的屋舍真這麼好嗎？」

井蛙得意地對牠說：「當然啦！爬出井來，我可以蹦跳遊戲；跳進井去，我可以安穩休息；下到水裏，我可以展肢游泳；踏上泥灘，我可以散步行走。我的身邊還有不少夥伴：孑孓、蝌蚪、螃蟹，都在聽我的號令。我在這裏真是其樂無窮！」

海鱉聽得入迷了，連忙說：「能讓我見識見識你的屋舍嗎？」

井蛙拍拍前掌說：「歡迎，歡迎！」

　　說着，指了指身邊的井口。海鱉上前一步，縱身要下，哪裏下得去呀，甲殼被卡在了井沿。牠慌忙退了出來，撫摸着傷口說：

　　「小弟弟，你這屋舍不大呀！」

　　井蛙不高興了，撅着嘴說：「這麼大了，還要多大！」

　　不等海鱉回答，牠又說：「你別小看我，你的屋舍有多大？」

　　海鱉笑着不回答，井蛙連聲追問：「說，說呀，你的屋舍有多大？別不好意思說。」

　　海鱉只好對牠說：「小弟弟，我的屋舍是很大，很大。」

　　「能游泳嗎？」井蛙問。

　　「能呀！」海鱉回答。

　　「能攀崖嗎？」井蛙又問。

　　「能呀，我就是攀上懸崖才來到這裏的。」海鱉又答。

　　井蛙追問：「你的屋舍到底有多大？」

　　海鱉如實對牠說：「小弟弟，我的屋舍是大海。大海水波浩渺，一望無際，千里原野沒有它大，萬丈山崖沒有它深。你知道大禹治水吧，那年頭洪水氾濫，十年九澇，水全流到海裏，海也沒有增高。後來到了湯王求雨的年頭，八年七旱，滴雨不落，海水也沒有下降。我在那屋舍裏才舒暢自在呢！」

　　井蛙聽得目瞪口呆，半天說不出話來，心裏自覺慚愧。牠吐吐舌頭，不再誇耀自己的屋舍寬大了。

❝編者的話❞

　　井蛙是《莊子・秋水》中的一則寓言故事，也有題為井底之蛙或井蛙之樂的。不要妄自尊大，應該謙虛謹慎。本文在保留此義的基礎上，稍加拓展，更便於人們在繁雜的環境中認識自我，把握自我。

庖丁解牛

庖丁是遠近聞名的殺牛高手，幹活又快又好，一頭牛片刻工夫就肢解得骨是骨，肉是肉。人們誇他是快刀神宰。

這事傳到梁惠王耳朵裏，他有點好奇，殺牛的人，不就是個屠夫嗎？怎麼還稱得上神宰呢？他要親眼見識一下這個屠夫。

庖丁被召到宮中給梁惠王宰牛。

那是一頭高大壯實的犍牛，好些個棒小伙子費盡心力才把牠拉到木樁上拴住了，那牛還掙扎不止，搖動得木樁也能斷了。看看那雄健的公牛，再看看手操利刃的庖丁，眾人都為他捏一把汗。這庖丁又瘦又小，站在公牛前面，活像一隻小小的螞蟻要啃動一根大大的骨頭。不，比螞蟻啃骨頭難多了，骨頭是死的，螞蟻沒有甚麼危險，而這牛拼命踢咬，那可隨時都有危險呀！

眾人正為庖丁提着心，他已走近了那牛。手起刀落，拴牛的繩子已被割斷，眨眼間，牛已跳起，瞪圓雙眼時刻準備頂觸眼前的庖丁。庖丁後退數步，似乎要走，牛鬆了口氣，眼睛一眨，尾巴掃了一下。就在這一瞬間，庖丁一個箭步衝了上去，眾人看時，牛已栽倒在地。

這時候，庖丁直劃一刀，依勢肩臂一頂，牛滾了個仰面朝天。然後，手按、腳踩、膝蓋頂，橫劃豎裁，左一下，右一刀，長一伸，短一割，一把刀在手中龍飛鳳舞。隨着利刃的飛舞，發出了嚓嚓的聲響，發出了吱吱的聲響。

坐在高壇上觀看的梁惠王早忘了這是觀看殺牛，倒好像是觀賞《桑森》舞蹈，又好像是聆聽《經首》音樂，看得如痴如醉，禁不住高聲喊好。

待到庖丁殺完牛，梁惠王設宴招待他，讚賞地說：「你的技術太棒了，沒想到宰牛竟然會這麼精彩！」

庖丁謙虛地說：「沒有甚麼，主要是熟練。」

梁惠王說：「一輩子解牛的人不少，為甚麼沒有你這樣的技巧？」

庖丁沉思一下說：「大王如果真要我說點訣竅的話，那是我不光殺牛，還琢磨牛的身體結構。剛學宰殺時，我看到的是一頭整牛，幾乎無處下手。一年幹過來，我熟悉了牛的大骨；兩年幹過來，我熟悉了牛的細骨；三年幹過來，我熟悉了牛的筋脈。這時候，整頭牛在我眼裏，露出了一條條、一道道的縫隙，我的刀子下去不會去碰剛硬的骨頭，也不會去割柔勁的筋脈，而是見縫插刀，順勢裁割。如此行刀，便捷輕省，雖是殺牛，我也樂在其中了！」

梁惠王聽得直點頭，又問：「你解牛有多少年了？」

庖丁答：「二十多年了。」

梁惠王接着問：「那也該用過不少牛刀了？」

庖丁搖搖頭，回答：「我這把牛刀已用過十九年了。」

梁惠王拿過庖丁的牛刀一看，竟然鋒利無比，毫無卷刃之處，和新的沒有兩樣。庖丁解釋說：

「有的廚師一年用一把刀，那是因為他們用刀割肉；有的廚師一月用一把刀，那是因為他們用刀斷骨。我的刀不斷骨，只順縫剔骨；我的刀不割肉，只依紋裁肉，因而磨損很少。就這，我下刀時也小心翼翼，只要輕輕一過，皮肉、骨骼就各是各了。」

梁惠王連聲讚賞：「妙極了，妙極了！」

❝ 編者的話 ❞

這則寓言出自《莊子·養生主》。這則寓言故事流傳甚廣，得出了一個成語，也就是「庖丁解牛」。一提起庖丁解牛，人們就會明白世界上無論大事、小事，都有內在的規律。因此，做事不光要用力，而且要用心，用心才能悟出其中的道理，掌握內在的竅門。只有這樣，幹起來才會遊刃有餘，事半功倍。

河伯觀海

河伯是管理黃河的神。

這年秋天，河伯比哪一年都高興。這是因為，這個秋天多雨，雨多，黃河裏水就大。

下第一場雨時，黃河水漲了一寸。

下第二場雨時，黃河水漲了一尺。

下第三場雨時，黃河水又漲了一尺。

……

雨一場接一場地下個不停，水一尺接一尺漲個不止。滔滔河水早就舒展開了身姿，漫溢上了河岸，肆意橫流開來。黃河頓時闊大了好多好多，連河伯從來也沒見過這麼闊大。他遊蕩到北岸，遠望南岸，高大的屋舍矮小得如同鴿子窩；他遊蕩到南岸，回望北岸，剛剛在河灘上吃草的黃牛矮小得如同一隻隻螞蟻。河伯看着浪濤滾滾的河水，可激動了，驀然覺得黃河是天下最為壯闊的流水。能管理天下最壯闊的水流，真是三生有幸，當然也就無限光榮。

無限光榮的河伯決定出去遊走，藉機炫耀一下自己的不凡。

河伯跳着舞，唱着曲，順流而下，一日千里，很快就來到了北海。

一到北海，河伯舞不跳了，曲不唱了，眼睛瞪得不能再大了，口也不由自主地張開了。這北海水天相連，漫無邊際。他騰空而起想看到邊沿，哪裏找得到呀！他駕着雲霧，往前旋飛，飛呀飛呀，飛了好長時間，往下看還是滔滔水浪，不見有岸。河伯飛累了，也沒找到海岸，只好返身回來。這時候，河伯沒了先前的得意，他明白了天下最壯觀的流水不是黃河，想想先前的自高自大，真有些慚愧。

河伯剛在海邊站定，就聽見有人叫他，回頭一看見是海若。他走近幾步，拱手讚賞海若：

「你可真了不起，主宰這麼博大的北海！依我看，北海是天下最壯闊的流水，你就是最光榮的海神了！」

海若聽了，連連搖手，謙虛地說：「河伯過獎了，過獎了。北海哪裏是最壯闊的流水呢！據我所知，天下還有東海、西海和南海，哪一個也不比北海小，北海在眾多的海洋中只能是個小弟弟！」

河伯聽得好新鮮，越聽越覺得自己渺小。他誠懇地對海若說：

「真是不比不知道，一比嚇一跳。老實說，沒有見識北海時，我還以為黃河是天下最壯闊的流水呢，一見北海，我自慚形穢，才知道黃河太渺小了。不過，我真以為北海是天下第一了。聽你這麼一講，我才知道，還有比北海更大的海洋呀！」

海若說：「是這樣，所以人們常說，山外有山，天外有天。在這個世界上，誰也不應自滿自足，自高自大。」

河伯深有感觸地接着說：「聽君一席話，勝讀十年書，我又明白了不少事理。過去，河邊的百姓常唱道：道理懂得多，誰都不如神河伯。我聽了沾沾自喜，現在才知道那討好的話中帶着挖苦呀！我一直認為，孔子最為博學，伯夷最講義氣。別人說我迷信，我反說人家無知。現在看來，無知的不是人家，倒是我自己！」

海若被河伯的反省自責打動了，他說：「不能和井蛙談海，他受地域的限制很難理解；不能和夏天生長的蚊蟲談冰，他受季節的限制很難理解。只有見多識廣，才能很好地認識世界，歡迎你常來遊走！」

河伯真誠地握住了海若的手，不住向他討教。

❝ 編者的話 ❞

同潺潺小溪相比，黃河的確博大壯闊；同茫茫大海相比，黃河就顯出了自己的渺小。《莊子‧秋水》中的這則寓言故事好在河伯沒有孤芳自賞，他走了出去，看到了更闊大的天地，也認識了自己的不足。於是，我們聽到了他在海邊的一番肺腑感言。由此便有了成語：望洋興歎。

東施學美

春秋時期，南方有個越國。

越國有一條美麗的河水，人稱若耶溪。

若耶溪從遙遠的青山深處流來，流出了九曲十八彎，仍然晶亮晶亮，透明透明。晶亮透明的溪水甜如甘霖，不僅滋養着水中的游魚小蝦，而且滋養着兩岸的鄉村人家。

西岸有戶窮人，生了個女兒叫西施。

東岸有戶富人，生了個女兒叫東施。

窮人的孩子早當家，西施自小就整日在水邊浣紗，幫父母養家度日。幹得累了，停下手來，臨水照鏡，梳理烏髮。西施在若耶溪邊一天天長大，長到十八歲了。十八的姑娘一朵花，西施成了嬌豔照人的花朵，看身材，不高不矮；看腰圍，不胖不瘦；看臉蛋，白得純淨，紅得素雅，人人都誇她長得好。更為要緊的是西施善良勤快，誰家有事，她都當成自家的事盡力去幫，因而，人們都讚她人美心也美。

富人的孩子無憂愁，東施自小衣來伸手，飯來張口，沒有打過柴，沒有割過草。吃飽了飯，就等着太陽升上來，落下去。時常不是抱怨飯菜不香，就是埋怨衣服不好，嘴巴總是撅得很高很高。東施在福窩裏一天天長大，長到十八歲了。沒有長成一朵花，卻長出了一身肉。看身材，上下渾圓像木桶；看腰圍，粗得像鼓出了個小冬瓜；看臉蛋，嘴撅眉彎橫着肉。人們當面不說，背後指道，這女子真醜。再加上她懶得出奇，家裏的油葫蘆倒了都不願彎腰扶起，更別提幫助左鄰右舍了。因而，人們都說她人醜心更醜！

愛美之心，人人都有，東施也同樣愛美。

西施在村巷裏走過，見到她的人都想多看幾眼，人人都誇她漂亮。東施也走過去，見到她的人掩嘴竊語，人人都在指指畫畫。東施

又急又氣，我家這麼富裕，要吃有吃，要穿有穿，就不信比不過這個窮女子！她暗暗和西施較上了勁。

從此，她時時處處盯着西施。

西施生就的面龐清秀，皮膚白淨白淨的，鄰里都誇，看人家顏面多白呀！東施聽到了，弄了些撲粉，把臉上塗得煞白煞白的，出了門，到了村巷，人們像見到鬼一樣，躲她遠遠的。

西施的面頰飛一縷淡淡的紅彩，臉蛋白裏透紅，鄰里羨慕，看人家的臉蛋多美呀！東施聽到了，弄了些胭脂，把臉蛋抹得豔紅豔紅的，出了門，到了村巷，人們見了都皺緊了眉頭，看她怪怪的。

西施下田歸來，挽起褲腿，在溪水中洗了洗腳，鄰里眼熱，看人家那腿，嫩白的像是兩截藕瓜。東施聽到了，穿了條短裙，出了門，到了村巷，人們看到了都扭過頭去，說她蠢蠢的。

西施上集去，路遇一位負重的老婆婆，就接過行囊幫她背上，一直背到了鬧市。她太累了，渾身困倦，連心口都隱隱作疼，禁不住用手捂住胸前，皺起了雙眉。鄰里誇，看人家多嬌柔呀！東施聽到了，心想這還不好辦呀！她捂緊胸口，緊皺眉結，出了門，走到村巷，人們遠遠一看就慌慌張張地跑遠了。

❝編者的話❞

這則寓言故事出自《莊子・天運》篇，故事雖短，卻意味深長。學習要學實質，得要領，一味模仿外表，不僅學不到真諦，還會適得其反，成為眾人的笑料。

邯鄲學步

戰國時期，燕國壽陵那個地方，出了個喜新厭舊的後生。

喜新厭舊的習氣，人們或多或少難免要沾染點，而這個後生就不是沾染了，他是嗜好，甚至嗜好得過了頭。

人們出生後不久，就開始學走路了，這位後生也一樣。可是，走了將近二十年了，突然就覺得自己這走法笨拙、醜陋，做夢都想變個新的花樣，只是冥思苦想也想不出個新招數來，只能按部就班地照原樣行走。

這一日壽陵逢集，遠遠近近的商賈雲集一起，人多了帶來的新鮮話題也就多了。趁着交易的空隙，人們天南海北地聊上了。

有人說，有個地方真怪，蚊子大得三個能炒一盤菜。

有人說，有個地方真奇，馬不拉車讓人騎。

有人說，有個地方真帥，人們走路特好看。

說者無意，聽者有心。話剛至此，那個後生便湊上前來問說話的人：「請你告訴我，那地方的人們怎麼個帥法？」

那人對他說：「人家步子邁得不大不小，胳膊甩得不低不高，胸膛挺得不直不彎，不像我們這小地方，走路都土氣。步子太大，胳膊太高，胸膛太直，一瞧就是個土老帽。」

後生聽得眼睛都直了，真是找到了難得的知音。他向前一步，深施一禮，請那人學學人家的樣子。那人也不推辭，幾步來到街心，抬足甩臂，挺胸收腹，走得是有些精神抖擻。後生看得入了迷，身不由己跟在後頭，學着走開了。

走了沒幾步，那人不走了，返回來，鑽進攤點後賣開了貨物。後生卻纏着不放，非要他繼續教自己走路，攪擾得那人無法正常做生意。那人推脫說：

「你要喜歡這走法，就去當地學吧！」

「那是個甚麼地方？」後生問。

「趙國都城邯鄲！」那人答。

趙國邯鄲離燕國壽陵有上百里路程，真不近呢，沒想到後生卻要鑽透牛角尖，居然不辭辛勞，遠道奔波着趕來了。啊呀！一到邯鄲，眼界大開，人們走得真好。正如那人所說，身姿好，步伐好，胳膊甩得更協調。滿街的男男女女，老老少少，走路都一樣精神，帥得很！到處都是老師，還怕學不好嗎？後生立即跟着路人學開了。

小伙子走來了，後生跟上去，人家邁一步，他邁一步。

老大爺走來了，後生跟上去，人家一甩臂，他一甩臂。

小孩子走來了，後生跟上去，人家一挺胸，他一挺胸。

……

後生練得極其認真，一招一式都不放過，可以說，他一抬腿，一甩臂，一挺胸都酷似邯鄲人。不過，這只是分解動作，若要是連貫起來，抬腿、甩臂、挺胸一起來，還是壽陵那個老走法。後生免不了有些惱火。

惱火也不治事，發過火找原因，還是老習慣作怪，影響得他難以接受新事物。他下決心，不出門，不走路，與老走法徹底決裂。

後生將自己關在屋裏，甚麼都幹，就是不走路。那要行走怎麼辦？乾脆返回童年，雙手着地，四肢移動，爬！

爬了一個月，試一試，還會走。

爬了一年，試一試，走不穩了。

爬了兩年，試一試，站不住了。

後生覺得可以學習新走法了，就爬出門來到街上。先看看路上的走法，再站起來模仿。可是，哪裏還站得住呢？雙手一離地，全身就要倒下了。眼睜睜看着人家精神抖擻地走過，自己就是學不成，後生眼紅心急呀，打定主意，非學成不可。

只是，離家久了，帶來的銀錢花光了，當務之急是回家再要點費用。後生要回家了，可是，新走法沒學成，老走法忘光了，沒有辦法，只能胳膊和腿一起用，一下一下爬回壽陵去了。

❝編者的話❞

喜新厭舊似乎是個毛病，其實不然，應是人類前進的一種動力。喜新才會有追求，有追求才會有進步。不過，凡事都應該有個度，也就是要適當，萬萬不可一味模仿照搬人家的東西。否則，別人的新東西沒學來，自己的老本領也忘了，那就沒有生存能力了。這則出自《莊子・秋水》篇的寓言故事不正引發我們這樣的思考嗎？

防凍祕方

　　很久很久以前，宋國有戶人家靠給別人漂洗衣服生活。這是個苦活，尤其是到了冬天，西北風一吹，天寒地凍，手插進水中刺骨的冷。若要是出了水，厲風一掃，皮膚上馬上就裂開了一道道血紅的口子，鑽心的疼呀！

　　冬天，真無法漂洗。

　　可是，不幹活，連飯也吃不上，餓肚子比手疼更難受，只得咬着牙幹！

　　這家男人是個有心人，就想治一治這手凍。他聽人說蔥鬍子、蒜辮子能夠防凍，就熬些水讓家人浸泡，真有點用處。他又搜集些偏方，加上這些東西，三調兩治，配成了防凍膏。漂洗前塗在手上，出水後再不會凍傷了。數九寒冬，別的幹漂洗的人家無法營業，而這家因為有了防凍膏照幹不誤，生意也就好多了。為了保證生意永遠興旺，這家形成一條規矩：防凍藥方祕不外傳。

　　不知不覺，過去了好多年，轉眼已是戰國年代了，這家人仍然以漂洗度日，生活過得比別人家寬裕好多。

　　這一年的冬天，從吳國來了一位商人。一路風塵奔波，衣裳沾染了不少污垢，就想清洗一下。一連跑了數家，店鋪都關着門，嫌冷，歇業了。商人失望了，沮喪地找個小飯館進餐。轉過一道街巷，卻看見一家店鋪門庭若市，走進來一看正是這戶漂洗衣服的人家。商人好奇地問：

　　「你家的人就不怕冷嗎？」

　　家人笑着從容地說：「我家有防凍藥，不怕冷。」

　　商人驚奇地問：「防凍藥？甚麼寶物，能告訴我嗎？」

　　不用說，得到的回答是不能，這是祖傳祕方，傳內不傳外。

　　商人就是商人，洗過衣服回到客棧，還惦記着這一商機。他橫下決心，要在這個防凍藥方上作點文章。

　　第二天一早，商人又走進這家漂洗店。店主人一見是他，先堵他的嘴：

　　「別費口舌了，藥方不會告訴你！」

　　商人和氣地說：「我知道，這是你的祖傳家寶，怎麼會給外人。可是，你要藥方幹甚麼？還不是為了掙錢？我不白要藥方，出錢買。」

　　店主人搖搖頭說：「你能給點錢？這可是無價寶呀！」

　　沒有想到商人竟大大方方地說：「我出百兩黃金！」

　　這可是個想不到的數字！店主想，我一輩子起早貪黑，出力流汗，也掙不到百兩黃金呀！他動了心，對商人說：

　　「我家有祖規，賣不賣，我說了不算，要全家人商量同意。」

　　商人耐心地說：「我不着急，你商議去吧！」

　　店主把家人召集到一起，嗨呀，這百兩黃金真有吸引力，大家都願意將藥方賣給商人。就這麼，防凍祕方到了商人手中。

　　商人拿到祕方回到了吳國。此時，征戰不息，吳國正在抵抗越國犯境的軍隊呢！當下令吳王最頭疼的事情，不是兵將不多，不是武器不精，而是天氣嚴寒，伸手投足，厲風勁吹，凍傷了兵士的手足。手足一傷，疼痛難忍，上陣作戰，握住武器痛得發抖，哪裏還有力氣殺敵呢？吳王正為此事焦慮，商人進宮獻上了防凍祕方，這可是雪中送炭呀！吳王高興地說：

　　「這真乃是天助我也！」

　　有了藥方，製成防凍膏，吳國士兵調養數日，個個皮膚光滑，健朗如常。這時候，吳王下達命令，擊鼓出征，把越國入侵的敵人趕出去。

　　一場激戰開始了。吳國將士手足健康，充滿活力，上陣如同生龍活虎。越國兵卒就倒楣了，手裂足傷，痛苦不堪，根本握不牢武器，哪有力量拼殺？很快被擊敗，一潰千里，落花流水。

　　吳國勝利了，收復了失地，保衛了領土完整。

　　吳王興奮不已，大擺宴席，犒勞三軍將士。

　　當然，吳王也沒有忘記那位進獻藥方的商人，賞賜他為大夫，還劃給他一塊封地。商人不僅成為朝中高官，祖祖輩輩還世襲了他的爵位。知道這事的人都說，商人是一本萬利啊！

66 編者的話 99

　　防凍祕方是《莊子·逍遙遊》中的寓言故事。同樣是一個藥方，店主只能用它養家餬口，商人卻能用它高官厚祿，關鍵在於思路不同。好的思路也被人稱為金點子，金點子如同是做乘法，而一般的思路只能是做加法。當然，乘法的效率要比加法高不知多少倍。

屠龍神技

朱泙漫是個年輕人。

這個年輕人和其他年輕人不一樣。別人隨遇而安，能幹點甚麼就學做甚麼。他胸懷大志，決心要幹驚天動地的大事業。年近二十了，他還沒有找到自己想幹的大事業。

父親對他說：「跟我種田吧，一日三餐，不愁吃喝。」

朱泙漫搖搖頭不幹，心想，那太平常了，滿地的人都侍弄田禾苗，不見哪個有出息。

舅父對他說：「跟我學木工吧，身有薄技，日子富裕。」

朱泙漫搖搖頭不幹，心想，也太平常了，哪個村子裏沒有木工，可是誰有出息呢？

姑父對他說：「跟我讀書吧，學富五車，入朝做官。」

朱泙漫搖搖頭不幹，心想，還是有些平常，那滿朝官員看起來光彩體面，可哪個不受王侯的指撥？這能算有出息？

姨父對他說：「跟我學屠宰吧，殺豬宰牛，酒肉常有。」

朱泙漫心動了一下，這倒是個很刺激的事情，白刀子進去，鮮血噴濺；紅刀子出來，豬牛倒地。幹這事是有點英雄氣概，可是，也不能幹，哪個鎮子裏沒有好幾個屠夫，還是沒有出息。

光陰飛快，時不我待，轉眼朱泙漫已二十出頭了，還是沒有找到如意的事情。他心急，母親也為他心急。這一天，母親對他說：

「別挑挑揀揀了，趕快定個主意，學個本事，要不，就辜負了好年華。」

朱泙漫勸慰她說：「母親不要焦急，兒子我非幹點大事不成。我幹成了，名利雙收，二老就有享不盡的榮華富貴。」

母親說：「我盼你有出息，成大器，可也擔心你低不成，高難就，一事無成呀！」

朱泙漫連忙說：「不會的，不會的，請母親放心！」

和母親說過話沒幾日，朱泙漫來到了街頭，忽然聽見有人吟誦歌謠：

支離益，有神技，一把尖刀驚天地。不殺豬，不宰雞，專門屠龍教弟子。

屠龍！屠龍不就是殺龍嗎？這可是門驚天動地的手藝呀！試想，那龍潛身入海，騰躍上天，入海能興風作浪，上天能行雲播雨，豈是好屠殺的？若是自己學到了這門絕技，那不是一舉成名天下知了嗎？只是，一打聽學資昂貴，不少想學的人都因付不起錢打了退堂鼓。朱泙漫家裏不算富裕，也為學資犯愁，又一想別人都因無錢而不學，那我們學成了不就是天下惟一的了嗎？

朱泙漫將金錢交給師傅支離益，師傅高興地收下了他這惟一的徒弟。從哪學起呢？師傅教導他說：

「要屠龍，首先要捉到龍，龍住在大海，因此首先要有搏擊風浪的工夫。」

於是，朱泙漫跟着師傅支離益學習游泳。學了一年，他可以暢遊波端，也可以潛伏海底了。師傅又教導他說：

「龍善騰飛，要屠龍還必須速行如飛。」

於是，朱泙漫跟着師傅支離益學習飛跑。學了一年，他可以日行百里，夜走八十了，舉步像飛一樣。

師傅對他說：「這下該學屠宰技術了。」

學屠龍無龍可宰練，師傅就帶着他給別人殺牛，還告訴他：「殺牛和屠龍是一個理，學好殺牛，屠龍就不成問題了。」

師傅操刀他操刀，師傅鑿刃他鑿刃，師傅裁割他裁割，師傅橫劃他橫劃。一年下來，朱泙漫熟練了宰殺技術。他學成了，出師了！

他決心要施展技藝，讓二老過好日子。

朱泙漫就要用屠龍神技光門耀祖，名揚天下了。

他雄心勃勃地來到秦國，秦國無龍，神技無用。

他風塵僕僕地來到趙國，趙國無龍，神技無用。

他身心疲憊地來到楚國，楚國無龍，神技無用。

……

朱泙漫遍走天涯，到處無龍，當然無人讓他屠龍。可憐英雄沒有用武之地。

❝編者的話❞

屠龍神技是《莊子·列禦寇》中的一則寓言故事。朱泙漫志向高大這是對的，但是，志向要和實際結合起來，否則就成為好高騖遠，盲目追求。到頭來，不僅學不到有用的真本領，做不成大事情，還容易落入騙子的圈套，被人家涮了。

魯侯養鳥

信天翁是一隻又美又大的海鳥。

海鳥生長在海上，大海是信天翁的家園。剛剛長出羽毛，信天翁就在海上游海水，捉海魚，鑽海草，宿海灘。大海滋養着她一天天長大，成了一隻少見的飛禽。她伸開雙腿，亭亭玉立；她划動腳掌，劈波穿浪；她鼓動雙翼，飛向長空，搏擊着滿天風雲。

每日每年都在海天間翱翔遊蕩，信天翁有些厭煩了。這一天，她揚翅而起，飛出往日的行蹤，不多時海浪不見了，海濤無聲了，羽翼下是墨綠的樹林、樹林間是一塊綠地，綠地間是一棟棟房舍。飛呀，飛呀，樹林、綠地全不見了，成了高高低低的房舍，這是甚麼地方呢？信天翁有點新奇，想看個究竟，就瞅塊空地降落下來。

這時候，魯國宮中的衛士正在門前的廣場上操練，一看落下隻碩大漂亮的飛鳥，馬上蜂擁而上，抓翅的抓翅，握腿的握腿，揪尾的揪尾，把她團團圍住，逮了個正着。

信天翁還沒搞清這是個甚麼地方，就弄得腿無法邁開，翅無法伸展，路在腳下不能走，天在頭上不能飛。再看抓翅揪尾的人密密麻麻一大羣，頓時吃了一驚，擔心再也無法回歸自由自在的大海了。

不說信天翁戰戰兢兢面對着衛士，只說早有人將逮住奇鳥的消息報進宮去。魯侯聞知，腳未穿鞋，頭未戴冠，匆匆忙忙跑出宮來觀看。原來這魯侯生來愛鳥，閒來喜歡看鳥飛，聽鳥叫，因此，在宮中設了個百鳥苑，時常去那觀賞享受個盡興。此時，他一邊往宮外趕，一邊想，這可給百鳥苑又增添了新的風采。

待眼睛看到信天翁，魯侯禁不住手舞足蹈，帶頭鼓起掌來。

百鳥苑中禽鳥雖多，哪裏有這麼大的鳥呢！人常說，以一當十。別說十隻，就是上百隻集聚一體也沒有這鳥大啊！

百鳥苑中的禽鳥雖美，哪裏有這麼美的鳥呢！人們喜歡用赤、橙、黃、綠、藍、紫形容各種顏色，苑中的鳥各着一色，均有特點，可是，讓這隻鳥一比無不相形見絀。別的不說，就說這鳥頭吧，紅中見黃，黃色連綠，綠色泛藍，藍色轉紫，嬌豔無比。

自然，魯侯鼓動雙掌是發自內心的讚賞。魯侯一鼓掌，眾衞士也奉迎鼓掌，掌聲如突然爆發的天雷。往常打雷，天低雲暗，晴空不見了，今日豔陽高照，藍天在上，卻雷聲轟鳴。這是甚麼鬼地方？信天翁嚇得渾身抖動。

魯侯欣喜異常，哪裏會注意到信天翁的顫抖。他對大臣說：

「這是天降祥瑞！寡人主政以來，國泰民安，風調雨順，得此祥鳥是上天頒賜獎賞。我們千萬不要怠慢了她，要用迎接外國使節的禮儀歡迎她的光臨！」

魯侯下令，大臣們都忙碌開了。不多時一場規模宏大的儀式開始了。

信天翁沒見過這種忙碌，又不知道這忙碌的意思，只覺得這鬼地方亂糟糟的，遠不如孤身一個獨立在礁石上清靜。她不願看這煩心的場景，就閉住眼睛回想海上一碧萬頃的風光。突然，她聽見有人喊：

「歡迎儀式開始，奏樂！」

她不清楚這是甚麼意思，卻被震耳欲聾的鼓樂聲嚇得魂飛魄散，本能地展翅飛起，不想雙翅被縛，一頭扎在地上，馬上被幾個人扶正站好。接下來還有甚麼獻藝，一羣穿紅掛綠的宮女在她面前搖頭晃腦，好像逗弄她一氣就要上來撕扯她的羽毛。信天翁嚇得跌坐在地上，盼着能逃過這一劫。

還好，這些宮女指手畫腳一氣，沒有對她下手。她僥倖自己還能活着，只是肚子餓了，口也渴了。好像聽見有人喊：飼鳥。這是不是讓她吃東西呢？她暗暗有些高興，幾位鳥工端上吃食，盤中放着小

魚。她一眼盯住了小魚，那是她每天填飽肚子的東西。她幾乎要流下口水了。

可是，小魚未近跟前，就聽見魯侯說：「端下去，端下去，哪能讓神鳥吃這麼粗俗的東西！趕快敬獻三牲。」

三牲是甚麼？信天翁實在不懂。沒過多時，就看見抬到她眼前的是赤條條的三個東西，人們說是豬、牛、羊。她吃了一驚，莫非這是殺雞給猴看，有一天也要把自己剝個精光？她閉住嘴以示抗議。

自此，魯侯每天陪在信天翁身邊，和她一起進食。一邊吃，一邊還讓那些宮女搖頭晃腦地跳舞。

魯侯想，心誠則靈，就不信感動不了這隻神鳥。

信天翁想，不能讓他們得逞。這個甚麼侯可能就是劊子手，他用飯食迷惑我，待我一張嘴，那些宮女就會按住我，讓這侯拔我的毛。

信天翁心驚膽戰，高度警惕着魯侯。

魯侯誠心誠意，晝夜守護着神鳥。

三天過去了，信天翁仍然圓睜着眼睛，卻躺倒在地再也不動了。

❝ 編者的話 ❞

誰也無法指責魯侯不愛鳥，只是愛要有個愛法，方法不當，不僅無利，而且有害。《莊子・至樂》中的這則寓言，啟發人們思考會愛的道理。

渾沌開竅

很早很早的時候，大地上有南北中三個國家。

三個國家各有一個帝王。南海國的帝王叫儵，北海國的帝王叫忽，中土國的帝王叫渾沌。

儵和忽管轄的地盤都是大海。大海一刻也不平靜，每天晚上漲潮，早晨退了下去。這活動量就夠大了，可是大海還嫌不夠，還要揚波、掀浪、捲濤、起瀾，時常瀾起濤捲，波浪滔天。白晝黑夜和大海耳鬢廝磨，兩位帝王也有了海水般的性格，特別喜歡活動，一刻也不願意平靜。

儵最喜歡奔跑，一口氣能跑出上萬里去。

忽也喜歡奔跑，一口氣也能跑出上萬里。

一方水土養一方人，一方人像一方水土。

渾沌和儵、忽大不相同。他管轄的是中土大地。中土無海，土地連綿。雖然也有高山，也有深溝，那高山比浪尖還高，那深溝比波谷還低，但是，這都是凝固的，平靜的，一動也不動。渾沌和這樣的大地朝夕廝守，喜歡像大地一樣寧靜、安詳。

如果說，渾沌的日子還有一點漪波的話，那就是他要在自己的宮中招待儵、忽這兩位大帝。前面說過，南海大帝和北海大帝都喜歡活動，南海大帝喜歡向北跑，跑累了，恰好到了中土大地。北海大帝喜歡向南奔跑，跑累了恰好也到了中土大地。

中土國成了二位大帝相逢歡聚的地方了。

中土大帝渾沌雖然不喜歡鬧嚷，卻是個老實厚道的熱心腸，有朋友從遠方來了，哪能不盛情款待呢！住宿，讓他們住金碧輝煌的宮殿；就餐，讓他們吃美味可口的山珍。當然，每次光臨還少不了有大型歌舞歡迎佳賓。

南海大帝玩得非常開心。

北海大帝玩得開心非常。

二位大帝時常在中土聚會，時常煩勞中土大帝，日子久了，心裏都過不去，就想為中土大帝做點好事。做甚麼呢？送人家東西吧，自己有的，人家也有。劃點地盤給人家吧，人家沒有貪心，還嫌土地多不好管轄。二位合計來合計去，只有在他的臉面上打主意了。

原來，這中土大帝長得有頭無臉，沒眉沒眼，準確地說就是沒有七竅。七竅是人臉上的七個孔洞，即眼睛、耳朵、鼻子和嘴。有了這七個小洞，人才能看得見，聽得着，說得出，要不怎麼會有耳聰目明的說法。中土大帝缺了這七竅就木木訥訥，看不見，聽不着，說不出，所以被眾生喚做渾沌。要是能讓渾沌有頭有臉，有眉有眼，那可是對他最大的厚愛呀！

二位大帝將心思說給中土大帝，渾沌不喜不悲，是啊，多少年都是這麼個樣子，不是也過得不錯嘛！可是，又不好冷淡人家的一片熱心，只好點點頭，算是同意了。二位大帝趕忙行動，找來鑿子、錘頭，開始了打鑿七竅的工程。這事還不能操之過急，急了怕渾沌吃不消。於是他們商定，每天只開鑿一竅。

一竅鑿通了，渾沌看見了忙碌的儵和忽。

二竅鑿通了，渾沌看清了儵和忽身處的殿堂。

三竅鑿通了，渾沌聽見了叮叮噹噹的開鑿聲。

四竅鑿通了，渾沌聽清了殿外的獸吼鳥鳴。

五竅鑿通了，渾沌可以呼吸空氣了。

六竅鑿通了，渾沌可以聞到香味了。

二位大帝忙得手不停，腳不閒，腰也痠了，背也疼了，可是看見中土大帝在他們的努力下，一天天聰明靈動了，高興極了！他們加快速度，繼續開鑿。

七天過去，七竅鑿通了，大功告成了。渾沌可以吃飯了，可以說話了，還可以唱歌。他雖然疼得要命，但仍要放歌一曲，感謝二位大帝的恩情。然後，高興地放聲大笑：

哈哈哈……笑聲越來越高，二位大帝也興奮不已。

哈哈哈……笑聲越來越高，渾沌氣絕身亡。

❝ 編者的話 ❞

渾沌開竅出自《莊子·應帝王》。這則寓言故事似乎是在講好心辦壞事的道理。仔細一想，好像還有深意，世界上的一切自然物體，存在就有它的合理性，違背客觀實際，一味按自己的主觀願望行事，恐怕會辦成壞事。

猴子二題

一：

黑背是猴羣裏的頭領。

原先，黑背也是猴羣裏的一隻普普通通的猴子。只因為脊背上有一撮黑毛，才被叫成黑背。黑背能被眾猴推舉為頭領，緣於他勤學苦練，掌握了一手在高空穿行的本領。他可以連續不斷地在樹枝上跳躍上百次，這在猴羣裏可是個天文數字。一般猴子跳上幾十次也不錯了，能跳半百的就算是優秀了，而他跳過半百之後反而來了精神，眨眼工夫他就從這片樹林蕩悠到那片樹林。這一身過硬的工夫，猴子們哪個能不羨慕？所以，大家心悅誠服推舉他當了頭領。

一年一度的羣猴盛會又舉行了。各路猴羣雲集密林，暢談從四面八方帶來的新聞，交換從四面八方帶來的食物。森林裏歡歌笑語，熱鬧非凡。大夥還覺得不熱鬧，一致要求頭領給表演一下枝頭飛躍。掌聲響起來，又響起來，黑背只好登場亮相。

縱身一躍，場地上已沒有了頭領的蹤影，抬頭看時，黑背已掛在了樹梢。眾生還盯着樹梢，只見樹梢一晃，頭領不見了。接着只見樹梢連連晃動，看得眾生眼花繚亂，就是趕不上頭領的飛旋。樹林像是颳起了一股旋風，弄得樹梢沙沙作響，黑背早旋舞着去遠了。

樹林裏靜了下來，眾生屏息着尋覓頭領的行跡，突然又好似一股旋風颳來，風沒停，樹梢還悠然晃動，頭領已跳了下來，又站在大夥中間。

「好啊！」隨着喊聲，爆發了雷鳴般的掌聲。

經久不息的掌聲終於停下來，卻還有一絲螞蟻爬過的響動。大夥循聲望去是一隻田鼠仍在鼓掌。他邊鼓掌邊上前一步，怯生生對黑背說：

「大王，好工夫！好工夫！你能不能教教我的子孫？」

黑背有些猶豫，田鼠又說：「我的子孫只會爬行，不會跳躍，不是被獸食，就是讓鷹吃，連蛇也把他們作為美餐。若是有了大王這種工夫，他們就可以逃避災難了。」

黑背聽田鼠說得可憐，動了憐憫之心，就想幫幫他們。他說：「時下我百事纏身，教你們沒有時間，念及你說得可憐，我可以給你們做個示範。」

就這田鼠也求之不得了，他深施一禮，領着黑背向家鄉走去。

走呀走，走出了密林，來到了山嶺上。

走呀走，走下了山嶺，來到了坡谷裏。

坡谷裏有一片荊棘棵子，田鼠指一指，說：「就在這裏！」

說完，倏然鑽了進去。黑背個大，一不小心荊棘棵子劃到了額上，趕忙低頭，左胳膊又被掛住了。七扭八彎，好不容易鑽到了中間。田鼠大聲尖叫，子子孫孫來了一大羣，聽說猴王要表演枝頭飛躍，激動得無不叫好。田鼠恭敬地說：

「大王開始吧！」

黑背一跳，被荊棘棵子劃了一道口子。伸臂攀枝，又被扎破了前掌，頓時疼得嗷嗷直叫！眾鼠齊喊：「沒關係，再來，再來！」

黑背東看看，西瞧瞧，上上下下，鋒芒在背，他蜷縮在地上一動也不敢再動。

眾鼠哄然大笑。

二：

長臂是猴羣裏的佼佼者。

上樹攀枝是長臂的拿手好戲。在枝頭跳躍，他靈活多姿，一會兒如雄鷹展翅，一會兒如禽鳥翻飛。他還有一個絕活，接箭。

接箭是需要些膽量的。箭是獵人射殺他們的武器，多少同類就是在利箭下喪生的。因而，一聽說獵人放箭，夥伴們都望風而逃。這時

候，如果有一隻猴子不逃，那準是長臂。長臂穩坐樹杈，鎮定自若，待長箭飛來，他略略閃身，伸臂一捉，那箭就握在掌中了。

獵人看得眼急，急也沒有辦法，急得再射一箭，又被長臂接住了。

長臂接住箭，衝着獵人擠眉弄眼，獵人火了，一支接一支射，他便一支又一支地接。獵人射完箭，沒招了，氣急敗壞地走了。

長臂用他的勝利贏得了大家夥的尊重。

大家夥的尊重讓長臂自高自大，目空一切。

一個秋日，紅葉滿山，風光誘人。吳王泛舟江中，心怡神暢。忽然，聽見了幾陣叫聲，循聲馳目，看見了岸邊的猴子。羣猴跳躍，靈動可愛，吳王就想和猴子戲鬧一番。

停舟登岸，猴子們見有人來，慌慌忙忙全溜了。惟有一隻猴子沒跑，這就是長臂。吳王所到之處，吏役開道，百姓迴避，都在為他讓路。過慣了這種霸道日子，看見猴子四散而逃，心中充滿了豪情。定睛一瞅，發現居然還有一隻猴子沒跑，這分明不把為王放在眼中麼！大膽的潑猴，瞧我怎麼治你！當即下令，捉住他。

命令一下，早有武士爬上樹去。可這哪裏治得住猴子，何況這長臂又是跳躍的高手。武士們爬上這棵樹，他跳往那棵樹；武士們爬到這，他跳到那，折騰得武士們大汗淋漓，也沒人能挨近他。

吳王見這一招不行，就喚下武士，取弓搭箭，他要親自收拾這潑猴。

颼！一支箭射出去了，長臂不僅沒動，還一把接住了。

颼！一支箭又射出去了，長臂仍然沒動，又接住了。

一連數支箭都被長臂接住了，他得意地看着吳王，朝他眨眨眼，像是嘲笑他。吳王被激怒了，扯開嗓門喊：

「放箭，全都放箭，射死牠！」

颼！颼！颼！萬箭齊發，如同密集的雨點，長臂看花了眼，不知該接哪支，不知該躲哪支。恍惚間，被射中了，慘叫一聲，栽下樹來。

編者的話

猴子二題皆出自《莊子》。前者出自山木篇，後者出自徐無鬼。前者告誡世人，英雄要有用武之地，離開了相宜的環境，英雄就會變成無可奈何的猴子。後者同前者一樣，也是講一個身懷絕技的猴子。這猴子的遭遇讓人想起一句俗語：聰明反被聰明誤。不過，這隻猴子不僅聰明，而且還很勇敢。可惜正是這蠻勇斷送了牠的性命，因為牠犯了經驗主義的錯誤，把吳王當成了形單影隻的獵人。

真假儒士

　　莊子遊走學習，來到了魯國。魯國是孔子的故國，這裏流行着儒學。莊子早就知道這一切，還是為眼前的情形吃驚。因為，舉國上下的人們都是圓帽方靴，長袍寬袖，這是儒服呀！穿着儒服，當然就是儒士，魯國這麼多有學識的人，怎麼不讓莊子吃驚呢！

　　莊子不光是吃驚，還有些慚愧，自己是尊奉老子道學的，可在宋國有幾個人知曉無為的道理呢？他真想連夜趕回去，好生修道，好生傳播。又一想，既然遠道來了，不妨多學着點。

　　他走上前，向一位身着儒服的人請教：「先生穿這衣裳是甚麼意思？」

　　「這是儒服呀！」那人嗔怪地答。

　　莊子真誠地說：「哦，我是問，帽子為甚麼是圓的？鞋子為甚麼是方的？」

　　那人一吐舌頭，匆匆走了。

　　莊子又攔住一位身着儒服的人打問，那人擺擺手，腳步不停地走了。接連攔住七八個人，沒有一個說得出。莊子想，怎麼穿儒服的人都不知道其中的意思？終於攔住了一個人，那人知道儒服的奧祕，不過，他不在路上告訴莊子，將莊子領回到自己的屋舍才說：

　　「帽圓，表示天是圓的，戴在頭上是說上知天文；鞋方，表示地是方的，穿在腳上是說下知地理。」

　　說着指指胸前的玉佩：「你看這個玉佩與平常的不同，有個缺口，表示儒士辦事果敢決斷。」

　　講這番話時，這位先生在客廳中走動台步，像是在舞台上演戲。前行，他繞半個圈，是為了合規；後退，他踏一條線，是為了合矩。說話，他輕聲細語，宛轉有韻，說這是如龍；靜坐，他挺胸收腹，雙

臂撐膝，說這是如虎。莊子覺得這人雖然太拘泥形式，可也算是儒士吧！這麼看來，穿儒服的不一定懂得儒學，不一定就是儒士，魯國流行的只是儒服，莊子暗暗笑了。

這一天，莊子拜見魯侯。魯侯聽說他是學道的，輕蔑地說：

「就是老子那一套吧！很少能聽到。我們魯國是個儒學大國，舉國上下，遍地儒士。」

莊子問：「何以見得？」

魯侯回答：「有目共睹。你不見滿城都是穿儒服的士人嗎？」

莊子淡淡一笑，反問說：「穿儒服的就懂儒學，是儒士嗎？」

魯侯出言利落：「當然是啦！」

莊子看着魯侯，緩慢地說：「不一定，不一定。大王若是不信，可以頒發一道命令：凡不懂儒學而穿儒服的人，一旦發現，立即處斬。」

魯侯答應了，立即通令全國。

五天以後，莊子和魯侯出宮觀看，城裏頭沒有一個穿儒服的，村裏頭也沒有一個穿儒服的。他們等呀等呀，好不容易等來了一位穿儒服的男子，莊子一看竟是那位告訴他儒家禮儀的儒士。

❝ 編者的話 ❞

這是《莊子‧田子方》中的一則寓言故事。一個遍地儒服的國家，真正懂得儒學的儒士寥寥無幾。看來，每一種流行的時尚，往往都是外在的形式，而內在的真知是難以流行的。因為，獲得真知是要下一番苦功的，可是這世上有幾人肯吃苦？

匠師除灰

　　楚國都城有兩位遠近聞名的匠師。一位是泥匠，人稱泥師；一位是木匠，人稱木師。

　　二位匠師各懷絕技。先說木師吧，這可不是一般的木師，凡是木匠使用的工具，哪一件他都使得風溜溜轉。木鋸過處，毫釐不差；斧頭劈下，毫釐不偏。最為有趣的是，他做起木活，不像是在勞動，倒像是在舞蹈。幹到興起，便哼起小曲。一曲終了，一件小活就幹成了。因此，在楚國一說木師，眾人都翹指讚譽。

　　那位泥師也不是等閒之輩。砌牆不掛線，一塊塊磚飛快壘上去，那牆壁準是齊斬斬的；瓦廈不丈量，一行行瓦飛快地鋪上去，那屋頂準是平緩緩的。最有意思的是泥牆，這是泥匠裏頭最黏手的活，要把水淋淋的灰漿塗到齊斬斬的牆上去，難度可想而知。這活下手要快，稍微慢些泥漿會從牆上脫落下去。而手快了，難免不將泥灰濺在臉上，沾在手上。幹這活的泥水匠常常弄得滿身泥灰。你要看一下泥師怎麼幹活，明白他的高明。別人幹這活時，衣裳穿得越短越好，那樣手腳才會麻利。泥師卻不，他不僅不穿短衣，還故意穿着長袍大袖的衣服。但是，長袍大袖裹不住他麻利的手腳，他抹起牆來仍然乾淨利落。此時，手舞足蹈，衣袍飄飄，如同神仙下凡。幹完了，你再看，泥漿灰漬一點也沒有沾到衣服上。

　　這天，泥師抹牆幹得興味盎然。打下手的小徒弟一抖泥包，灰漿四濺，有一點不偏不倚恰恰落在了師傅的鼻尖上。徒弟跑過來，惶恐地說：

　　「師傅，我給您擦了！」

　　泥師回頭一笑，說：「沒關係，我自己來。」

說完，轉念一想，好幾年我自己從沒有沾染泥灰，今兒竟讓徒弟濺上了，這麼擦掉豈不落入俗套，惹世人嘲笑。想到這裏，他仰頭大喊：

「木兄！木兄！」

「嗯！」

一旁裏有人答應，隨着應聲跑出來一位匠師，這就是木師。木師近前，泥師說明意思，他嘿嘿笑了。

泥師不解地問：「賢兄有甚麼好笑的？」

木師還是嘿嘿發笑，笑着說：「我有個小小伎倆，不知賢弟可否領受？」

泥師又問：「只要賢兄敢使的手段，小弟就敢承受。」

「那就好！」說罷，木師轉身跑去，很快拿着一把斧子過來了。然後說：「賢弟站直，閉上雙目，待我拿這斧子給你除灰。」

「閉甚麼眼睛？賢兄只管動手！」說着，泥師站了個筆直，眼睛睜大，悠然自得地看着前方。

木師毫不猶豫，揮臂風起，手起斧過，泥師只覺得臉前有一陣涼風吹過，泥灰沒了蹤影，而鼻尖的皮膚也沒擦着。

「啊呀！」

在旁邊觀看的徒弟卻禁不住驚叫一聲，嚇得目瞪口呆。再看二位大師，若無其事，又談笑風生各幹活計了。徒弟緩過神，連聲說：

「神呀！神呀！」

徒弟將此事泄露出去，不久遠近都知道了，人們都誇木師是位神匠。

耳聽為虛，眼見為實。顯貴人家少不了要親眼見識見識，二位大師可忙啦，時常出入國門，登堂進室，表演除灰絕技。一來二去，木師名聲更為顯赫，眾人都記住了他的名字：匠石。

至於泥師嘛，不過是個配角，誰也沒問過他叫甚麼。

時光很快，一晃又過了好幾年，宋元君聽說了匠石除灰的奇事，也要親眼觀看。大臣領命來到楚國，找到了木師匠石。然而，事不湊巧，泥師在數日前去世了。

大臣說：「那就重找個人頂替吧！」

這是個好主意，可找遍楚國城鄉沒有一個人敢做這種搭檔。木師將目光落在泥師的徒弟上，他看也看了多次，就請他頂替吧！徒弟不敢，眾人好言勸說，徒弟總算答應試試。他在鼻尖抹上灰，站直，木師剛一抓斧子，徒弟就雙腿一軟，癱了下去。

自此，木師再也無法掄斧除灰了。

❝ 編者的話 ❞

這則寓言故事出自《莊子・徐無鬼》，留下了成語：運斤成風。辭典中講，運斤成風是比喻手法熟練，技藝高超。這沒有錯誤，但是不夠完整。因為，這只講到了運斤者的技藝，而忽略了沾灰者的素質以及二人之間的絕對信任和默契配合。公允地講，此二人不可偏廢一方，事實已告訴人們，少了一人這絕技就無法再表演了。故事在啟迪我們全面觀察世界，認識事物。

啞鵝先死

　　深山窩鋪裏有戶人家，養了兩隻鵝。一隻鵝會叫，主人叫牠鳴鵝；一隻鵝不叫，主人叫牠啞鵝。其實，啞鵝也會叫，只是不叫罷了。說起牠不叫的原因，還有這麼個故事。

　　這啞鵝非常聰明，非常敏感。剛剛出世不久，牠發現院裏的雞被主人今天宰一隻，明天宰一隻。還有圈裏的豬，欄裏的羊，也時常被宰殺。那麼自己怎麼才能躲過災禍，長命百歲呢？小小年紀，牠就為自己的長生動開了腦筋。可是，無論牠怎麼想，也想不出好主意，為此，還經常愁煞煞的。

　　這一天，牠終於一掃愁容，滿臉歡笑了，那是因為牠得到個長生的絕招。這個絕招是無意間得到的。這天，牠同往日一樣，被主人放出窩來，出了庭院，下到溪流，在清水中戲鬧捉蝦。就在這時，溪岸上來了一羣人，牠嚇得使勁一游，逃出好遠。躲遠了才隱約聽見，這羣人是來伐木頭的，無意加害於牠。牠轉了一圈游了回來。

　　牠看見一個後生抱住了一棵樹，說：「哈哈，這棵大，先伐掉！」

　　一位老者看了一眼說：「傻坏子，就理會大。那棵樹木質不好，紋理鬆散，甚麼也不能做，何必費勁伐它！」

　　說着，指定一棵不粗不高的樹領着大夥鋸開了。不多時，這棵樹倒下了。過了一會兒，又一棵樹被伐倒了。而那棵無用的大樹卻風風光光仍然屹立在溪岸上。

　　這件事讓小鵝突然明白了，有用的會要早死，無用的卻能長生。於是，牠打定主意要做個無用的鵝了。

　　怎麼才能無用呢？牠想起了主人的調教，夜晚聽見聲音要叫，要是有小偷來了，一叫，就把他嚇跑了。那麼，要是不叫，不就是無用嘛！

從這天起，這隻鵝再也不叫，成了啞鵝。

啞鵝一天天長大，長成了一隻肥肥的肉鵝。啞鵝看着一天天被宰的豬羊，暗暗慶幸自己掌握了長生祕訣，心裏沒了憂慮，長得更肥了。

有一天，這家來了一位尊貴的客人。主人見了客人，高興極了，留他住下，馬上吩咐家人宰鵝備酒。

不一會兒，廚子進來問主人：「那兩隻鵝，殺哪隻呢？」

主人想也沒想就說：「殺那隻不叫的！連個聲也不發，小偷來了還不是白偷。」

就這麼，啞鵝被先宰掉了。

編者的話

啞鵝至死也不會明白，為甚麼它得了長生的祕訣，卻被先宰了？啞鵝不明白，我們卻應該明白，世界上沒有固定不變的真理。大樹的長生祕訣，不一定適應於家鵝。學習人家，應該靈活運用，切忌死搬硬套。《莊子·山木》中的這則寓言故事，用墨不多，留給我們的思考卻是很多的。

楚王供龜

楚王出巡，聽人們講千年蛤蟆萬年龜。他猛然醒悟，烏龜是長壽的象徵。自己夢寐以求的就是長壽，為甚麼不供奉一隻烏龜？供着烏龜就等於供奉了一位長壽之神。好，就這麼辦。

主意一定，下令捕捉烏龜。

捕了一隻，碗口一般大，楚王不滿意。

捕了一隻，草帽一般大，楚王仍不滿意。

又捕了一隻，傘冠一般大，楚王眉開眼笑，好，就供牠了。

既然是供奉神龜，就不能草率行事，從迎接開始便搞得隆重熱烈。

楚王將自己的御轎讓給烏龜，讓牠軟臥在轎中前往都城，前往廟中。

楚王將自己的樂隊讓給烏龜，讓牠享受着鼓樂前往都城，前往廟中。

這廟也非同一般，是專門為神龜建造的，高大敞朗，華蓋巍然，雕梁畫棟，金碧輝煌。烏龜居於此廟，真是盡享國王的福分啊！

烏龜被迎進廟中，楚王舉辦了供奉儀式，鳴炮奏樂，獻演歌舞，隆禮周全才把烏龜安放進神龕。烏龜變成了神龜。

這時候，楚王點燃香褅，三叩九拜，心中的誠敬難以言表。

從此，每月初一、十五，楚王都要進廟禮拜神龜。

這天深夜，楚王已經就寢入眠，忽然聽見有叩門的聲音，匆忙披衣下榻，倚門而問：

「門外何人？」

只聽門外回答：「我是你供奉的神龜。」

　　楚王暗自高興，看來神龜顯靈了，莫非是來給寡人添壽的？伸手開門，將神龜請了進來。不料，神龜卻淚漣漣的。

　　楚王慌忙問：「是寡人慢待你了？」

　　神龜說：「不是，大王待我很好。」

　　楚王納悶，又問：「是廟吏慢待你了？」

　　神龜說：「不是，廟吏待我很好。」

　　楚王急了，追問：「是廚師慢待你了？」

　　神龜說：「不是，廚師待我很好。」

　　楚王更焦急了，急切地問：「那麼，你為甚麼哭呢？」

　　神龜哽咽着說：「我是哭我沒福氣，消受不起大王的禮遇，時刻都想回到江河裏去。」

　　楚王疑惑了，問：「江河裏住的比廟裏闊氣？」

　　神龜答：「不，很簡陋。」

　　楚王更疑惑了，問：「江河裏吃的比廟裏精細？」

　　神龜答：「不，很粗糙。」

　　「那麼，你為甚麼還想念江河？」楚王關切地問。

　　神龜真誠地回答：「不瞞大王說，我福薄命淺，住不了闊氣的，吃不了精細的。在廟中度日如年，無時無刻不在想着回到江河中游水爬泥，捉魚捕蟹。懇請大王放了我吧！」

　　楚王心一揪，猶豫着：「我要是不放你呢？」

　　神龜怒睜雙眼，厲聲說：「那我就碰死在你的牀前！」

　　楚王大驚，猛然醒來，才知道做了一個夢。他沒了睡意，喚來宮人，陪他來到龜廟。推門進殿，神龜站在龕中淚漣漣地看着他。這不就是夢中那雙讓他憐憫的眼睛嗎？

　　第二天，楚王讓大臣將神龜放回大河中。

66 **編者的話** 99

　　《莊子‧秋水》中有楚王供奉神龜的故事，可那是個死龜，故事也有些過於簡單。今根據此文重新創寫，也給予了故事新的寓意。人類發展到今天，主宰了整個世界，還要用自己的意圖改造萬物。這裏且不說惡意的索取，就是美好的善待，也不一定能達到好的效果呀！三思而行吧，人們！

鄒忌自省

齊國宰相鄒忌身高八尺，容貌端莊，是一位魁梧漂亮的美男子。

說到漂亮，齊國還有一位以漂亮揚名的美男子，他住在城北，所以眾人都稱他城北徐公。

時逢大年，鄒忌閒逸在家。平日為國務所累，難得一閒。今天有點寬裕，鄒忌洗漱完畢，臨窗照鏡。看着鏡中的自己，忽然想到，不知是自己漂亮，還是徐公漂亮？

他喚來妻子問：「你看，我和城北徐公相比，誰最漂亮呢？」

妻子嬌羞地說：「當然是你漂亮了！」

鄒忌聽得美滋滋的，卻也想，難道我真比徐公漂亮？他還是有些懷疑自己，就把小妾叫來問她：

「你看，我和城北徐公相比，誰更漂亮呢？」

小妾頭也沒抬就說：「城北徐公怎麼能和你相比呢！」

說得鄒忌禁不住笑了，妻子和小妾也都笑了。

笑聲未落，有聲音傳了進來：「這一家人可真是喜氣滿堂呀！」

鄒忌聽出是鄰居的口音，趕緊迎進客廳。客人落座後問：

「剛才你們談論甚麼，笑得那麼開心？」

鄒忌對他說，剛才是一家人逗樂。說完剛才的情形，順口問客人：

「那麼，你看我和城北徐公相比，到底誰最漂亮？」

客人隨口即說：「這還用比呀，誰不知道你最漂亮呢！」

鄒忌聽得順耳舒心，忙喚家僕為客人敬茶。二人熱烈相敍，談完事情他將客人送到門外。

世上的事情往往十分湊巧，第二天，城北徐公就來鄒府拜訪。鄒忌邊和徐公談話，邊仔細端詳他。看身高，徐公比自己高；看相貌，

徐公比自己好。別的不說，他那臉上的膚色顯現一種少見的健壯。他暗暗敬慕徐公。

徐公走後，鄒忌情不自禁又走到了鏡子前面。他比照鏡子，看一看自己，想一想徐公，無論哪一方面自己都比不過徐公呀，還是徐公漂亮！

那麼，妻子、小妾和客人為甚麼要說自己漂亮呢？

鄒忌腦子裏盤旋起這個問題，一有空就想，想了一個白天，也沒想出個結果來。晚上，躺在牀上，鄒忌睡不着覺，還在琢磨這個問題。想着想着，忽然心頭豁亮了。妻子說自己最漂亮，那是發自內心地愛自己呀！情人眼裏出西施，所以怎麼也覺得夫君比別人好！小妾則不同了，她從來都有些膽怯，她誇自己時都不敢正眼相看，那是害怕我呀！至於客人誇我最漂亮，那是言不由衷地奉承，何況他有事求我，怎麼會掃我的興呢？

鄒忌疑慮消釋，酣然入夢，睡了個好覺。

❝ 編者的話 ❞

鄒忌自省也被人題為鄒忌比美。從整個故事看似用鄒忌比美作題目為好，但我更傾向於鄒忌自省，因為這是故事的實質，也是最為珍貴的地方。世人不少，但是像鄒忌這樣有自知之明的人卻太少了。這則故事出自《戰國策・齊策一》。

曾母誤信

　　曾參是孔子的得意弟子，他學習勤奮，道德良好，尤其以孝敬母親為人稱頌。那年，他們家居住在魯國費城，母親在家紡織掙錢，他則跟從老師學習去了。

　　這一天，曾母同往常一樣坐在織布機上忙碌開了。這匹布織完，拿到集上賣了，可以換錢，可以買米，曾母心裏高興，手腳靈快了好多。

　　突然門外躥進一個後生，氣喘着說：「不、不好了……」

　　曾母回頭看，見是位生人，慌慌張張地跑進來了，忙問：「有甚麼事？別着急，慢慢說。」

　　後生長喘一口氣，說：「不好了，你家曾參殺了人！你快跑吧！」

　　「曾參怎麼會殺人？」

　　曾母好奇地笑了。她知道自己的兒子，一向以仁愛為德，以互助為美，又有孔子這樣的好老師教導，怎麼會幹行兇犯法的事情？她笑着對那後生說：

　　「不會的，你肯定聽錯了。」

　　那後生又說：「真的，我沒有聽錯，就是曾參殺了人。」

　　「不會的。」曾母自信地說，隨即又擺動機杼織開了布。

　　後生悻悻退出屋去。

　　曾母織了沒幾下，院裏又響起腳步聲，回過頭只見東院鄰居站在身邊，說：

　　「快別織了，別織了，你家曾參闖下大禍，殺了人！」

　　曾母邊織邊說：「不會吧！」

　　鄰人急了，說：「怎麼不會呢？街頭的人都這麼議論呢，快別織了！」

「不會的，曾參怎麼敢殺人？」曾母說着，不由停住織機。

鄰居見她不信，退出屋去了。曾母下了織機，往窗前走，好像聽見街上亂紛紛的，莫非真的出了事？沒事怎麼會這麼雜亂？

這時，一個人闖進門來，連聲喊道：「姨娘，姨娘，快逃吧，曾參把人殺死了。」

闖進來的是她外甥，他不會撒謊吧！曾母還有些不信，又問：

「你聽清了？」

「聽清了！」

「真是曾參殺了人？」

「真是的，真是曾參殺了人，不會錯的。姨娘你急死人了，官兵都來捉你了，還慢吞吞的。」外甥急得直跺腳。

遠處傳來了馬叫聲，敢情官兵快到了。外甥催道：「姨娘，快逃，再不走，來不及了！」

曾母被外甥扶上後牆，從偏僻的巷道溜出費城。

穿小巷，走荒野，她慌慌張張來到都城，找到了孔府。孔子正給弟子們講學，曾參端坐其中聆聽教誨呢！

曾母說明情由，孔子和弟子們都笑了。孔子認為事出有因，就派兩名弟子前去打探，很快了解清楚了，是曾參殺死了人。不過，當然不是這位曾參，而是另一位同名同姓的人。

❝ 編者的話 ❞

曾參殺人是《戰國策・秦策二》中的故事。公允地說，知子莫如母，曾母也是位很自信的人，她相信自己的兒子道德素質良好，不會幹殺人的勾當。然而，假話說三遍就成了真的。曾母竟在第三位傳言人面前動搖了信念。可見，面對多數人的傳言，保持自信和理智不是一件易事。

畫蛇添足

　　楚國有位大夫祭祀先祖，門客中善於繪畫的人都來布置祭堂。你描，他摹，塗彩，抹色，祭堂布置得典雅莊重。

　　祭祀舉辦得很成功，大夫一高興就賞給畫匠們一壺酒。

　　一壺酒，幾位畫匠，若是大家一起喝，小小一壺酒，一人幾口實在難以盡興。眾人覺得還是讓給一個人喝得痛快。該讓哪一位喝呢？

　　畫匠們正在為難，旁觀的人有了主意：「你們都會繪畫，何不比試比試？一起畫個東西，誰先畫成，誰喝這壺酒。」

　　這是個好主意，幾位畫匠都贊同。

　　畫甚麼呢？飛禽走獸，翎毛花卉，這些東西經常畫比不出水平高低，要畫個常見又不常畫的東西。畫匠一合計，都認為畫蛇合適。

　　畫蛇比試開始了。

　　畫匠們低頭凝眸，揮臂走筆，先甩出了長長的線條，又環繞着短短的弧線。長線勾勒出了蛇身，弧線裝點了鱗紋。一個個全神貫注，展示着自己的水平。

　　不多時，許六抬起頭，說：「我畫成了。」

　　隨即，拿起地上的酒壺。其他幾位畫匠也抬起頭，不畫了。這時，許六沒有喝酒，卻對着蛇說：

　　「這蛇光溜溜的，不好看，乾脆給它添上足吧！」

　　見許六添足，幾位忙又低頭畫開了。

　　添甚麼足呢？羊蹄小，馬蹄大，都不合適。一陣鳥叫傳到了耳中，他一眼看準了梢頭的雀爪，會心一笑，持筆添加。

　　你別說，這蛇添上足還真增加了點神祕，他連忙再添一足。

　　哪知，這只還沒添完，張三已經畫成了，一把奪過許六手中的酒壺說：

「我畫成了，該我享用此酒了。」

圍觀的人說：「許六比你完得早。」

張三指着仍在埋頭添足的許六說：「你看他還在畫呀！」

有人替許六辯解：「蛇早畫成了，人家是添足呀！」

李四、王五接口說：「蛇本來沒足，添甚麼足呢？真是多此一舉，酒還是張三喝吧！」

許六添完蛇足，撂下筆，抬起頭，張三早把那壺酒喝完了。

❝ 編者的話 ❞

　　畫蛇添足是個寓言故事，也是個眾人熟悉的成語。寓言和成語告訴人們同一個道理：做事要有目標，達到目標為好。如果節外生枝，無中生有，最終只會是費力不討好。幾千年來，為蛇添足的人就是這樣的蠢人，就是這種形象。不過，我則認為，這個蠢人是具有創造力的人，試想，中華民族的龍圖騰，不就是給蛇添上足才成形的嗎？如此看來，不貪眼前小利的人才能成大器，當然，這只是我的一孔之見。這個故事原載《戰國策·齊策二》。

背道而馳

戰國時期，有點實力的國家都想稱王稱霸，指使天下。魏王也是這樣，恨不能一舉戰勝各國，讓諸侯都拜倒在自己足下。有了這種心思，便有了征戰行動。他第一戰的目標瞄準了臨近的趙國。拿下趙國，步步為營，向外擴張，就可以用武力征服各國。

魏王將要發兵，季梁聞知了。季梁是魏國有名的賢士，他歷來主張用仁愛治理國家，兼及天下。魏王發兵進攻趙國，刀戈相爭，必然會流血死人，這完全是違背仁愛倫理的，怎能讓他成行！本來，季梁要去蒲地講學，當下決定不去了，返身就往都城趕。跑到城中，衣服打皺了，蓬頭垢面，但也顧不上洗漱，大喘粗氣拜倒在魏王面前。

季梁一口氣講完了仁愛的義理，發兵的危害，滿以為會打動魏王，豈料，只換來了魏王的哈欠聲。

季梁失望了，但又不甘心這麼敗北，退到宮殿門口了，折返身來，對魏王說：「我給大王講個故事吧！」

聽說講故事，魏王來了精神，端身坐正，洗耳恭聽。

季梁說，我來見大王的時候，路遇一位朋友駕車向北走去。我問他：

「你去甚麼地方？」

朋友見是我，勒住馬，答道：「是你呀，我去楚國。」

我忍不住笑了，問他：「楚國在南面，你怎麼往北走呢？」

朋友不以為然地說：「我的馬跑得快着呢！」

我奇怪地問：「馬跑得再快，這也不是去楚國的路呀？」

朋友見我生疑，又說：「沒關係，我帶的路費充足。」

我更奇怪了：「路費帶得再多，可沒有走對路呀！」

　　朋友反而勸我：「看你急的，不必多慮，我還跟着位好車手呢！馬車飛奔起來，一日千里啊！」

　　我越聽越糊塗了，不知怎麼能給他說清楚。

　　魏王插口說：「你這個朋友真愚蠢極了！方向錯了，馬越快，車手越好，離楚國越遠，路費多又有甚麼用呢！」

　　說着，自己樂了，禁不住放聲大笑。

　　等魏王笑過，季梁一本正經地說：「大王呀！你想稱霸天下，就要廣施仁愛，取信各國。可是，你卻背道而馳，仗着自己軍隊精銳，糧草充足，征伐趙國，擴大疆土。這樣不僅提高不了聲望，還會損弱自己的形象。這不僅稱霸不了天下，還會與這個目標越來越遠。請大王三思，你的行為與我那位朋友沒有兩樣呀！」

　　魏王猛然醒悟，羞愧地看着季梁，傳令暫緩發兵。

66 編者的話 99

　　背道而馳是《戰國策·魏策四》中的一個寓言故事，成語南轅北轍出自其中。做甚麼事，走甚麼路，要由目標決定。如果背離目標，選錯方向，那麼費力越大，速度越快，錯誤越大。這個道理不算深奧，可魏王居然沒有搞清，看來，我們也需要時時警策自己。

不死之藥

　　古時候，人們都想延年益壽，長生不老。作為一國之君的楚王更是貪戀榮華富貴，惟恐有一天死去，不能再享受擁有的一切。可是，時光無情，楚王年歲漸高，身體越來越不如先前，他為此焦慮不安。於是，派人懸掛告示，上面宣稱：

　　有貢獻長生不老之藥者，君王將有重賞。

　　布告張貼出去了，還派出不少人四處打探，幾個月過去了，卻沒有消息。楚王心想，莫非布告獎賞不清？於是命人改為：

　　有貢獻長生不老之藥者，君王將封官賜爵，重金獎賞。

　　一位道士看了布告，認為魚龍變化的機會來了，可以利用這個時機弄個官職享享福。他小眼睛一眨，弄了幾味草藥，枸杞、黨參、甘草，晾乾磨碎，又用米粉攪和，揉成一團，試着一吃，味道不錯。買了個精美的盒子一裝，還真像模像樣。

　　道士滿心喜悅朝宮中走來。到了門口，門衛攔住他問：

　　「幹甚麼的？」

　　道士趾高氣揚地說：「給大王敬獻不死丹藥！」

　　門吏一聽，這可是君王求之不得的丹藥呀！不敢怠慢，立即報進宮去。

　　殿衛聞知，暗自發笑，這塵世上哪有甚麼不死之藥？君王為求這藥，弄得宮中不安，百姓不寧，大批人出宮查找，四處騷擾，誰也沒有找到。這個來人，準是個騙子，不能讓他的伎倆得逞。這麼想着，卻對門吏說，快領他入宮。

　　道士得意洋洋進來了，殿衛滿臉喜氣地說：「君王若是長生不老，這是國中子民的福氣，你功德無量呀！」

得到幾句奉承，道士心花怒放。殿衞指着丹藥問：「我可以看看嗎？」

道士滿心喜悅地說：「可以，可以，當然可以。」

殿衞打開珠光寶氣的盒蓋，裏面是一粒黝黑的藥丸，他問道士：「可以吃嗎？」

道士又說：「可以，可以，當然可以。」

說時遲，那時快。殿衞抓起藥丸，一把塞進口中。道士看到時，殿衞早吞下肚子裏去了！

道士氣得暴跳如雷，大聲吵罵。吵嚷聲驚動了楚王，把他們都帶進殿去。楚王聽說殿衞吞吃了道士敬獻給他的不死藥丸，暴跳得比道士還暴跳，手指戳着殿衞的鼻子尖說：

「你小子膽大包天，竟敢吃寡人的長生丹藥！你想長生不死？我馬上就讓你死！」

道士在一旁煽風點火說：「該殺，為給大王煉丹，我熬了七七四十九個通宵，眼熬紅了，身熬瘦了。但只要一想到大王長壽，我就有了勁頭。不想我費心竭慮煉製的丹丸竟讓這小子吃了，真該千刀萬剮！」

楚王更為惱怒，大聲說：「來人，拉下去斬了！」

殿衞故作驚慌跪在地上說：「大王，小人冤枉！」

楚王怒斥：「明明是你吃的，有何冤枉！」

殿衞瞅一眼道士說：「我問他可以吃嗎，他說可以。他若不讓吃，我哪裏敢吃！」

楚王回身盯住道士問：「是你讓他吃的？」

道士沒想到楚王會問自己，忙說：「是，嗯，不，不是……」

殿衞趕緊說：「大王，您看他吞吞吐吐在您面前還撒謊呢！他的是『不死之藥』，臣吃了卻被大王殺掉，那麼這藥就是『死藥』。大王

為了這種『死藥』而殺無罪之臣，只能向世人證明您受了那個傢伙的愚弄！」

楚王覺得殿衞說得有些道理，就問道士：「你這不死丹藥是哪裏來的？」

道士慌忙答：「是小人煉製的。」

楚王又問：「藥方哪裏來的？」

道士戰戰兢兢說：「是師傅給的。」

「你師傅是哪一位？我怎麼沒有聽見過這高人的名字？」楚王逼問。

「……」道士不知該說誰，支吾不出聲來。

楚王看他神色慌張，也覺得其中有假，大聲呵斥：「說！你那藥丸是真的，還是假的？」

道士嚇壞了，磕着頭說：「饒了小人吧，那藥是我胡造的！饒了小人……」

道士磕頭如搗蒜，口口聲聲請饒了他。但是，這哪裏解得了楚王的怒氣，一聲令下，道士被殺了。

至於那位聰明機智的殿衞，當然不會死，楚王放了他。

❝ 編者的話 ❞

《戰國策·楚策四》記載了這則故事。有人想長生，有人就有不死之藥，這就是投其所好。投其所好，往往是蒙騙人的最好辦法。小人物受糊弄，大人物也受糊弄。若不是有個善於動腦子的殿衞，楚王被糊弄了，還要獎賞人家呢！

響弓落鳥

更贏是魏國有名的神射手。在箭術裏頭，尤以射鳥最難，更贏卻能百發百中。

魏王喜歡打獵，也喜歡射箭，只是百發十中就不錯了。若是射飛鳥，偶爾一中算是僥倖了。所以，他對更贏這樣的射箭高手非常敬慕。這一日，魏王特邀更贏入宮，向他討教射箭的奧妙。

這是個秋日，天氣不熱不涼，宮中的花園裏繁果壓枝，綠葉泛紅。花果樹擁圍着一座高壇，壇上更見秋高氣爽。魏王領更贏登上高壇，早有侍者擺上了美酒蜜果。他們飲着美酒，吃着蜜果，談開了射箭的技藝。魏王誠懇地說：

「我的弓是舉國最好的弓，箭也是舉國最好的箭。我的雙臂力氣不小，弓能握緊，發箭勁猛，怎麼會射不中呢？」

更贏見魏王虛心求教，就說：「射箭，工夫在於箭術，技藝在於心術。」

「甚麼是箭術？甚麼是心術？」魏王討教。

更贏答道：「大王剛才所言，那就是箭術。心術嘛……」

說到這裏，天上有大雁鳴叫。更贏抬頭看了一眼，對魏王說道：「我不用箭，就能射下大雁。」

魏王說：「這怎麼可能呢！」

更贏一本正經地說：「那我射一隻給大王看。」

更贏起立站穩，目光緊瞅着天邊飛來的一隻大雁，等牠飛到頭頂，用勁猛拉彎弓，弓彎得不能再彎了，突然鬆手，弓弦發出了一聲凌厲的音響：

錚！

這響聲由近及遠，向高空傳去。飛翔的大雁翅膀一抖，栽着跟斗從天空墜落下來，落在花園裏頭。

連箭也沒有放，就能射下大雁，真是奇跡。魏王看呆了，連聲誇獎：

「神射手，神射手！」

更贏欠身一笑，謙虛地說：「恩謝大王賞識，這就是我要說的心術。我雖沒有放箭，這隻大雁身上卻有箭傷。」

這時，侍衛已將大雁提上了高壇。魏王接過一看，正如更贏所說，翅膀下果然有箭傷。

魏王驚奇地問：「你怎麼知道雁有箭傷？」

更贏回答道：「雁一般都結隊飛翔，而這是一隻孤雁。再聽牠的叫聲，音調很長，與平日無異，仔細分辨卻可以發現聲音中微微顫抖。這既說明牠受傷體疼，又說明牠心中的恐懼沒有擺脫。所以，牠聽到了弓弦的響聲，慌忙高飛躲避，掙破了傷口，於是跌落下來。」

魏王聽得心服口服，對更贏說：「寡人明白了，這就是心術。好箭法不僅在手上，更重要的在心裏，得心才能應手啊！」

❝ 編者的話 ❞

響弓落鳥又名驚弓之鳥，是《戰國策·楚策四》中的一則寓言故事。故事是說箭法，從中告訴人們的道理卻不止於箭法。對於人來說，從現象看透本質，才能收到虛弓下鳥的效果；對於鳥來說，倘若從現象看透實質，何止會沒箭墜落？這道理對人們的生活及工作也有指導意義。

狐假虎威

夏天炎熱，老虎鑽在密林深處不願意走動。

時過晌午，飢腸轆轆，老虎不走動不行了，就伸個懶腰，跳出密林。

運氣真好，老虎一躍而出，落在一塊空地上，一隻狐狸正悠閒地走來，老虎前爪一伸，就把狐狸按住了，戲謔地說：

「老弟，不是我要吃你，實在是肚子餓了。」

狐狸猛然被老虎捉住，着實吃了一驚，但是，牠馬上鎮定了，毫無懼色地說：

「嗨呀，你怎麼敢叫我老弟？你當我是誰？我可不是普通的狐狸，我是上天派來管理你們的百獸之王。」

老虎看着這隻身材矮小的狐狸，怎麼會相信牠是百獸之王？

狐狸見老虎心有疑慮，馬上說：「還不相信？你這麼聰明，怎麼就看不見我在林中從容不迫地行走呢？我若是怕你，還敢這樣嗎？」

一席話說得老虎有點信了，正要放牠，卻又想，上天封派百獸之王是件大事，我好歹在林中也算個有頭臉的角色，怎麼會一點都不知道？老虎兩隻大眼緊緊盯住了狐狸。

狐狸知道老虎還有疑惑，眯縫了一下眼睛，又生出個點子，馬上說：

「我怎麼說你也不會相信，這麼吧，你跟我到林中巡視一下，看看百獸見了我驚慌不安的樣子就一目了然啦！」

耳聽為虛，眼見為實。老虎覺得這個主意不錯，就同意了。於是，狐狸擺着八字步，一搖一晃走在前頭，老虎緊隨其後，東張西望。

一隻兔子低頭吃草，猛抬頭看見老虎來了，撒開腿逃走了。狐狸衝老虎擠擠眼，一副得意的樣子。

兩隻山羊悠閒散步，猛抬頭看見老虎來了，撒開腿逃走了。狐狸衝老虎撇撇嘴，一副自豪的樣子。

三隻花鹿着迷地玩耍，猛抬頭看見老虎來了，撒開腿逃走了。狐狸衝老虎揚揚頭，一副驕傲的樣子。

四隻灰狼安詳地睡覺，猛抬頭看見老虎來了，撒開腿逃走了。狐狸衝老虎晃晃腦，一副威震天下的樣子。

……

老虎緊隨狐狸行走，所到之處，大大小小的野獸，紛紛奪路逃命。

狐狸說：「怎麼樣？我沒有騙你吧，你親眼看到了，林中百獸沒有不怕我的吧！要不，我們再往前走走？」

老虎肚子早餓了，不願走了，一揮爪，放走了狐狸。狐狸不急不忙走了幾步，看看離老虎遠了，使勁疾竄，鑽進洞裏好半天緩不過勁來。

❝編者的話❞

狐假虎威是《戰國策·楚策一》中的一則寓言故事。這故事流傳廣泛，已成為家喻戶曉的一則成語。故事中百獸之王的老虎居然被狐狸耍了一把。老虎的失敗在哪裏？很明顯，只用蠻力而不動腦子，因此，被假象迷惑了。

伯樂二則

一：

鹽商花錢買了一匹馬駒。馬駒長得很快，未滿周歲就長得體健腿長，看上去就知道是匹力大無窮的駿馬。鹽商可高興啦！待馬齒長齊，剛到了能幹活的年紀，他便迫不及待地將牠套進車中運鹽掙錢。別的馬身單力薄，一輛車要兩匹馬來駕。鹽商掙錢心切，仗着這馬身強力壯，就讓牠單匹拉車。

這馬力氣果然不小，在平地上負重前行，來去如風，將鹽車拉得飛快。然而，必定年歲尚少，遇有上坡就吃力了。

這日，鹽商趕着馬車翻越太行山。山真高，翻過一座還有一座。坡真陡，爬上一個還有一個。爬坡翻山，累得駿馬直喘粗氣，幾次停了步喘息。鹽商沒有同情駿馬，反而認為牠使性子偷懶，在山溝邊折一枝荊條對牠抽打。駿馬疼痛難忍，只得邁步掙扎向前。

駿馬使盡力氣艱難地移步。

車輪摩擦着石頭緩慢地轉動。

鹽商掄動着荊條不住抽打。

駿馬累得口吐白沫，渾身淌汗，水淋淋的。

這時候，對面過來一輛馬車。車上的主人一眼盯住了艱難拔步的那匹馬。他跳下車，勒住馬，快步跑過來，倚在車後幫着推動。推上一個坡，停住，他衝着鹽商說：

「怎麼能這麼對待馬呢？這是千里馬，用牠駕車夠委屈了，怎麼還能不斷抽打？」

說着，心疼地撫摸着馬背，看見馬背上的條條傷痕，忍不住流下淚水。他脫下自己的麻布袍，披在馬背上，又說：「千萬不要再打牠了！」

千里馬也流出了淚，淚汪汪看着這位陌生人，如同遇到了知己。牠低頭噴吐一口氣，仰頭長鳴一聲，聲音高亢宏響，震動得山谷裏迴蕩不止。鹽商看着這馬少有的英俊之狀，不免好奇！這是怎麼回事？

原來這個愛馬人就是伯樂，千里馬遇見伯樂，便會發自肺腑地感動呀！

二：

廄夫以養馬為生。這年，他可高興啦！他飼養的一匹母馬產下一子。這小馬駒真不可小看，落地就能行走，月餘日就能撒蹄狂奔，不足一歲就長成了一匹高頭大馬，全身的毛亮得像是綢緞，分外惹眼。廄夫以為生財的時機到了，一心想到市上賣個好價錢。

馬駒長成了駿馬，廄夫牽着駿馬如同拉着一車財寶，喜滋滋來到了市場。

市場上馬匹不少，但是，當廄夫拉着駿馬走來時，眾人的眼光都直了，齊刷刷地瞅住這匹馬，別的馬再無人問津。

這個誇：好馬，世上少有！

那個誇：好馬，舉世無雙！

廄夫聽得更為得意，別人問價時，他一口咬定：十兩黃金。

「一份價錢一份貨，少了買不到這樣的好馬。」

問價的人搖搖頭走了。這個走了，那個來了，問價的人不少，廄夫卻毫不鬆口。漸漸過來的人少了，問價的人也少了。夕陽西下，馬市上的馬幾乎賣光了，就是他沒賣出去，只好拉着馬回去。

第二天一早，廄夫牽着馬又走進了市場。接受了昨天的教訓，一開口報價他就降了二兩黃金。可是，問價的人仍然搖頭，搖着頭到了別的馬前，低價買匹馬走了。夕陽西下，駿馬還是沒賣出去，廄夫只好又拉回家。

第三天一早，廄夫牽着馬又走進了市場。接受了前兩天的教訓，一開口報價他又降了二兩黃金。一匹超凡出眾的駿馬只賣六兩黃金

了，他報這個價碼時心裏還隱隱作痛。遺憾的是，這個價碼也沒人接受，他又在市場白白待了一天。

這到底是甚麼原因？

廄夫私下一打聽，才知道市場上流傳着個說法，說他這馬徒有外表，看着熱眼，易於生病，不經使喚。不用再問了，肯定是他的馬太出眾了，讓別的馬遜色不少，馬主們才抱成一團，四處傳言，怪不得近兩天都沒人問價了。

這可如何是好？思來想去，廄夫想到了伯樂。伯樂是相馬大師，何不藉助一下他老人家的聲望？

當天夜晚，廄夫帶些禮品敲開了伯樂的大門，說明來意。伯樂雖然沒有一口回絕，也很不樂意。廄夫明白，像伯樂這樣的大師，名譽比甚麼都重要。要是讓他張口，非千里馬不可。自己的馬雖然不錯，可不是千里馬呀！伯樂肯定為此作難。廄夫靈機一動，又向伯樂說了些甚麼，他老人家答應了。

又一輪鮮亮的太陽出來了，廄夫同前幾天一樣把馬牽進了市場。市場上熙熙攘攘，報價的漲天要，還價的落地還，熱鬧非常。廄夫和他的駿馬仍然沒人理睬，冷冷落落。

忽然，馬市上靜寂下來。原來是伯樂來了，他倒背雙手，悠閒邁步，東瞅瞅，西望望，把滿市的馬匹看了個遍，哪也沒有停步。走到廄夫面前，盯住他的馬不走了，看着看着，點了點頭，臉上露出滿意的笑容。接着，他移動腳步走開了，走了幾步，回身轉頭，又瞅了瞅這匹馬。

這一切當然都逃不出眾人的目光。伯樂前腳剛過，呼啦一下，廄夫的馬前圍滿了人。

這個報價，我出十兩黃金。

那個報價，我出二十兩黃金。

還有人報價，我出三十兩黃金。

沒容廄夫張口，馬價一漲再漲，很快漲到了百兩黃金。該收口了，廄夫一咬牙，成交，將馬賣了出去。

❝ 編者的話 ❞

伯樂二則皆出自《戰國策》一書。前一則出自楚策四，從千里馬拉鹽車的悲慘遭遇說明，即使你是個出眾的人才，用非所長，也發揮不了你的作用。因而，千里馬需要獨具慧眼的伯樂發現。後一則出自燕策二，這裏的伯樂充當了另一種角色，被人利用去做廣告了。當馬價十倍賣出去後，我們應該明白，盲目崇拜權威就會上當吃虧。

孟嘗君納諫

齊國相國孟嘗君巡行各個諸侯國，到了楚國，楚王聽說他廣招賢才，深得百姓愛戴，就贈送給他一張象牙牀。這象牙牀可不是一般的牀，晶瑩剔透，潔白無瑕，看上去就高雅無比。更為珍貴的是，夏日睡在上面涼沁如水，可免受炎熱之苦。孟嘗君謝恩笑納。

收下後就要送回國去，被派去送牀的車夫姓登徒，見了這般寶物，甚覺責任重大，不敢遠道運送。怎麼辦？他認識孟嘗君的門客公孫戌。這位門客能言善辯，車夫就想藉助他勸說孟嘗君免去自己的差役。他對公孫戌說：「官吏派我為相國運送楚王贈送的象牙牀，這牀珍貴無比，價值千金。我要是稍有磕碰，損傷了，就是傾家蕩產也賠不起呀！」

公孫戌聽說田相國接受楚國的禮品馬上皺起了眉頭。登徒又說：「你如果能免除我的這趟差事，我便將祖上留下的一口寶劍送給你。」公孫戌便答應了登徒的請求。

公孫戌來見孟嘗君，施禮後問他：「聽說你接受了楚國的禮品？」

「是的。」孟嘗君坦誠地說。

公孫戌開誠布公地勸他：「我希望你退還了它。齊國人讓你當相國，是因為你對子民仁愛，頗講禮義，能為國家謀利益。若是你接受了別國的贈品，礙於私情，就很難從齊國的大局去謀事了。你剛到楚國，還有好多國家沒去，若是有了先例，其他國家也紛紛傚傚，那麼你該從哪國利益考慮？因此，我勸你不要接受。」

孟嘗君覺得公孫戌說得在理，便答應他退回象牙牀。

公孫戌的諫言得到採納，高興得三腳兩步蹦出殿來。但是，剛到宮中的小門又被孟嘗君呼叫回去。他問相國還有何事，孟嘗君說：

「你的諫言很好，可為甚麼我接受後你那麼得意？」

「你是說我太高興啦！」公孫戍說，「我當然高興，我得了三喜一寶怎麼會不高興！」

孟嘗君不解地問：「甚麼三喜一寶？」

公孫戍實話實說：「你的門客有上百人，只有我一人敢直言進諫，這不是一喜？這二喜當然是我的進諫被採納了，採納了就防止了你的過失，這應該是第三喜吧！至於一寶嘛……」

他將登徒要送他寶劍的事情也倒了出來。孟嘗君問他：

「你接受寶劍了嗎？」

公孫戍回答：「我不敢接受。」

孟嘗君見公孫戍如此真誠，對他說：「我准許你收下。」

隨即，孟嘗君告訴國人：歡迎廣眾進諫，勸阻我的過失。即使私自收取了別人的物品，我也不追究。

這麼一來，進諫者絡繹不絕。

❝ 編者的話 ❞

孟嘗君納諫是《戰國策·齊策三》中的一則故事。這個故事鮮為人知，今天從典籍中鈎沉出來寫成此文。納諫的故事在歷史上不少見，少見的是像孟嘗君這樣嚴以律己，寬以待人。自己可以不收饋贈，卻允許別人收受，並且告示世人，只要是諫言，決不過問枝節小事。這樣寬鬆的說話環境怎麼會聽不到好的建議？

馮諼收債

　　齊國有個人名叫馮諼，家境貧困，連自己也養活不了，便找到孟嘗君家裏要給他當個門客。

　　其時，孟嘗君在齊國當相國，廣納賢士，家中門客眾多。孟嘗君見了馮諼，就問他：

　　「客人有甚麼才能？」

　　「沒有才能。」馮諼回答。

　　孟嘗君見過的人很多，都誇自己有本領，恨不能將一吹成十，像馮諼這樣坦言自己沒才能的人還真沒見過。他又問：

　　「那你有甚麼愛好？」

　　「沒有愛好。」馮諼回答得更爽快。

　　孟嘗君覺得他既爽直，又天真，就收下了他。負責招待門客的人見馮諼沒甚麼能耐，便讓他和那些普通人一起食宿。

　　住了沒多長時間，馮諼抱着寶劍，靠在房柱上吟唱：「長劍啊，我們回去吧，吃飯沒有魚。」

　　左右的人覺得此人好笑，將這話告訴了孟嘗君。孟嘗君聽了，笑着說：「給他魚吃。」馮諼的飯食大為改善。

　　過了沒多長時間，馮諼又抱着寶劍，靠在房柱上吟唱：「長劍啊，我們回去吧，出門沒有車坐。」

　　左右的人覺得此人得寸進尺，譏笑着告訴了孟嘗君。孟嘗君也覺好笑，但還是滿足了他的要求：「給他車坐。」馮諼的待遇大為改觀。

　　這該心滿意足了吧！誰料過了沒多長時間，馮諼又抱着寶劍，靠在房柱上吟唱：「長劍啊，我們回去吧，母親無人奉養。」

　　左右的人感到此人貪得無厭了，嘲弄着告訴了孟嘗君。孟嘗君心想，奉養父母是忠孝大事，就說：「給他母親送些衣食。」

從此，馮諼和上等門客同吃同住，再也不吟唱甚麼歌曲了。

時光過得很快，到了孟嘗君收年租的時候了。

這是件很難的事，孟嘗君的封地在薛城，連年派人收繳，沒有一人能收齊，只收了一本本欠債者的名字。因此，今年他想選一位精明能幹的人擔當此重任。他問眾門客：

「誰精通財務，可以到薛地代我收債？」

話音剛落，就有一人挺身而出，說：「我去吧！」

孟嘗君見是舉止奇異的馮諼，心想或許這人真有些能耐，能收齊債務，就同意了。馮諼整點行李，準備出發，臨上車前問孟嘗君：

「收齊債務，買些甚麼東西帶回來？」

孟嘗君真沒考慮添置些甚麼東西，隨口說：「你看着辦吧，家裏缺少甚麼就買點甚麼回來！」

馮諼坐着車子前往薛城，一路上看到百姓在田裏耕種，無比辛勞。再看他們的衣食住房，破衣爛衫，僅能遮體；粗茶淡飯，僅能餬口；茅屋柴籬，僅能擋風。看到這些，他心情很是難受，不禁生出個主意。到了薛地，他通知民眾速來對賬，核對完畢，他自作主張說：

「東家特別關心大家，讓我把這些債款全賞賜給你們，從今往後，不再要了！」

說完，當眾將那些賬本點火燒掉。百姓高興得大呼：

「孟嘗君萬歲，萬歲！」

沒過幾日，馮諼便回到了齊國。這日清晨來見孟嘗君。孟嘗君好奇極了，這麼難辦的事情他這麼快就辦完了？於是問他：

「債都收齊了。」

馮諼利落地回答：「收齊了。」

「給家裏添買了甚麼東西？」孟嘗君問。

馮諼隨口而答：「仁義！」

「甚麼？甚麼！」孟嘗君連聲問，他有些奇怪。

馮諼不慌不忙地回答：「是買了仁義。為這我還動了心思。走前你對我說，家裏缺甚麼買甚麼。我仔細看了看，家裏衣服滿櫃，糧食滿倉，珍寶滿庫，駿馬滿廄，美女滿堂，連良狗也滿門都是，甚麼也不缺少，惟一缺少的就是仁義。因此，我就斗膽買回了仁義。」

孟嘗君不解地問：「不知道你怎麼買得了仁義？」

馮諼這才將收債的經過告訴了他。生米已做成熟飯，沒法改變了，孟嘗君很不高興地說：

「唔，算了吧先生！」

天有不測風雲，人有旦夕禍福。政治局勢說變就變，孟嘗君被齊王免去相國職務。官憑衙門虎憑山，孟嘗君失去官職，門庭冷落車馬稀，在京城待不下，只好回到薛地居住。這消息被薛地父老鄉親知道了，孟嘗君的車子快到時，路兩旁站滿了百姓，長跪在地，夾道歡迎，口裏高呼萬歲。

孟嘗君感動得熱淚盈眶，這時候他才明白馮諼給他買到的仁義多麼重要！

❝ 編者的話 ❞

馮諼收債是《戰國策‧齊策四》中的一則故事。故事發生的年代已經很遠了，但是對於今人來說仍有新的意義。當一個社會以經濟為中心時，人們最容易一切向錢看，以為有了錢就有了一切。其實不然，還有比金錢財物更為重要的東西，這就是仁義。馮諼的舉止應該對我們很有啟示。

王斗進諫

齊宣王當政時，聲色犬馬，荒廢朝政，小人當道，疏離賢士，國家一天天衰敗。

王斗看到眼裏，急在心裏，趕緊跑到都城來拜見齊宣王。

宮人報知王斗求見，齊宣王派人去門口領他進來。王斗見了來人說：

「請你轉告大王，我來到宮門前了，如果快步上殿，那便有貪慕權勢的嫌疑；可是如果大王快步出殿接我，那則是喜愛賢士的舉止。」

宮人連忙報上殿去，齊宣王聽了，坐不住了，跑出大殿迎接王斗。

齊宣王和王斗邊走邊談，他說：「有勞先生了。寡人在朝奉祀祖廟，守衛國家，一點也不敢怠慢。先生前來直言進諫，自然很歡迎。」

王斗卻說：「大王說得有出入，我生在亂世，君主昏庸，哪裏敢直言呢！」

齊宣王聽了，頓時面如沉沉烏雲。王斗見狀，明白直言不行，需要換個招數。

進殿落座，王斗拱手對齊宣王祝賀。齊宣王問有甚麼可賀？他說：「先君齊桓公匡正天下，會盟諸侯，天子授予封地，成為各國盟主。功績顯赫，有口皆碑，你和他相同處不少，至少有四點。」

頓時，齊宣王眉飛色舞，興奮異常，但是，還故作謙虛：「寡人愚笨淺薄，只是竭力為國謀事，哪裏敢和先君相比？」

王斗慢條斯理地說：「怎麼不能相比呢？」

齊宣王很想聽聽他的恭維，就說：「那你說，寡人和先君有哪四點相同？」

王斗從容不迫地道來：「第一，先君喜歡馬，大王也喜歡馬。」

齊宣王插話說：「駿馬可以拉車征戰，衛護國家，怎能不喜歡。」

王斗接着說：「先君喜歡狗，大王也喜歡狗，這是第二個相同。」

齊宣王皺皺眉，覺得不對味了，但是，王斗卻口若懸河地傾瀉下來：「這第三是，先君喜歡女人，大王也喜歡女人；先君喜歡美酒，大王也喜歡美酒，這是第四個相同了。」

齊宣王咧開嘴不知該哭，還是該笑。王斗卻不管他難受不難受，一氣說了下去：

「以上四個相同都說得過去，最讓人不可思議的是，先君喜歡賢士，大王卻不喜歡。」

「我怎麼不喜歡賢士？是當今境內沒有賢士！」齊宣王馬上辯解。

王斗不急不躁地說：「大王別急，聽我細說。世上再沒有騏驥和錄耳，可是大王駕車已有了四匹駿馬；世上再沒有東郭俊和盧氏狗，可是大王的獵狗成羣了；世上再沒有毛嬙和西施，可是大王後宮美女如雲。大王只不過不喜歡賢士而已，又何必擔憂當今沒有賢士？」

齊宣王分辯道：「寡人憂國愛民，一直希望得到賢士以治理國家。」

只聽王斗又說：「大王口口聲聲憂國愛民，可是對待國家和民眾，還不如愛護一點絲帛。」

「此話從哪裏說起？」齊宣王有些不解地問。

王斗指着齊宣王頭上的帽子說：「你這帽子是身邊的近臣做的嗎？不是，是找工匠做的。如果讓近臣做，他們手藝不行，豈不浪費了絲帛？可是，近臣明明沒有本事，還讓他們處理國事，豈不是對國家和民眾還不如對絲帛更愛惜嗎？」

齊宣王被問得啞口無言，好一會兒才說：「寡人不對，寡人有錯。」

於是，他改弦更張，招賢納士，任用他們治理國家，齊國很快有了轉變。

❝ 編者的話 ❞

　　王斗進諫出自《戰國策·齊策四》。王斗這樣的人很令人欣賞，既有自己的政治主見，又有辦法將這主見表達出來。辦法在於靈活多變，當直則直，當曲則曲，曲直都是為了一個目標。從他的進諫，我覺得世上不能說的話很多，不能表達的意思很少。

田單施善

戰國那個時候，風起雲湧，戰爭頻繁。燕國突然出兵襲擊齊國，齊國猝不及防，都城被攻破了。齊湣王帶了幾個走卒倉皇出逃，逃沒多遠被殺死了。頓時，齊國陷入混亂之中。

當時，守衛即墨城的大將是田單，國難當頭，他不畏強敵，出兵進攻燕軍，很快擊敗了強敵，收復了失地。田單又在廢墟上重新建造起齊國都城。

這時候，國人都以為田單要自立為王，充當國君了。然而，田單沒有當，他設法將流落民間、改名換姓的太子找到，扶他繼位，這就是後來的齊襄王。

田單輔佐齊襄王治理國家，兢兢業業，盡職盡責，很快使社會穩定，人心歸順。齊襄王坐穩了王位。

誰知齊襄王是個生性多疑的人，竟怕田單功勞太大，圖謀奪位。

有一次，田單從淄水經過。正是涼秋，河寬水深，一位古稀老人挽起褲腿涉水過河。人瘦水寒，老人冷得打戰，硬掙出水面，跌坐在沙灘上。田單看見了，匆忙跑過去，扶起老人走上岸來。老人的衣服濕了，田單想讓手下人分一件衣服給老人，但手下人都沒有多餘的衣服，田單只好脫下自己的皮衣給他穿上。

齊襄王看到這情形，心裏很嫌惡，自言自語道：

「田單廣施恩惠，收買人心，怕是要和寡人爭奪王位吧！乾脆早點謀劃，把他除掉，不然後悔也晚了！」

說完後，左右一看，身邊無人，只在山巖下看到一個採珠人。襄王叫他過來，張口即問：

「寡人的話你可聽見了？」

採珠人直言不諱地說：「聽見了。」

「那你看如何是好？」齊襄王換個徵詢的口氣問他。

採珠人進言說：「我以為不必除掉田單，只要將他的善行收歸大王就可以了。」

「你說甚麼？」齊襄王理解不了採珠人的意思，忙問。

採珠人接着說：「除掉田單要動干戈，齊國剛安定，萬萬不可。最好的辦法是大王嘉獎田單，將他的善行收歸為大王所有。」

齊襄王恍然大悟，馬上下令賞賜給他牛肉和酒，並嘉獎道：

「田單是位好臣。寡人憂慮民眾飢餓，田單就送去糧食；寡人憂慮民眾寒冷，田單就送去衣服；寡人憂慮民眾勞苦，田單就減輕其負擔。這正合我的心意。」

這麼一來，知道的人都說，齊襄王仁愛子民。

齊襄王聞知，召見採珠人，誇獎說：「你的主意很好。」

採珠人說：「大王，這只是初見成效，應該大見成效。」說完耳語一陣。

齊襄王眉開眼笑，當即召集眾臣上朝。在朝堂上，作揖施禮，獎勵田單，隨即下令：「百官要像田單一樣深入民間，訪貧問寒。」

朝會一散，百官撒滿城鄉。這麼一來，國中百姓都說：齊襄王真的仁愛子民。

66 編者的話 99

誰會想到，在這個世界上做好事也難。你看，田單因為施善愛民，差點丟了性命。多虧採珠人厚道機智，化解了一場流血事件。在這裏厚道與機智相輔相成，只厚道不機智，難救水火；只機智不厚道，很可能成為落井下石的小人。世事是複雜的，這則《戰國策·齊策六》中的故事在提示着我們。

贖屍

這年夏天，暴雨成災，洪水氾濫，人們無法正常謀生做事。

一位經商的富人關了店鋪，帶些錢財回家。緊趕慢趕，到了村邊洪水還是下來了。他想，快跑幾步，衝進村去就沒事了，因而，撒開腿就往洪流中跑去，洪流猛漲，一衝進去，他就後悔了。沒容他站穩，激浪就將他捲走了。

富人淹死了。

富人的屍體在河裏漂流，有個船夫看見了，將他打撈上岸來。

富人的屍體躺在河邊，村裏不少人都來看了。有人認出了他，說：「這不是北村的許生嗎，啊呀，他做生意，家裏可富啦！」

船夫得知這家很富，臉上不喜心裏喜，立即有了主意。

消息傳得很快，富家人知道了，前來認屍，要出錢贖走。船夫說：「贖屍可以，交十兩黃金就行。」

十兩黃金是不小的數字，富家不想出，可贖不回屍體怎麼辦？

附近有個名人，他叫鄧析，頭腦靈活，眨眼就是鬼點子。於是，富家找到了鄧析，請他出個主意。問明因由，鄧析告訴他家：

「別着急，別着急，屍體又沒有別人要，他不急，你們急甚麼！」

富家一聽說得是理，我們不出錢贖屍誰要呢？沒人要不就一文不值！放上幾天，他就會落價！

回到家裏，不再去船夫那裏議價，就像沒有這回事。

富家不急，船夫急了。接連三天富家不理不睬，天氣真熱，眼看屍體腐爛了，這可怎麼辦？

船夫也想到了鄧析這位智多星，找上門來請他出個主意。問明情由，鄧析告訴他：

「別着急，別着急，屍體又不是別人家的，他家不急你急甚麼？」

船夫一想，是這麼個理。他不快不慢回到家裏，連屍體也不搭理了，事情就這麼僵住了。

編者的話

這個故事出自《呂氏春秋·離謂》。故事結束了，事情卻沒有完。沒有完的原因全在於那位聰明的名人，這位名人確實聰明得怕人，他本來可以憑着雙方對自己的信賴化干戈為玉帛，平息糾紛，卻由於缺乏良知，兩面討好，把事情搞僵了。這個世界可信賴的不是聰明人，而是有良知的人。

勇士比勇

從前，齊國都城有兩位勇士。一位住在城西，人稱西郭勇士；一位住在城東，人稱東郭勇士。

西郭勇士力氣很大，雙手舉起了槌布墩。

東郭勇士力氣更大，雙手舉起了碾麥滾。

西郭勇士很勇猛，徒手打死了一隻狼。

東郭勇士更勇猛，徒手打死了一隻虎。

二位勇士雖然沒有照面，卻暗裏較勁，你勇敢，我比你還勇敢。

這一天，二位勇士在街頭碰在了一起。

西郭勇士拍東郭勇士一掌，說：「老兄，見到你很高興！」

東郭勇士捅西郭勇士一拳，說：「老兄，見到你更高興！」

二位勇士把手握在一起，說：「走，喝酒去！」說着，手拉手走進酒店。

西郭勇士喊：「店家，來一壺酒！」

東郭勇士喊：「店家，來一罈酒！」

西郭勇士喊：「來兩個酒杯。」

東郭勇士喊：「來兩個酒碗。」

酒還未上，勇士已較上了勁。酒上來，滿上，二位端起酒碗，用勁就是一碰。

西郭勇士大張口，一飲而盡，倒舉碗說：「滴酒未剩！」

東郭勇士頭一昂，一飲而盡，倒舉碗說：「滴一點，罰三碗！」

喝過三碗，西郭勇士使勁一喊，拉開襖紐，露出胸脯。

喝過三碗，東郭勇士使勁一甩，脫了上衣，暴出脊梁。

西郭勇士捧起碗，說：「好樣的，我敬老兄一碗！」

東郭勇士捧起碗，說：「好樣的，我敬老兄一碗！」

撂下碗，西郭勇士喊：「店家，來二斤熟肉！」

敲着碗，東郭勇士嚷：「不用，不用，這裏有的是。」

說着，手起刀落東郭勇士已從大腿上割下一塊肉，蘸着醬油咬一口，說：「好香。」

吃着，手起刀落西郭勇士也從大腿上割下一塊肉，遞給東郭勇士說：「這塊大！」

說着，東郭勇士又割下一塊肉說：「這塊才大！」

吃着，西郭勇士又割下一塊肉說：「這塊更大！」

比着，沒有一個服軟……

吃着吃着，東郭勇士嘴不動了，摔在地上，蹬直腿，死了。

喝着喝着，西郭勇士口不張了，摔在地上，瞪直眼，死了。

❝ 編者的話 ❞

　　勇士比勇出自《呂氏春秋·當務》，又名割肉自啖。讀這則故事時，對二位勇士有種異樣感覺。對別的勇士，往往感到可敬可佩，而此二位卻讓人可悲可歎。這是勇，不過卻是蠻勇、傻勇。這說明，虛榮戰勝理智之後，就變成了愚蠢。

澄子尋衣

宋國有個人名叫澄子。快入伏了，民間有個翻曬棉衣、夾衣的習慣，曬過就可以入櫃收藏，待秋冬取出來再穿。

澄妻也將衣服晾曬在院中。鄉下人身忙，晾曬後忙着出門幹別的活去了。待到午後收衣時，才發現少了澄子的那件黑袍子。

澄子回來了，妻子慌忙問：「你收袍子了？」

澄子說：「沒有呀！」

「那你的袍子丟了，秋天穿甚麼！」妻子心疼地說。

澄子聽了也心疼，這個夾袍還是糶了糧食添置的，丟了再沒穿的，心裏真着急呀！

當下轉身跑出院來，滿村去找。

轉過一條巷，沒見有穿袍子的。好不容易見到一個，那袍子還是灰的，澄子滿頭大汗走過，繼續尋找。

轉過一個村，澄子跑得氣喘吁吁，一條巷一條巷地仔細尋找。終於，澄子遠遠看見前頭有個穿黑袍子的，馬上眼睛一亮，心想，我可找到了。

他惟恐驚動了那人，屏住氣輕手輕腳走上前去，近了，更近了，猛跑幾步，到了背後，突然伸出胳膊，抓住那人，說：

「我看你往哪裏走！」

那人吃了一驚，回過頭狐疑地看着他，不知澄子要幹甚麼。澄子冷笑着說：「別裝糊塗了，快脫下我的袍子！」

「甚麼？」那人好不奇怪，說，「這是我的袍子。」

澄子生氣了，說：「偷了我的袍子還不承認！」

那人也生氣了，對澄子說：「你怎麼誣陷好人！」

澄子毫不示弱地說：「我丟了黑袍，你穿着黑袍，不是你偷的是誰？」

那人覺得澄子出語含糊，就問：「你是甚麼袍子？」

澄子答：「夾袍。」

「嘿嘿，你看走眼了吧！」那人說着，掀開袍子，沒有裏子，是件單袍，又說：「看清楚，不是你的吧！」

澄子說：「怎麼不是？快還我吧，我丟的是夾袍，你穿的是單袍，以單袍換夾袍，你還得了便宜，還猶豫甚麼？」

那人呆看着澄子啼笑皆非。

66 編者的話 99

這則寓言故事載於《呂氏春秋 · 淫辭》。澄子丟了夾袍，急於找到，尋找是對的，但不應急昏了頭腦。澄子的語言邏輯混亂，強詞奪理，看了讓人發笑。笑過思考，再着急也不能不講實際，甚而胡攪蠻纏。

顏回食灰

　　孔子周遊列國，走得艱辛坎坷很不順利。從陳國去蔡國被圍在半路上，前不近村，後不靠店，糧食吃完了，只好吃野菜。喝了七天野菜湯，滿面菜色，渾身無力，白天也躺着睡大覺。

　　顏回看着老師成天昏睡，不言不語，心裏難受，自己受苦也罷，讓老師受此困苦實在不該。他悄悄溜出去，一口氣跑出好遠，在偏僻的山野，找到了一個茅棚小屋，敲開柴門，說明情況，討到了一點米。

　　回到駐地，顏回喜滋滋告訴孔子，有米了。

　　孔子頓時來了精神，翻身起來，和顏回一塊煮飯。

　　怎麼能讓老師受這煙熏火燎的勞碌呢？顏回攔住老師，讓他繼續去大樹下歇息。孔子返身回到樹陰裏又躺下，剛才掙起，那是使心勁，渾身早餓得軟綿綿了，一動也不願意動。剛開始躺下，還瞅着顏回支鍋、點火，不一會兒迷迷糊糊睡着了。

　　一股飯香撲入鼻中，顏回已把一碗米飯端到自己面前。好香呀！米飯黃澄澄的，入口就沁透了肺腑，好久好久沒有吃這麼香的飯了。顏回這手藝還真行。孔子想着，大吞一口，不想竟然噎住了，乾咳一聲，醒了，唉呀，做了個貪吃的夢。

　　睜眼一看，正看到顏回掀開鍋蓋，伸手一抓，把一口飯送進嘴裏。這成甚麼體統！這令孔子非常生氣。孔子真怨顏回了，怪不得不讓我幫助煮飯，原來嫌在旁邊妨礙手腳。這小子早就有了偷吃的打算。多吃點算甚麼，明說了我還和你爭呀，何必這麼偷吃，哪裏還有半點禮儀？孔子不光生顏回的氣，連自己的氣也生了，成天仁義禮智信的教誨，就教出了這樣的弟子？他禁不住長歎一聲。

　　顏回聽見歎息，禮敬地說：「老師不要焦慮，飯馬上就熟了。」

　　孔子轉念一想，看顏回的做派，不是那種偷偷摸摸的小人行徑呀！他覺得剛才對顏回的猜疑不妥，那麼，這又是為甚麼？

　　顏回將米飯盛好，端來，雙手捧給老師，接碗的時候孔子問他：

　　「我剛才做了個夢，在夢中見到死去的父親，先用這米飯祭祀他老人家吧！」

　　顏回伸手攔住說：「不妥，不妥。」

　　「為甚麼？」孔子問。

　　「我燒飯時，不慎將柴灰掉進鍋裏，伸手抓着吃了。這飯不乾淨了，千萬不要祭祀他老人家。」

　　顏回的話讓孔子疑慮全消，不免有些愧疚，若不是探問清楚，真會冤枉了他呀！他感歎地說：「我歷來相信眼見為實，其實親眼看見也不一定真實。我歷來相信自己心思公正可靠，可是也有偏見和靠不住的時候。弟子們要記住：正確認識和對待一個人不容易呀！」

❝ 編者的話 ❞

　　顏回食灰也被稱做孔子絕糧，是《呂氏春秋‧任數》中的一則。孔子是位聖人，聖人和凡人一樣，也有失誤和偏見。聖人和凡人不一樣，是能及時糾正失誤和偏見，並進行反思，使之成為今後生活的經驗。

小技招賢

　　齊桓公是春秋時期的霸主之一。他能當上霸主與他廣招賢才，治理國家分不開。這裏有一則他招集賢士的故事。

　　齊桓公繼位後，經鮑叔牙推薦將管仲任用為相國。管仲胸富韜略，智謀過人，給他出了很多好主意。齊桓公想，若是能多得一些像管仲這樣的賢士，國家不就很快治理好了嗎？他決定廣招賢士。

　　怎麼招呢？管仲告訴他，在宮廷前點燃火炬，日夜接待晉見的人才。這又是好主意，齊桓公採納了，點燃了火炬。

　　火炬在宮門口燃燒了一天，沒有人來。

　　火炬在宮門口燃燒了一月，沒有人來。

　　火炬在宮門口燃燒了一年，還沒有人來。

　　……

　　齊桓公等得快要失望了，門口終於來了一個人。齊桓公大喜過望，可是一問不禁大失所望。

　　原來這個人是京城東郊的一個農夫，他只會九九算術口訣，齊桓公立即說：「不見，不見。」

　　管仲聞知，趕緊來見齊桓公說：「大王不妨一見，一來可以知道他技藝到底如何，二來可以讓世人知道大王求賢若渴，連只會九九算術小技的人也尊重，那麼有點才能的賢人就會絡繹而來。」

　　齊桓公傳令將那位農夫召進宮來。拜見以後，那位農夫開誠布公地說：

　　「小民這算術實在不成技藝，本不該貿然前來。」

　　齊桓公和顏悅色地問：「既然知道這樣，為何前來？」

　　農夫沒有回答齊桓公的問題，卻反問：「大王知道為何庭火燒了一年，竟然沒有人上門獻藝？」

「天下賢士太少吧！」齊桓公還真想過這事，隨口說。

「不是。」農夫說，「是大王有雄才大略，一般人才自愧不如，望而生畏，當然也就不敢輕舉妄動，自稱人才前來冒犯。」

齊桓公聽得笑逐顏開：「說得有理。」

農夫歇口氣，接着說：「我也明白九九算術不足掛齒，可是如果國君對我以禮相待，就會打消眾生顧慮。何況，古代英明的君王還去請教山野草民呢！」

齊桓公喜出望外：「真沒有想到你有這樣的高見。」

當即傳令，隆禮接待這位農夫，留在宮廷任用。

消息傳開去，各種人才蜂擁而至，齊桓公選用了一大批賢士英才。

❝ 編者的話 ❞

小技招賢源出《韓詩外傳》，又名庭燎求賢。尺有所短，寸有所長。從這個故事看正是這樣。齊桓公本是個具有雄才大略的國君，在這個問題上居然不如一位村野農夫。人才是多層次的，認識每個人的作用，任用在適當位置，才會人盡其才。

弓妻救夫

齊景公喜歡射箭，做夢都想得到一張好弓，派人四處打探，終於找到一位好弓匠。

弓匠叫甚麼，已沒人知道。因為他製作的弓名揚四方，眾人就叫他弓人。

弓人來到宮中，齊景公親自囑咐交代，要他製作天下最好的弓，做成了就讓他永享榮華富貴，弓人高興地答應了。

弓人回到家裏，滿心歡喜地將此事告訴妻子，以為妻子聽了會和自己同樣高興，沒想到妻子卻愁鎖雙眉，臉掛陰雲。他問妻子為甚麼憂慮，妻子說：

「齊景公箭術如何？」

弓人說：「一般吧！」

妻子告誡丈夫說：「那恐怕你享不成榮華富貴，還有殺身之禍。」

這一回該丈夫憂慮了，他焦急地問妻子：「那可怎麼辦？」

妻子沉思一番說：「你盡力去做，到時我自有辦法。」

弓人一心一意為這弓忙開了。

一年過去了，齊景公派大臣前來見弓人。弓還沒有着手製作，弓人每天都忙着尋找製弓的材料。

兩年過去了，齊景公派大臣前來見弓人。弓還沒有製作成型，弓人每天都忙着。

三年過去了，齊景公派大臣前來見弓人。弓製成了，背彎如半月，弦勁若利刃，一看就是好弓。

大臣請弓匠和他一同前去請功，弓人滿心歡喜地走了。臨出門，回頭一望，只見妻子憂心忡忡地瞅着他。他寬慰妻子：

「放心吧，這麼好的弓齊王一定喜歡！」

齊景公見了這弓果然喜歡，立即命人樹起箭靶，他要當場射箭試弓。

宮人將箭靶蒙上一層牛皮，齊景公搭箭挽弓，手到箭發，箭直沖沖往靶心飛去，眾臣齊聲喊好，誰料，那箭碰在靶上卻軟塌塌掉了下來。

齊景公再放一箭，仍然穿不透牛皮。他勃然大怒，斥罵弓人說：

「大膽刁民，竟敢以次充好戲弄寡人，拉出去斬了！」

宮衛上前綁了弓人，推着要走，卻見弓人的妻子闖入殿來。跪拜過齊景公，她不慌不忙地說：

「大王息怒！夫君決不敢戲弄大王。為了製作這張弓，他歷時三載，費盡心機。他不辭辛勞採來了泰山的烏號柘木，燕國的珍貴牛角，楚國的稀有鹿筋，還專門下黃河捕魚，熬成了最黏的魚膠。他這麼費心操勞還不就是為了給大王奉獻天下最好的精弓嗎？」

齊景公聞言，臉色和悅了好多，繼續聽她說。

「這麼精挑細選的材料，再加上精工細做，怎麼會是一張次弓呢？賤人雖然愚笨，可也聽說過，奚仲製造的車極其精巧，卻不能自行轉動；莫邪鑄造的劍極其鋒利，卻不會自行殺人。一定要有人驅動它們，才能顯示其威力。射箭也是同樣道理，好弓要有好射法。左手要穩實，弓靠其上如同靠着山石，發射時毫不抖動；右手要勁猛，握箭如同握着樹枝，掌成拳狀，內中容得下一顆雞蛋，四指硬朗，像是短木棍。雙臂用力，和諧出箭，這才能把良弓的作用發揮出來。」

齊景公照着她的說法射出一箭，牛皮靶輕而易舉擊穿了。宮人蒙上兩層牛皮，又射穿了。一連蒙了七層牛皮，箭箭穿透，眾大臣都喊：

「好弓，舉世無雙！」

齊景公當然高興異常，不用說放了弓人，還賞賜了很多金銀珠寶。

❝❝ 編者的話 ❞❞

　　《韓詩外傳》記有這則寓言故事。故事的道理不算深刻，好的器具要有好的使用方法，否則，就難以發揮作用。但是，越普通的道理人們越容易忽略，若不是弓人的妻子在關鍵時刻鎮靜地說出這番道理，弓人肯定人頭落地了，那張精美的良弓當然也會被認為是次品而棄之不用。

樊姬論賢

太陽漸漸西傾了，大王下朝的時辰到了，樊姬早早待在殿前等候了。

天色漸漸暗淡了，大王還沒有下朝，樊姬依然在殿前耐心等候。

到了掌燈時分，樊姬終於聽到了楚莊王的腳步聲，她緊走幾步迎上去問：

「大王這麼晚才下朝，就不疲倦嗎？」

楚莊王笑嘻嘻地說：「不累，今天聽賢臣進諫，沒有感覺到累！」

樊姬奉迎地問：「是哪位賢臣讓大王這麼開心呀？」

楚莊王說：「還有誰呀，就是沈令尹。」

樊姬聽說是沈令尹，掩着嘴巴發笑。楚莊王認真地說：

「沈令尹是個難得的賢臣。他談諸侯，縱橫萬里，了如指掌；他談國事，深入細緻，頭頭是道。真是寡人的好幫手啊！」

樊姬接着楚莊王的話頭說：「沈令尹是大王的好幫手，但不是最好的幫手。」

楚莊王一怔，問樊姬說：「那你認為誰是最好的幫手？」

樊姬反問楚莊王說：「大王看我服侍你好不好呀？」

楚莊王立即說：「很好呀！如果我沒有記錯，你服侍我該有十一年了吧！」

「是的，小姬進宮已十一年了。」樊姬稍頓一下說，「這些年來，我不僅盡心服侍大王，還為大王物色選拔了好多美女，我多次派人去梁國、鄭國選拔美女，凡是才貌出眾的我皆獻給大王。如今，經我舉薦的人已有十個和我地位相同，還有的人比我地位都高了！我難道不想得到大王的專寵嗎？但是，我不敢以個人的慾望而遮蔽了眾美，所

以願意為大王舉薦更多的人才。我一個賤姬不敢自稱賢明，可是，大王認為賢明的沈令尹輔佐你多年了，為你舉薦過幾個人？」

楚莊王略一沉思說：「沒有。」

「既然沒有，他也算忠賢嗎？」

楚莊王沒有再說甚麼，心裏卻忽閃開了。

第二天上朝，沈令尹又來了。談完國事，楚莊王將樊姬的意思說給了沈令尹。他一聽臉紅了，歉意地說：

「大王，小臣不如樊姬，是有些貪寵的意思，請大王懲處。」

楚莊王笑着說：「知過就好，何談懲處。」

沈令尹下跪拜謝楚莊王，然後誠懇地說：「臣現在就為大王薦舉一個人，孫叔敖。他有治國之才，本臣早就看上他了，只是貪慾作祟沒有上薦。」

楚莊王慷然應允，重用孫叔敖。孫叔敖協助他治理三年，楚國成為春秋時期的霸主了。因而史官寫到：楚國稱霸，樊姬功不可沒。

❝ 編者的話 ❞

這個故事見於《韓詩外傳》。如果我們從結尾讀起，似乎楚國稱霸與樊姬沒有關係。因為，薦舉孫叔敖的人是沈令尹，可是若沒有樊姬的過人見識，也就沒有沈令尹的薦才。所以，真正賢能的人，並不全在於自己有多能幹，而在於能否發現並推薦勝於自己的人。

未面知醜

　　齊王有個女兒，過了出嫁的年齡還沒有嫁出去。後來，聽人說屠牛吐忠厚老實，就想將女兒嫁給他，即派人前去說媒，如果屠牛吐同意這門親事，齊王將陪好多嫁妝。高車駟馬不會少，那車上自然少不了金銀財寶。

　　這消息在齊國傳得沸沸揚揚，是呀，國君的女兒下嫁平民本就是件稀奇事，何況還有好多嫁妝。

　　屠牛吐以殺牛為生，自食其力，日子過得不富裕，若是娶了國王的女兒，馬上就會魚龍變化，從此福如東海長流水了。

　　有人說，屠牛吐燒了高香，天上的餡餅往他懷裏掉。

　　有人說，這天大的好事，屠牛吐做夢都偷着笑哩！

　　出人意料的是，說媒的人在屠牛吐那裏碰了釘子，屠牛吐藉口自己有病，謝絕了齊王的好意。

　　這一來，齊國更是炸了鍋，好個屠牛吐，有眼不識金香玉，竟然這麼不知好歹！不論別人議論甚麼，屠牛吐打定主意就是不同意。

　　屠牛吐的朋友聞知，匆忙跑來勸說：

　　「你小子不知自己吃幾碗乾飯了！想老死在這又腥又臭的肉鋪子裏？國君的女兒給你做妻子，那是下嫁，你怎麼放着便宜不撿呢？」

　　屠牛吐不慌不忙地對朋友說：「這當然是好事，可我總覺得這好事有些怪。自古都說，王侯的女兒不愁嫁，可齊王的女兒為甚麼要嫁給我這個殺牛的小民？再者，剛一提親就說要陪嫁好多好多東西，我覺得肯定這個女子相貌很醜。」

　　朋友說：「你沒有見過人家，怎敢這麼斷定？」

　　屠牛吐答道：「我賣肉時，肉質好，稱夠了顧客拿上就走，我只怕供不應求；若是肉不好時，我多添些下水，還怕人家不要，時時擔

心肉賣不出去。由此看，齊王的女兒必然貌醜。要不，怎會相中我這賤民，還要陪好多東西？」

朋友不好再說甚麼，只好離去。過了沒有多少日子，朋友前往宮中為齊王宰牛，無意間碰見了一個姑娘，長得頭大腿粗，奇醜無比。多年來，他沒見過這麼醜的姑娘，就悄悄問宮人，那是誰？宮人告訴他，那姑娘就是齊王的女兒。

朋友心頭一震，暗暗佩服屠牛吐精明。

❝ 編者的話 ❞

未面知醜這個寓言故事出自《韓詩外傳》，文中描述了一個精明的平民。主觀臆想雖然常常弄錯事情，但是屠牛吐卻憑主觀臆想辦對了事情。因為，屠牛吐這臆想沒有脫離客觀實際，而是用推理的方法來判斷的，是合乎內在規律的。

食馬賜酒

　　戰國時期，有一次秦穆公駕車出遊，走到中途，道路崎嶇，一陣顛簸斷了車軸。車身一傾，倒在路上。駕車的一匹馬受到驚嚇，狂奔而去。御夫緊步後塵，追蹤找去。然而，驚馬跑得太快了，一忽兒沒了蹤影。御夫找遍了山山嶺嶺，不見那馬。忽然，看見溪邊的谷地上有一羣人大聲喧嘩，近前一看，他們架起篝火正在烤肉。御夫到時，肉已烤熟，一夥人爭相撕扯，大口吞嚥。他上前詢問：

　　「吃的甚麼肉？」

　　沒人搭理他，只顧狼吞虎嚥。御夫往溪邊一看，馬頭丟在那兒，正是他要找的那匹驚馬。御夫馬上發怒，轉過來指責他們：

　　「你們膽大妄為，這是君王的御馬，怎麼能隨便宰殺而食！」

　　咀嚼馬肉的漢子，誰也不理他。只有一位瘦子接過他的話頭說：

　　「甚麼君王不君王？我們不知道，只知道肚子餓了，馬肉能充飢！」

　　話音剛落，一位黑漢塞給他一塊馬肉說：「夥計，吃吧，想必你也跑餓了！」

　　山民們趁機起哄，喊鬧：「吃吧，吃吧，吃飽了肚子不飢，往回走屁股朝西。」

　　面對這夥無禮的山民，御夫更為惱火，他氣得渾身發抖，咬着牙說：「看我報告君王收拾你們！」

　　御夫怒氣沖沖跑了回去，向秦穆公說明了山民殺馬食肉的野蠻行徑。秦穆公良久不語，過了一會兒才說：

　　「山民飢餓，不然怎麼會殺馬吃呢？可是，馬肉好吃難消化，這麼吃要害病的，應該喝點酒才對。」

　　說着，命人給山民送去了幾罈酒。一場風波就這麼平息了。

　　時光過得好快，轉眼就是幾年。這一年，秦國和晉國在龍門山下開戰了。鼓聲一響，兩國軍隊廝殺在一起。秦穆公和晉惠公親自參戰，都駕着戰車奮力衝鋒。秦穆公看見晉惠公這忘恩負義的小人，怒火沖天，長戟一指，大聲呼喊，兵士們就排山倒海圍了上去，一意要活捉他。冷不防一支晉軍從旁邊斜衝過來，團團包圍了秦穆公。秦穆公勢單力薄，只好揮戟擊敵，邊殺邊退。他退一步，敵人進一步；他退兩步，敵人進兩步。敵人步步進逼，將他逼在了山腳下。背後大山阻塞，對面大敵當前，很顯然若不束手就擒，就要碎屍萬段了。

　　在這千鈞一髮的時刻，突然衝來了一支人馬，有揮棍棒的，有掄斧頭的，個個破衣爛衫，有的連衣衫也沒有，赤裸肢體，披散頭髮，闖入晉軍陣營，一陣猛打猛砍。晉軍仗着人多勢眾，一心要活捉秦穆公，根本沒有提防這天降的散兵遊勇，頓時被打得暈頭轉向，四散潰逃。這夥人也不貪戰，搶了秦穆公就走。待晉軍穩住陣腳，秦穆公早被救回大營了。

　　秦穆公得救，看着這夥陌生的山民，好奇地問：

　　「寡人與你們素不相識，你們為甚麼冒死相救？」

　　山民們說：「大王不認識小民，小民卻知道大王。那年，我們偷吃了你的馬肉，你不但不怪罪，還怕我們傷了身體，送來美酒讓我們飲用。大王的深恩我們怎能忘記！」

66 編者的話 99

　　食馬賜酒本是一則真實的歷史故事，記載在《史記・秦本紀》中，仔細讀來，卻具有寓言的色彩和哲理意味。讀這則故事時，我想起一句熟語：多行不義必自斃。這熟語與故事中的道理正好相反，我們不妨反其意而用之：多行仁義必自救。或許這就是故事要告訴人們的意思。

歪才正用

楚國將軍子發特別喜歡有一技之長的人才，他的帳下聚集了不少精英。有的擅長射箭，有的擅長擊劍，還有的擅長徒手搏擊，可以說，軍中人才濟濟。就這，還有許多人慕名而來。

有一天，門前來了一位自稱有才的人。門衛問他：

「你有何才能敢見將軍？」

那人起初不說，看看不說進不去，才憋紅了臉說：「我善於行竊。」

門衛被逗笑了。這一笑引來了帳中的人才，圍攏上來紛紛嘲笑：

「行竊不就是偷盜嗎？那還能算是技藝！」

「一個小偷也想冒充人才，太不自量了！」

……

門口的吵嚷聲傳入內營，子發從帳中出來，問過小偷，說：

「行竊是個毛病，可用對了就是技藝。」

不用說，那個小偷被留下了，而且同其他人才一樣，每日好飯好菜款待。

過了不多日子，齊國軍隊侵犯楚國，大兵壓境，氣勢洶洶。楚將子發出兵阻擊，各路人才大展技藝，戰鼓擂響，能射的射，能擊的擊，能殺的殺，應該說個個英勇，人人盡力。然而，這次齊軍入侵做了充分準備，兵士比楚軍多出幾倍。楚軍雖然技藝高超，可是也敵不過潮水般湧過來的齊兵。一戰，敗了；再戰，敗了。連戰連敗，楚軍士氣低落，如此下去，就要兵敗如山倒了。

如何扭轉危險戰局？

關鍵時刻，走出一個人，說自己能扭轉這危險局面。誰？眾人看時竟是那個小偷。大家咧嘴嘲笑，被子發伸手制止了。他信任地說：

「就請你一試身手吧！」

小偷高興地領命，退了出去。

當天晚上四更，大帳有了響動。子發看時，是小偷站在帳前，原來他已潛進齊營，把將軍車子上的幬帳偷了回來。子發不由得欣喜，待到天亮，派人將幬帳給齊軍送去。

次日晚上四更，大帳又有響動。子發看時，小偷又站在帳前，他剛從齊營歸來，偷來了將軍的枕頭。子發更為高興，待到天亮，派人將枕頭送歸齊軍。

再天晚上四更，大帳又有響動。子發端坐帳前，等回了小偷，卻見他赤手空拳，以為沒有得手。哪知小偷伸開手掌，竟握着將軍的髮簪。子發大喜過望，笑着說：「敵軍不攻自破了。」遂將髮簪歸還齊將。

齊國將軍看到髮簪大驚失色，恐慌地說：「撤兵撤兵！再不撤退，我的腦袋要被楚軍偷去了。」

齊軍撤退了，楚軍不戰而勝。

66 編者的話 99

故事寫完了，但《淮南子‧道應訓》的文章沒完，其中記道：技藝道術是沒有細微輕薄之分的，關鍵是人君如何使用。老子說：「不善的人，是善人的資本啊！」我將這個故事名為歪才正用，就是要表達這個意思。

塞翁失馬

　　北國塞上住着個老頭，人稱塞翁。

　　有一天，夜裏颳風，颳壞了塞翁家的廄棚，家裏的一匹馬不知跑到哪裏去了，找了好幾天也沒找見。那時候，一匹馬就是半個家當，丟了可真是不小的損失呀！

　　左鄰右舍、親朋好友聞訊，以為他一定很心疼，都跑來安慰他。沒想到，塞翁不僅不心疼，反而笑嘻嘻地說：

　　「謝謝大家的關心，馬丟就丟了，當下是破了點財，可未必就是壞事，說不定還會變成好事！」

　　見塞翁不難過，大家放心了。但是，總覺得他這說法有點怪味，丟了馬，怎麼也不能說是好事呀！

　　過了不多時，眾人都理解了塞翁的話。原來，那匹跑丟的馬自己返回來了，而且還帶回來一匹馬。帶回來的那馬高大英俊，一看就是匈奴特有的駿馬。壞事果真變成了好事、喜事。左鄰右舍、親朋好友聞訊，以為他一定興奮異常，都跑來向他祝賀。沒想到，塞翁不僅沒有高興，反而冷冷淡淡地說：

　　「謝謝大家的關心，多得了一匹馬是件好事，可是這好事未必不是禍事。」

　　說這話時，塞翁愁眉苦臉，弄得大夥實在無法理解。

　　塞翁的兒子年輕氣盛，最喜歡騎馬。見了匈奴駿馬幾次要騎，都被父親喝住了。這一日，塞翁外出辦事，兒子終於有了騎馬的機會，他將那馬牽出馬廄，跳躍而上，加了一鞭，馬便飛奔起來。匈奴駿馬缺乏訓練，狂奔不止，衝出大道，四處亂跑，一下將他甩下馬來。兒子跌在地上好長時間起不來，右腿骨折了。那時候，醫療條件極差，摔斷腿就意味着殘廢了。這可是件令人悲傷的大事呀！左鄰右舍、親

朋好友以為塞翁一定十分憂傷，趕緊跑來安慰他。沒想到，塞翁不僅不憂傷，反而平靜地說：

「謝謝大家的關心，兒子摔傷了確是壞事，可是禍福一體，說不定是件好事。」

看看拄着拐杖艱難移步的兒子，眾人怎麼也理解不了這禍事如何能變成好事。

日子一天天過去了，塞翁的兒子傷痛略有好轉，不疼了，可仍然扔不了拐杖，顯然殘廢了，再也不能正常幹活了。對於農人來說，這是天大的不幸呀！想想塞翁的話，大家都覺得有些可笑。

誰知時局說變就變，匈奴南下犯境，到處燒殺搶掠。皇家徵兵打仗，青壯年一律披甲上陣。村上的小伙子全被徵走，在一次激戰中全部壯烈犧牲了，只有塞翁的兒子因為傷殘沒有被徵去參戰，也就保全了性命。

大夥終於理解了，塞翁是個有遠見的人。

❝ 編者的話 ❞

塞翁失馬這則寓言故事，出自《淮南子·人間訓》。故事流傳很廣，早已形成熟語：塞翁失馬，焉知非福；塞翁得馬，焉知非禍。福中有禍，禍中有福，禍福一體，變化的情節向世人傳遞着生活的哲理。

忠僕害主

　　陽谷是司馬子反的僕人。司馬子反是楚國的大將軍，大將軍門第高貴，陽谷進入府中，每天錦衣玉食，自己也高貴了許多。

　　陽谷是個知恩圖報的好人，他明白自己的福氣來自大將軍，因此，忠心事主，絲毫不敢有一點懈怠。他非常善於揣摸主子的心理，大將軍想幹甚麼，不用張口，他早已準備周全了。

　　大將軍要狩獵，他提前預置了弓箭。

　　大將軍要出遊，他提前準備了車馬。

　　大將軍要小憩，他提前設置了臥榻。

　　……

　　精心周到的侍奉，讓司馬子反一刻也離不開陽谷，甚至出兵征戰也要將他帶在身邊。

　　這一年，楚軍在鄢陵和晉軍交兵血戰，雙方實力相差不大，戰鬥打得激烈殘酷。這天鏖戰，晉軍猛烈衝殺，幾乎衝破了楚軍的防線。大將軍子反揮戈上陣，既指揮，又搏殺，方才穩住險些崩潰的軍心。子反率軍廝殺，眼看要反敗為勝，楚恭王的一隻眼睛卻被箭射中，只好收兵回營，來日再決個雌雄。

　　楚恭王拔箭包紮的間隙，子反也回到營帳。他卸下盔甲，渾身是汗，口渴難忍，還沒張口喊水，陽谷已捧上來了。

　　子反喝了一口，大聲斥道：「呸，快拿走，這是酒！」

　　陽谷說：「不是酒。」大將軍一進帳，看模樣就知道他累壞了，需要飲水解乏。每逢此時，大將軍都不喝水，都是喝酒。出遊是這樣，打獵也是這樣，因而，陽谷便舀了一碗酒端上前去。

　　子反又說：「快拿走！」陽谷仍堅持說不是酒，於是子反一飲而盡。子反興奮地對陽谷說：「好喝，好喝，再來一碗。」

陽谷再舀一碗，大將軍又是一飲而盡，並說：「再來一碗。」

飲酒過量是會誤事的，陽谷接過碗，遲疑地說：「將軍，這是酒呀！」

「是酒？好酒！再來一碗。」

陽谷只好又端一碗。就這樣，不知喝了多少碗。最後一碗下肚，子反扔了碗，倒在榻上，睡了過去。

天色漸漸暗了，吃晚飯了，陽谷端上飯菜，卻叫不醒大將軍。大將軍沉沉死睡，鼾聲如雷。

夜色漸漸深了，楚恭王心事重重難以安眠，想到明日的生死決戰，他焦慮地走進大將軍營帳，想和子反商量一下攻防策略。然而，子反酣睡更沉，怎麼也叫不醒來，只有滿帳的酒臭。

大將軍醉睡難醒，眾士兵軍心渙散，若是再戰，豈不是自投火海，楚恭王一咬牙，下令撤兵。子反被抬着回到國中。

回到國中，子反醒了，他驚出一身冷汗，連忙去向楚恭王謝罪。

可惜晚了，楚恭王閉門不見，按軍法將子反處斬了。

看着大將軍的屍體，陽谷哭泣着說：「我不該讓你喝酒，是我害了你！」

66 編者的話 99

《呂氏春秋·慎大覽第三》中的這則歷史故事頗有寓意，人們都喜歡施愛、被愛，豈不知愛也有很深的學問。愛要得當，要適度，否則，過度的愛會適得其反，忠僕害主就是最典型的事例。

牛缺之死

很久以前，有個人名叫牛缺。他讀了大量的書，自以為見多識廣，寵辱不驚，經常一個人外出遊走。

有一天，他乘車從一座大山經過。越走山越高，越走林越密，在茂密的樹林中穿過，陰森可怕，一般人是不敢獨身行走的。然而，牛缺卻覺得這風景少見、新奇，倍加欣喜。

牛缺邊走邊看，觀賞四周，突然，一陣騷動，闖出幾個大漢。一個個圓瞪雙眸，散亂烏髮，手中的尖刀寒光閃耀。不由分說，奪走他的車馬，擰住他的胳膊，搶走了他腰包裹的銀錢，連他身上的衣服也剝了下來。

強盜輕而易舉得手，放肆地哈哈狂笑，笑着就要離去。就在這時回頭瞅一眼牛缺都愣住了。往日被搶的人，都顫顫抖抖，驚魂難定，今日這人卻怎麼面無懼色，還有點鄙視地看着他們。強盜們犯了嘀咕，返身過來問他：

「老子奪你的錢財，刀擱在你脖子上，你怎麼不害怕？」

牛缺輕蔑地一笑說：「車馬是給人坐的，銀錢是給人花的，衣服是給人穿的，誰使喚也一樣。」

強盜們聽牛缺說話如墜雲霧之中，你看我，我看你，不知該說甚麼。正狐疑間，就聽牛缺又說：

「我笑你們這麼施暴搶劫，有違天理！」

這句話強盜們聽懂了，顯然是在訓斥他們。

一個強盜說：「哈哈，沒想到這小子還是個讀書人，滿肚子禮儀。」

另一個馬上接口說：「嘿，這號人最肯壞事，說不定會到官府告我們去。」

其餘的一齊吼叫：「嘿呀，留着他是禍，幹掉他吧！」

吼叫着，手起刀落，可憐的牛缺死了。

66 **編者的話** 99

牛缺死得可憐，死得冤屈，不能不讓我們想為他討個公道。反過來想，牛缺也太書生氣了，在野蠻的強盜面前談論義理，不是對牛彈琴嗎？結果，非但沒能震懾住歹徒，還丟了自己的性命。社會是複雜的，環境是多變的，一個有學識的人要有在複雜環境中生存的應變能力。原文出自《淮南子·人間訓》。

田忌賽馬

齊威王喜歡馬，更喜歡賽馬。

每次賽馬齊威王找的對手都是大將田忌。因為田忌的馬和他的馬實力相近，還能較一陣子勁。說是實力相近，其實君王就是君王，大將軍就是大將軍，他的馬力總歸不如齊威王。田忌有上、中、下三等馬，齊威王也有上、中、下三等馬。但是，田忌的這三匹馬都弱於齊威王的那三匹馬，因而，他屢賽屢敗。

這一日，齊威王又約田忌賽馬，不賽不行，大將軍怎敢得罪國君？賽又難勝，結果不用說，田忌又敗下陣來，弄得很沒臉面。

孫臏從魏國逃出來後，下肢殘疾了，在田忌家中休養。看見主人苦悶不樂，就有心幫助他。問明情況，孫臏對田忌說：

「你再和齊王比賽一場，我保準你贏！」

田忌不信，每賽必輸，早沒了取勝的信心。他對孫臏說：

「先生莫非還要我再丟一次臉？」

孫臏堅定地說：「不會的。」說着，對田忌耳語一番。

田忌聽了喜出望外，馬上前來找齊威王挑戰賽馬。齊威王正求之不得呢！以往比賽，都是他下戰書，田忌不情願也不敢推辭。今日想不到這小子竟敢主動挑戰，那就好好賽一場吧！

到了賽場，齊威王見孫臏陪着田忌來了，心想怪不得田忌挑戰，原來有了個參謀。

再一想，不管你甚麼樣的謀士，比賽講究的是實力，他那幾匹馬打死也跑不過我的駿馬呀！

比賽一開始，齊威王更堅定了自己的信念。他的上等馬首先出陣，田忌的馬不僅沒有跑過自己的馬，反而被甩出好遠好遠。齊威王得意地笑着，心裏說，孫臏這謀士也沒有甚麼好主意。

　　然而，接下來的賽況卻大為出乎齊威王的預料。輪到他的中等馬出場了，按常規這馬比田忌的中等馬要強好多，可是，今天一起步卻並駕齊驅了，齊威王使勁呼喊加油，再加油，拼命喊也不頂事，田忌的馬一步步跑了前去，而且一直領先跑到終點。

　　這一局輸就輸吧，還有關鍵的一局。齊威王想，只要這一局不輸，上一局就算是對田忌的安慰吧！哪知，這一局比上一局輸的更慘，一開賽田忌的馬就竄到前頭，並且越跑越快，遙遙領先，跑到終點。比賽結果令齊威王目瞪口呆：一比二，他輸了。

　　齊威王輸得很不甘心，就叫來田忌和孫臏探問其中的奧妙。田忌興奮不已，指着孫臏說：

　　「大王，孫臏了不起，這全是他的主意。」

　　齊威王又問孫臏，才知道孫臏是用田忌的下等馬對他的上等馬，上等馬對他的中等馬，中等馬對他的下等馬，怪不得頭一局田忌輸得很慘，而後頭兩局全贏了！

❝ 編者的話 ❞

　　田忌賽馬的故事流傳很廣，《史記‧孫子吳起列傳》中有記載，處於劣勢的田忌，經孫臏指點居然獲得了勝利。這個故事說明了，力量搭配是一門學問，搭配好了，弱者可以戰勝強者；搭配不好，強者可能輸給弱者。

優孟婉諫

　　優伶是古代宮廷中的歌舞藝人，他們憑藉才藝取悅君王。

　　優孟是優伶中的一員，他身高八尺，幽默機智，深得楚莊王的喜歡。

　　楚莊王不僅喜歡優孟，而且喜歡養馬。他愛馬愛到了極致，給馬穿上了綢緞衣服。當然不能再讓愛馬在廄棚中居住，為牠蓋了雕梁畫棟的殿堂。殿堂中安放着牀榻，牀榻上鋪展着臥蓆。住宿就寢同朝中大夫享受一樣的待遇。對了，馬也不吃草了，改為一日三餐，每餐都食蜜棗，這日子過得賽過天宮仙馬。

　　誰知，這馬消受不起這麼大的福分，只吃不動，越吃越肥，肥得蹄邁不動，頭搖不動，後來連尾巴也搖不動了，死了！

　　這馬一死，真如剜了楚莊王的心頭肉一般，雖然沒有哭得死去活來，也好幾天淚水難乾。哭來哭去，哭出個主意。可憐的愛馬不能長享富貴，那死也讓它落個體面榮華，決定按照大夫的禮儀厚葬！這等於說，葬馬要有棺槨，要穿錦衣，還要陪葬好多東西。命令就這麼傳下去了。

　　近臣覺得不妥，上殿勸阻，楚莊王擺擺手，不聽。

　　大夫覺得不妥，上殿勸阻，楚莊王搖搖頭，不聽。

　　還有人想上殿勸阻，但楚莊王下達了命令：「誰要再為葬馬多嘴，立即處死！」

　　這一來沒人再敢進諫了，可是眾人都憋了一肚子氣，這麼葬馬成何體統！

　　就在這時，大殿中傳來了號啕的哭聲，那哭聲撕肝裂肺，就如死了親娘老子似的。楚莊王問是何人號哭，說是優孟。問他哭甚麼？答

是哭大王的愛馬。楚莊王心裏一喜，這是宮中惟一的知音呀！連忙着人將他喚進內宮，楚莊王明知故問：

「你為甚麼哭得這麼傷心呀？」

優孟止住哭聲，抹一把眼淚說：「大王心愛的寶馬死了，卻以大夫的禮儀安葬，怎麼能讓人不傷心！」

楚莊王更喜，又問：「依你看該怎麼安葬？」

優孟繃着臉，一字一板地說：「楚國是個堂堂大國，聲望威震諸侯。大王的愛馬死了，就應以人君之禮厚葬。」

見楚莊王不語，他一口氣說了下去：「棺槨要精美，外槨要用紅木製作，內棺要用美玉精雕，還要用楓木樟木刻題奏；挖墓要講究，墓穴應由戰士開挖，背土應動員國中子民，連老弱也不放過；禮儀要隆重，出殯時不僅本國官宦出動，還要齊國、趙國使臣在前頭送祭，韓國、魏國使臣在後頭衞護；祭祀要長久，蓋一座廟宇塑造馬像，撥個萬戶大縣保證祭祀供品。這麼才像個厚葬的樣子。」

這葬禮的場面，比楚莊王設想的要大得多，他聽得有點暈乎，就問：

「這麼厚葬愛馬有甚麼意思？」

優孟看着火候到了，直言針砭楚莊王：「這不正是大王您的意思嘛，讓天下人都知道你愛馬勝過愛人！」

楚莊王驚得張口無言，半晌才說：「寡人的過錯真有這麼大？那你看該如何辦？」

優孟見楚莊王回心轉意了，順口說：「那我替大王來葬馬吧！築個土灶當外槨，製口銅鍋做內棺，用火光作衣裳，以姜棗來調味，拿木蘭除腥氣，蒸稻米為祭品，將它安葬在人們的腸胃裏。」

楚莊王不再說甚麼，居然聽從了建議，讓宮人將馬肉煮熟吃了。

❝編者的話❞

　　優孟諫楚莊王的故事，記載在《史記・滑稽列傳》中。看了這個故事，我對優孟肅然起敬，敬佩他的智慧，更敬佩他的良知。有了優孟這樣的良知，才會無所畏懼，關鍵時刻敢於站出來說真話。因而，我將故事重寫在這裏。

橋下拾鞋

秦朝末年，有位年輕人刺殺秦始皇沒有成功，悶悶不樂地隱居在下邳。

有一天，他出屋消悶，隨興走來，不知不覺走到了一條河邊。河上有座橋，他走在橋上，看橋下河水曲折迴轉，蛇行向前。

這時，橋上響起腳步聲，側身看時，來了一個老頭。這老頭夠老了，頭髮是白的，鬍子是白的，眉毛也成了白的，可是，聽聽那腳步聲還蠻有精神的。

老頭徑直朝年輕人走來，幾步走到了他的跟前。看見他瞅着自己，腳一揚，一隻鞋飛出橋去，跌落在河灘上。老頭看着鞋子，對年輕人說：

「小伙子，給我把鞋拾上來。」

年輕人心情鬱悶，本來就沒好氣，分明看見他是故意將鞋踢下去的，實在不想去撿。又一看，老頭年紀確實太大了，就轉下橋去，一步一步下到河灘撿了鞋子，又一步一步爬上橋來。

走到老頭身邊，年輕人還在氣喘，老頭卻往地上一坐，蹺着腳尖說：「小伙子，給我穿上。」

年輕人真想抬手把鞋子再扔下橋去，又一想撿都撿上來了，穿就穿上吧，他忍着火氣彎下腰給老頭穿上了鞋。

老頭站起來，跺跺腳，揚長而去。年輕人看着老頭，覺得他的舉止有點怪誕。眼看就要下橋了，老頭忽然又踅轉過來，對年輕人說：

「你可以教化，五天後一早，我倆在這見面。」

見面幹甚麼？年輕人張口要問，話還沒出，老頭甩開大步遠去了。

這事弄得年輕人莫名其妙，他不清楚這老頭是個甚麼人，也不清楚老頭約他見面要幹甚麼，但是沉思再三，還是覺得見面後再說。

　　五天過去了，年輕人起了個大早，匆匆來到橋上。橋上朝霞輝映，老頭已站在霞光中了。見了他，老頭生氣地指責：

　　「同老人約會，竟然遲到，這像甚麼樣子！」

　　說着，轉身而去。就要下橋了，又說：「五天後早上再會吧！」

　　年輕人覺得這老頭更怪了，千琢磨，萬思考，還是難以將他看透。熬過五天，這夜不待天亮他直奔橋上。

　　趕到時，晨光熹微，橋上略鋪亮色，可是那老頭已站在亮色中了。見年輕人又遲到了，他厲聲呵斥：

　　「怎麼又晚了，太不像話！五天後再見吧！」

　　年輕人又討了個沒趣，下定決心，這一次無論如何也要早到。他扳着指頭算過五天，這日夜幕降臨就來到了橋上。

　　天黑透了，夜暗身涼，年輕人待在橋上耐心等待。

　　夜過半了，涼風添寒，年輕人待在橋上耐心等待。

　　過了子時，響起了腳步聲，有人來了，走近一看，正是那位老頭。老頭見年輕人早到了，笑嘻嘻地說：

　　「我說你可以教化嘛！」說着，從懷中掏出一卷書送給年輕人，「讀了這部書你可以為君王統領三軍，也就大有出息了！」

　　年輕人伏地拜謝，一抬頭，老頭早不見了。

　　這部書是《太公兵法》，這位年輕人就是後來輔佐劉邦奪得天下的謀士張良。

❝編者的話❞

　　橋下拾鞋還被題為圯下拾履，這個故事司馬遷在《史記‧留侯世家》中有明確記載。倘若張良沒得到《太公兵法》，也許張良這個名字就鮮為人知了。倘若張良缺乏修養，沒有禮貌，自然會與老頭擦肩而過，《太公兵法》便與他無緣了。不少人雄心勃勃，卻一事無成，不知是不是因為品格缺陷，錯過了人生機遇？

討火解疑

從前，一個村莊裏有戶人家娶了個好媳婦。媳婦勤勞肯幹，善良賢惠。把家裏收拾得乾淨利落，待婆婆如同自己的親生母親。她還善待鄰里，誰家有事她都跑前跑後，盡心忙碌。尤其是那些年齡大的婆婆媽媽，她趁空就去和她們拉拉話，解解她們心頭的悶。所以，左鄰右舍沒有一個不喜歡她的。

快過中秋節了，婆婆讓她買了一塊肉，要改善生活，過個好節。肉買回來，她擱在了廚房。

第二天早晨，媳婦去廚房做飯，一開門傻了眼，那塊肉不見了。她裏外找了一遍，沒有找見。在那個年頭，一塊肉不算個小事，有些莊戶人家，連過年也吃不上肉。媳婦慌忙將這事告訴了婆婆。

婆婆知道丟了肉，懷疑是媳婦嘴饞偷吃了。是呀，昨日傍晚才買回來，是她一個人存放的，別人都不知道，不是她又會是誰？婆婆越想越生氣，就質問她：

「肉是不是你偷吃了？」

媳婦一聽怔住了，慌忙解釋：「不是，不是我。」

婆婆說：「是你吃了也罷，只要以後不再犯就行。」

媳婦好不冤屈，又解釋說：「不是我，確實不是我。」

「不是你是誰？肉是你買的，你放的，別人都不知道地方，你說還能是誰？」婆婆生氣了，厲聲逼問。

不論婆婆怎麼催逼，媳婦沒有偷肉，當然一口否認。這更激怒了婆婆，竟然將她趕出門來，要兒子休了她。

媳婦滿肚委屈無法說清，只好暫時回娘家，待婆婆消氣。

就要離開村子了，她想起了那些和她朝夕相處的婆婆們，便去和她們告別。聽了她的遭遇，沒有一個人不同情。幾個老奶奶還相隨了

一起過去向她婆婆講情，但是費盡口舌，也解除不了婆婆的心病，還是要趕她走。

媳婦來到東院，大娘聽了她的訴說，明白她的人品，是不會幹出這種事的。她告訴這媳婦：

「你在路上慢些走，我去讓你家人追你回去。」

媳婦遲疑地看着東院大娘，說：「婆婆還在氣頭上，您別去碰釘子了。」

東院大娘說：「不會的，你放心走吧！」

媳婦前腳出門，東院大娘找塊破棉絮，綁在一根木棍上去她家討火。需要說明的是，那時候用火可不像我們今天這麼方便，沒有火柴，更沒有打火機，即使用火石打火，也要有技巧，用不得當半天打不着。因此，左鄰右舍常常互相討火。

見東院大娘討火，婆婆問：「還不到做飯的時辰，你點火幹甚麼？」

東院大娘歎口氣說：「煮狗肉。昨天夜裏，家裏的黑狗從外頭叼回塊肉，白狗見了也要吃，兩隻狗咬架，黑狗被咬死了。這黑狗看門可實誠呢，唉！」

婆婆聽到這兒便問：「你家的狗叼回去一塊肉？」

「是呀，怎麼啦？」東院大娘故作不解地問。

婆婆坐不住了：「哎呀，不好，我錯怪媳婦了……」

下面的話沒說完，就喚家人趕快去追媳婦回家。

66 編者的話 99

媳婦受了委屈，左鄰右舍的婆婆都去說情，但是惟有東院大娘成功了。她的成功在於沒有正面說道，而是側面釋疑，為一件說不清的事情設計了一個清楚明白的結局。她的成功告訴我們，解決問題的辦法很多，直接行不通的路子，就繞個彎子變通一下。這個故事出自《漢書·蒯通傳》。

白豬獻君

很久很久以前，遼東大地的人們都養黑豬。那豬黑頭、黑身、黑蹄，連尾巴也黑到了梢上，沒有一根雜毛。黑豬養多了，殺久了，養厭了，眾人忽作奇想，豬要是白毛多可愛呀！但是方圓上千里誰也沒有見過白豬，大家就覺得白豬是天堂中的神豬。

忽有一天，一件新奇事傳遍了附近城鄉。有戶人家的母豬下崽，居然產下了個白頭豬。儘管這豬除了頭，身上、蹄子、尾巴全是黑的，也把四鄉八村的人都驚動了。人們紛紛圍攏來看稀奇。烏黑的小豬，雪白的腦袋，是有些招眼。何況，誰也沒有見過長白毛的豬，這就更討眾人喜愛了。

這個說：「這是天宮下凡的神豬。」

那個說：「這是吉祥如意的象徵。」

說着說着，就扯到了國王那裏，都認為將象徵福祉的白頭豬敬獻給國王，肯定會討得他老人家的賞賜。

說着說着，就生出了個給國王敬獻神豬的主意，村人請巫師選定吉日良辰，到了時間就要出發。

村裏的頭腦聞風跑來了，聽說要牽着豬走，說不妥，怎麼也要讓這神豬坐個車子，於是，一輛馬車找來了。

鄉裏的頭腦聞風跑來了，聽說要載着豬走，說不妥，怎麼也要聲勢大些，前頭要有旗幟，於是，林立的彩旗買來了。

城裏的頭腦聞風跑來了，聽說要進京獻豬，說不妥，怎麼也不能無聲無息，必須有鑼鼓開道，於是，全城最好的鼓樂手請來了。

時日到了，鑼鼓齊奏，彩旗飄揚，白頭豬載上馬車，眾人簇擁着向京城進發。

走過遼東，好奇的人們都來圍觀，誇讚地說，是頭神豬。

走過燕京，好奇的人們都來圍觀，疑惑地說，遼東沒有白豬？

走到河東，好奇的人們都來圍觀，鄙夷地說，這算甚麼神豬？

這話傳到遼東父老鄉親的耳朵裏，他們很不情願，誰也不能容忍對神豬的褻瀆，紛紛質問，這麼罕見的豬還不是神豬？

路人指指圈棚說：你們去看吧！

獻豬的人們跑到圈裏一看，眼睛瞪得不能再圓，裏面是一頭白豬。不僅頭白，身子、蹄子、尾巴全是白的。再看一個圈，裏頭也是白豬，敢情河東大地的白豬這麼多呀！

眾人沒了獻豬的心勁，偃旗息鼓悄悄往回走。

❝ 編者的話 ❞

《後漢書‧朱浮傳》記載了這場獻豬的鬧劇。獻豬固然有些滑稽，但是也不能責怪遼東父老。每個人都受地域的局限，他們也一樣。只是我們應從他們的錯誤中吸取教訓，不斷增加自己的見識。千萬不要將自己局限在一地去度量全局，那樣又會成為他人的笑料。

公私分明

漢順帝時期，蘇章被任命為冀州刺史。初到任，就有人到府門喊冤，他派人接下訴狀，仔細閱覽。狀紙材料翔實，有理有據，看來這被告清河太守肯定是個大貪官。那麼，這太守是誰？

不看名字還好，一看蘇章差點暈過去。清河太守不是別人，就是他的好朋友蒲生。

蒲生曾經和他同窗共讀好幾年。雖然面相不佳，尖嘴猴腮，可是聰明過人，頭腦中淨是小點子。尤其是那一張嘴，能言善辯，不只是背書答題，就是和先生論戰也巧舌如簧，每次都能討得讚譽。聰明人就是喜歡使用聰明，蒲生往往愛佔點小便宜。所以，同窗中不少人漸漸和他疏遠了。蘇章和他是同鄉，生性豁達，從不計較小事，因而兩人相處得還算不錯。真沒想到，數年不見，他竟墮落到這種程度。回憶舊事，蘇章有些痛心，也有些無奈。

之後數日，蘇章微服私訪，將狀紙上的事實悄悄核查了一遍，越查越令他生氣。這個蒲生憑着三寸不爛之舌，到處大講廉潔，儼然是個難得的清官。背地裏侵吞公款，強宿民女，甚麼壞事都幹遍了。他打定主意要秉公執法，除掉這披着羊皮的惡狼。

蘇章正準備審理此案，蒲生卻不傳自到，來到了冀州府上。蒲生要宴請蘇章，蘇章說：「到了我府上，理應我請你。」

宴席上，蘇章捧杯先敬蒲生，杯酒下肚，兩人傾訴衷腸。

蘇章說，當日同窗，情同手足。

蒲生說，京城一別，時常想念。

說着，蒲生借花獻佛，舉杯來敬蘇章。你來我去，喝得酣暢，談得投機。蒲生喜道：「別人頭上只有一重天，我卻有兩重天！」夜深了，二人方才停杯就寢。

回到客棧，蒲生心寬神爽，解衣落枕，一覺睡到大天亮。早飯未吃完，就聽衙役傳喚，匆匆放下筷子，來到州府。

府堂上端坐着刺史大人蘇章，臉色鐵青，一條條數落蒲生的罪狀。蒲生措手不及，搪塞不過，只能如實招供。審理很快完畢，蒲生畫過押被投進了死囚大牢。

真如同是做了一個夢。昨夜還和刺史大人碰杯共飲，今日竟成了他的階下囚，蒲生分不清這是真是假。

過了一會兒，牢門開了，光線一亮，蘇章彎腰鑽了進來，見了蒲生，抱着他就哭。蒲生氣憤地推開他說：

「既然要殺我，何必昨夜設宴！」

蘇章痛哭着說：「依我倆的同窗之情，我怎忍心殺你！可是，不殺你我就徇私枉法了！我請你吃飯是私交，我審你治罪是公法。公私不可混淆呀！」

說完，請獄吏端上酒菜，二人在牢中再次碰杯。

沒幾日，蒲生依法被斬，冀州百姓都說蘇章公私分明。

❝ 編者的話 ❞

我將《後漢書·蘇章傳》中的這則故事鈎沉出來，重新敍述，並題為公私分明。之所以重視這個故事，就是因為因私廢公的事情太普遍了。公和私是兩個不同的範疇，也是每個人都應該處理好的關係，希望大家能從蘇章的行為中得到新的啟示。

葉公好龍

春秋時期，楚國的沈諸梁到葉地繼承了父親的封邑，人們便稱他葉公。

葉公不講吃，不講穿，單單愛好龍。他認為龍能上天入地，騰雲駕霧；能呼風喚雨，變更世事，因此崇拜得五體投地。為了表達他對龍的崇拜之情，他將府宅做了一番裝修。

首先請來木工，將廊柱、門窗都刻上了龍；

接着請來畫師，將花板、牆壁都畫上了龍；

而後請來銅匠，將門環、鎖扣都鑄成了龍。

這還不足以表達他對龍的濃興。每有客人來，必然談龍，談起龍他就眉飛色舞，指手畫腳。而且，若要聽說哪地方有龍的圖畫、龍的雕刻，不論遠近，他都要去看；不論貴賤，他都要購買。

葉公愛龍的事，楚國人知道了，都誇他志趣高雅。

葉公愛龍的事，天下人知道了，都誇他志向遠大。

消息從人間傳上天去，真龍知道了，好不感動。自古至今，歷經了多少世事，多少代人，從沒聽說對自己這麼崇拜的人呀！

這一天，他接到行雲播雨的任務，颳着風，打着雷，到了人間。下了一陣雨後心想，何不趁機去葉公家裏看看，到底人們說的是真是假。

又颳一陣風，又灑一陣雨。趁着暴風驟雨真龍來到葉公的府院裏，嗨呀，龍可真多呀！廊柱上，門窗上，牆壁上，家具上處處都畫着龍、雕着龍。真龍興奮了，決計要會見一下這虔誠的人。

又颳一陣風，又灑一陣雨。趁着和風細雨真龍鑽進葉公的屋舍中，他搖頭晃腦，吞雲吐霧，笑哈哈咧着大嘴。葉公聽見動靜，出到廳堂觀看，不看還好，一看大驚失色，嚇得倒在地上。手中雕龍的

酒杯摔了，腳上繡龍的鞋子掉了，身上畫龍的長袍髒了……真龍見他這般模樣不禁開懷大笑，笑聲震得葉公雙耳轟鳴，好半天才張開口喊叫：

「不好了，龍來了！」

真龍聽他這麼一叫，心頓時涼了，甚麼不好了，說是愛我，其實是害怕我呀！馬上翻個跟斗出了門庭，騰雲駕霧去了個無影無蹤。

❝編者的話❞

　　葉公好龍是《新序・雜事第五》中的一則寓言故事。這個故事通俗易懂，廣為流傳，說明的道理卻十分深刻。看一個人，不能看他表面上的愛好，要透過現象看本質。像葉公這樣的人，表面看愛龍愛得好生痴迷，若不是真龍光顧，怎麼能剝開他那迷人的外衣，看到他的內心？就是他本人，恐怕也永遠不會發現自己愛的只是假龍而已。

孫亮斷案

三國時期，吳主孫亮繼位時只有十歲。十歲的國君還是個孩子，太監、官吏都沒把他放在眼裏。

這日，孫亮自西苑察看水兵操練回宮，口渴難忍，想吃梅子解渴，太監獻上的是一盤青梅。

青梅特別酸澀，他咬了一口，酸得連眼睛也睜不開了，連忙命太監取些蜂蜜。

不多時，太監取來了。孫亮蘸着蜂蜜吃青梅，酸味淡了好多。他吃了一顆又一顆，吃得美味可口。

突然，他拿着青梅，停住了手，噁心得直想嘔吐。原來，蜂蜜中出現了一粒老鼠屎。

孫亮不禁發怒，責問太監：「蜂蜜中為甚麼會有老鼠屎？」

太監跪在地上，從容不迫地說：「蜂蜜是奴才從庫中取來的，別的就不知道了！」

孫亮傳來了庫吏，庫吏聽說了這事，一字一板地說：「蜂蜜在罈中封蓋得嚴嚴實實，灰塵也掉不進去，怎麼會掉進老鼠屎？」

孫亮反問太監：「莫非是你做了手腳？」

太監不慌不忙地回答：「不是奴才，是庫吏撒謊！」

太監咬庫吏，庫吏說不是，一粒小小的老鼠屎成了大大的疑案。

事情驚動了朝中大臣，都說真假難分，此案不好斷。侍中刁玄主張將二人拘押起來，交給廷尉審理。

孫亮見大臣沒有甚麼好主意，就說，此案好斷，我來審辦。

別人以為少年國君有甚麼好計謀，等着看好戲，一看都暗暗竊笑，孫亮竟然要太監將老鼠屎剖開。

大臣、宮人都不知道這葫蘆裏賣的甚麼藥。只見孫亮低頭細細瞅着老鼠屎，瞅着瞅着突然拍案喝道：

「老鼠屎是你放的，你還敢狡辯！」

那個太監仍想抵賴，孫亮指着剖開的老鼠屎說：「如果老鼠屎早在蜜中，裏外都應是濕的，這粒老鼠屎裏乾外濕，分明是剛放進去的，不是你，又是誰？」

太監理虧，不敢再強詞奪理。孫亮氣憤地說：「大膽的小人，為甚麼要加害寡人？」

太監汗如雨下，連連說：「奴才不敢！奴才不敢！」

「那麼是要誣陷庫吏了？」孫亮厲聲追問。

這時庫吏說：「前天他曾向我討蜜吃，我沒有給，他肯定懷恨在心！」

孫亮全明白了，又問太監：「你還有甚麼話要說？」

太監磕頭如搗蒜，連聲懇求：「陛下饒奴才一命，饒奴才不死！」

一樁疑案頃刻間告破，此後，太監、大臣沒人再敢小看這個少年國君了。

❝ 編者的話 ❞

孫亮斷案是《三國志・吳書・三嗣主傳》注引《吳歷》中的故事，少年孫亮，足智多謀，值得我們學習。學習甚麼？學習他善於觀察，勤於思考，能夠見微知著，明察秋毫。世界上的許多事情，粗看無從下手，細察自有辦法。如果像那些大臣不動腦筋，當然只能束手無策。

白翁悲泣

周朝時，有位先生教出了兩個弟子。一位姓王，人稱王生；一位姓白，人稱白生。先生風雅博識，教出的弟子當然精通文墨，學識不少。

二位弟子風華正茂，滿懷希望走向社會，都急切想有一番大的作為。不用說，入朝當官就是作為的代名詞。他們四處打聽，看君王何時選拔官吏。遺憾的是，他們時運不佳。那時候正值天下戰亂，國君的主要精力放在守衛邊塞，平息戰火上。選用人才的標準，當然是看誰的武藝出眾了。至於學文的，根本沒有放在心上，認為朝中那些老邁的文臣足夠用了。

同村那些略會些武藝的青年男兒一批批被國君徵調走，不少人在軍中青雲直上，當了將軍。白生看得眼熱，就去找王生商量：

「我看我們不能太死心眼了，應該改行學習武功了。」

王生仍然端坐家中誦詩讀文，伏案研習。聽了白生的話，他伸出胳膊說：

「你看我骨瘦如柴，掄不得棒，拿不起戟，習武能搞出甚麼名堂？」

白生打量打量自己，他的身肢比王生強壯不了多少，可是，不改學武沒有出路呀！他懇切地對王生說：

「當今國君根本沒把文士放在眼裏，如此下去，我們怎會有出頭之日？」

王生憂慮地說：「你說得對，可我不是學武的材料，我擔心武藝學不成，還荒疏了文墨。」

白生沒勸動王生，就一個人改學武藝。從此，他聞雞起舞，刻苦練習。正如王生所慮，他的體質也不算好，別人輕易舉起的東西，他

舉不起；別人輕易跑到的路程，他跑不到。白生是個有恆心、有毅力的人，他堅信只要肯吃苦，世上無難事。他咬牙練習，武功一天天長進，漸漸可以舉起別人舉起的東西了，可以跑完別人跑完的路程了。只是，別人比他舉得更重，跑得更遠了。白生沒有灰心，繼續練習。因為，有個入朝為官的目標在吸引着他。

白生習武的時候，王生默默無聞，一個人埋頭小屋，在書山學海中攀爬漫遊。

白生學成了一身武功，刀槍劍戟都耍得隨意得手，就等國君召喚重用。可惜，歲月飛快，一晃就是幾十年，白生變成了白翁。讓一個鬢髮花白的老人上陣打仗成何體統？更何況，歲月在變，世事也在變，幾十年過去，邊塞安定，再無戰事，國家急需要穩定發展，需要文職官員。

這時候，王生雖然也成了王翁，但是，學富五車，滿腹經綸，名傳鄉里，聲揚都市，被國君召去為官了。

王生一走，白生受到了很大的打擊。實指望苦練武功，以求有個出頭之日，哪知道又失去了機遇。

這一天，送王生入朝赴任，白生回村，看見秋風中紛紛跌落的黃葉，禁不住萬分傷感……

❝ 編者的話 ❞

《論衡·逢遇》中記載了一位老人生不逢時，錯過了為官的機遇，今根據此事演繹成文，旨在提醒大家，不要隨波逐流。世事在不斷變化，適時變化似乎是明智之舉，可是在變化中往往會失去自我的長處。棄長就短很難成就自己，更何況變去的世事尚可以變化回來？因此，有時變倒不如不變。

杯弓蛇影

西晉有個大臣名叫樂廣。

樂廣做了官仍然不忘舊時的朋友，隔些日子就將朋友邀到府中聚會一次，大家暢所欲言，無拘無束，興味無窮。

有次聚會，來了不少朋友，當然少不了和樂廣關係最親密的幾位。這次仍同以前一樣，大家邊喝酒，邊聊天，喝得興致盎然。無意間，一位好友一低頭，心裏咯噔了一下，怎麼酒杯中有條小蛇呢？

正尋思這小蛇是哪裏來的，友人都站了起來舉酒碰杯，他也匆忙站了起來，和大家一飲而盡。

酒席散了，好友回到家中，覺得肚子裏有些鬧騰。他眼前總是晃動着那條小蛇，牠矇矇矓矓，卻完完整整，而且還微微抖動，分明是條活蛇。牠是怎麼溜到酒杯中來的？顧不上考慮蛇是怎麼爬進杯中的，他的肚子分明一陣緊似一陣地疼起來。平日他最怕蛇，每次見到都驚出一身冷汗，這回蛇鑽進了肚子中該如何是好？想到這裏，肚子更疼了，好像被蛇咬住了肝腸，他渾身淌汗，哆嗦不止。

好友病倒了，不思飲食，面黃肌瘦，沒幾天變得形容枯槁。

那日宴會後，朋友們不時走動，但一次也沒見這一位。樂廣有些奇怪，往常他隔三差五就要來一次，這回是怎麼了？問起他的情況，朋友說他臥牀不起好幾天了。

樂廣連忙跑去探望。真是一日不見如隔三秋，好友看上去比霜打了的莊稼還難看。面色蠟黃，骨瘦如柴，硬撐着身子和他說話，還有氣無力。樂廣慌了，這是怎麼回事？伏近榻側詢問，樂廣這才聽他說出吞下小蛇的情形。樂廣聽得好不奇怪，是呀，酒杯中哪來的蛇呢？

他安慰好友一番回到家中，心裏就是攔不下蛇的事情。他拿出那日用的酒杯一個個察看，沒看出甚麼破綻。走到客廳，四面環視，好

呀，問題的癥結找到了。他喜出望外，趕緊駕了車將好友接到家中，又安頓他坐在了原先的位置。

這時候，樂廣擺上酒杯，親自為他斟滿了一杯酒。好友往杯中一看，滿臉驚慌，真的活見鬼了，怎麼那小蛇又溜進杯裏來了？

樂廣見狀，忙說千萬不要驚慌。說着將牆上高掛的一張弓收去，然後問：

「杯中還有蛇嗎？」

再看時，沒了，杯中那條小蛇不見了。

這時，樂廣笑着對他說：「杯中哪有小蛇呀，全是這把弓作怪！」

好友仔細看，可不，那弓被雕成了蛇樣，映入酒杯，杯中就有了小蛇。

心病解除，好友不覺得肚子疼了，渾身舒服多了。當日就在樂廣府中吃下一大碗飯，不幾天身體就恢復了健康。

〝編者的話〞

杯弓蛇影是一篇有名的寓言故事，它告誡人們不要為事情的表面現象所蒙蔽，透過現象找到本質，這樣才會避免不應有的麻煩。這個故事漢代有記載，《晉書·樂廣傳》中也有記載，今根據《晉書》中的故事成文。

王戎識李

王戎是晉代竹林七賢中的一位，少年時代就善於動腦筋，想問題，眾人說他聰明過人。

有一天，王戎相隨幾個夥伴出村玩耍。他們一會兒捕野鴨，一會兒追兔子，不知不覺離開村莊好遠了。大家夥兒又是跑，又是叫，很快口渴了。

拿甚麼解渴呢？

有一位夥伴眼尖，一瞅，發現路邊的土坎上有一棵李子樹，李子熟了，黃澄澄的，一顆一顆壓得枝條都彎了下來。於是，就叫大家：

「摘李子吃吧！」

這一叫，把大夥的眼光都喊到了樹上。那熟透的李子吸引了夥伴，一個個口水直流，不用招呼都衝李子樹跑去。

轉眼工夫，有的跑到李子樹下，有的爬到李子樹杈，還有的已探到李子樹梢。只有王戎站着沒動，而且衝着他們喊：

「李子不能吃，不要摘，別費那勁！」

夥伴見他原地不動，就有些可笑。聽他喊李子不能吃，就更可笑了。你又沒有嚐過，怎麼會知道李子不能吃？這是犯哪門子傻呀！夥伴還以為他是跑慢了，不好意思過來，便喊他：

「快來呀，我摘，你給我們撿！」

王戎一步未動，笑着說：「李子是苦的，不能吃。」

夥伴們沒人理睬他，好不容易爬到樹梢，怎麼能不摘？一個個摘滿了口袋跳下樹來，圍坐在一起準備痛痛快快大吃一頓。

「噗！」一個夥伴將吃在嘴裏的李子吐了出來，嚷着，「好苦，好苦！」

「噗！」又一個夥伴將吃在嘴裏的李子吐了出來，嚷着，「好苦，好苦！」

……

夥伴們接二連三吐着，嚷着，有的甚至將李子扔出好遠，都說：「怎麼這李子又苦又澀！」

這時候再看王戎，他微微笑着，不露聲色。大家把目光瞅住他，問：「你怎麼會知道李子是苦的？」

王戎誠懇地對夥伴們說：「我一看這麼繁茂的李子長在路邊，就覺得這裏頭有問題。你們想，要是甜的，過路人還能不摘？還能剩下這麼多嗎？」

大夥一想，是這麼個理，都說他鬼機靈的。

❝ 編者的話 ❞

王戎識李又名道邊苦李，是《晉書‧王戎傳》中的一則故事。與夥伴相比王戎是聰明一些，王戎的聰明在哪裏？他是在動手前先動了腦筋，而夥伴們卻只動手不動腦。人們有頭腦，頭腦是行動的指揮中心，可惜許多人時常忽略這個中心。其實，王戎並不比別人聰明，只是當別人忽略頭腦的時候，他則充分利用了它。就憑這一點我們也該以王戎為榜樣了！

塗糞療傷

　　古時候，一位小財主從鄉下進城辦事，見縣衙門前圍了好多人，他也擠過去看熱鬧。原來有人犯了罪，正在用刑。

　　衙役手掄皮鞭一下一下抽打在罪犯身上。財主心裏好不驚怕，這麼重的鞭傷如何治療？

　　鞭數打夠了，衙役住了手。就見有人提隻木桶過來，裏頭的東西直冒熱氣，臭烘烘的。這是甚麼東西？沒待他問，提桶的人已將那東西塗在了犯人的傷口上，邊塗邊對圍觀的人說：

　　「擠甚麼，有甚麼好看的？就不嫌馬糞臭嘛！」

　　這是用馬糞療治傷口。財主覺得新奇，坐在路邊吃了兩碗茶，待到看熱鬧的人都散去，他走上前去問塗糞的那人：

　　「馬糞真能療傷？」

　　那人看他是個老實人就認真地告訴他：「塗上馬糞，不光傷口好得快，好了以後還留不下疤痕。」

　　他又問：「將馬糞化開塗上就成？」

　　那人笑笑說：「哦，忘了告訴你，要將馬糞煮熱。」

　　財主如獲至寶，匆匆辦完事，匆匆跑回家，興沖沖對村裏人說：「多虧今日進城，要不真學不到這麼好的東西……」

　　村裏人問：「甚麼好東西？」

　　他笑而不答，對大夥說要當面表演。當即吩咐長工熱了一鍋馬糞，而後，脫了衣服，說：「取皮鞭來！」

　　長工取過皮鞭，他又吩咐：「狠狠打二百下！」

　　長工哪敢打東家？愣着不下手，他又催喊：「叫你打，你不打，不想幹啦？」

長工看看要再不動手，真要丟了飯碗，只好掄鞭就打。鞭子下去，不重，他又喊：

「使勁打，要打傷！」

一百鞭打過去，財主疼得齜牙咧嘴，背上已皮破肉傷，他仍然咬着牙說：「繼續打，不然試不出效果。」

二百鞭打過去，財主疼得奄奄一息，卻硬撐着說：「快，快舀熱馬糞塗上！」

長工塗着，眾人嚷着：「臭烘烘的，塗這東西幹甚麼！」

財主迷迷糊糊地說：「這……這你們不懂了吧，這是我今天得到的大學問，塗上熱馬糞不光傷好得快，還、還不留傷疤……」

看看財主那可憐樣子，眾人不知道哭好還是笑好。

❝ 編者的話 ❞

《雜譬喻經》中記載了這則故事。學習別人的經驗是對的，人類就是在互相學習中長進的，但是像財主這樣打傷自己、當場實驗的學法就有些傻了，學習經驗是為了減少痛苦，不是為了增加痛苦。

頭尾相爭

有條蛇的頭和尾巴爭吵起來了。

都怪這是一條強健的蛇，英俊的蛇，令蛇族讚賞的蛇。

這條蛇跑得快，無論何時總在前面；

這條蛇躍得高，一人高的牆能夠飛躍過去；

這條蛇攀得巧，再高大的樹都能爬到樹梢。

蛇族每次比賽，牠都奪冠，每次聚會都獎給牠不少好吃的。

這些好吃的，當然是蛇頭享用了，口一張，吞了下去，高興了，還挪挪身子，搖搖尾巴，挺得意的。

蛇尾看蛇頭獨吞吃食，就酸溜溜的，憑甚麼我和你同樣出力，你吃香的喝辣的，我連西北風也喝不上？喝不上也罷，你享受美了，還要晃動，弄得我不得安寧。就在蛇尾不得不又晃了一次後，實在忍受不了，就向蛇頭提出強烈抗議：

「這太不公道了，以後獎勵應該你我共同享用，不應該由你獨吞！」

蛇頭聽了，火冒三丈，真是豈有此理，細細的尾巴有甚麼了不起，竟敢和我爭功勞！牠冷笑一聲說：

「我有耳能聽見，有眼能看見，有口當然能吃東西，爬行、奔跑、攀躍都是我在前面領路，而你總是在後面搖搖晃晃的，還想吃東西，做夢去吧！」

蛇尾沒有得到安慰，還討了個沒趣，氣壞了，嚷叫：「你逞甚麼能，沒有我你能爬得動？你試試！」

蛇頭滿不在乎地說：「試試就試試！」

蛇尾馬上在樹身上纏了一匝，調侃地說：「頭頭，你能行，爬爬我看。」

蛇頭猛然用勁，被拽了回來；再一用勁，又被拽了回來。蛇頭火了，就不信掙不脫這小小尾巴。牠積攢着力氣，積攢着，猛然使勁一躍，向前猛衝，只聽見渾身「錚錚」響，疼痛難忍，腰、胸、腹同時向牠抗議：

「傻頭，你不要命了！」

蛇頭不敢動了，蛇尾更得意了，嘻嘻笑着說：「爬呀！爬呀！」

一連三天，蛇尾纏住樹不放，蛇頭吃不到東西，餓得肚子咕咕叫。蛇頭只好懇求尾巴撒手。尾巴剛剛顯露出威風，才不鬆氣呢！蛇頭實在無奈了，哀求尾巴：

「好了，好了，我承認你能行，你當頭，我當尾，行了吧！」

尾巴一聽笑得樂呵呵的，鬆了下來，回身對頭說：

「聽着，我在前面帶頭，你跟上，別掉隊。」

蛇尾在前頭躥着，蛇頭歎息着無可奈何地跟在後面。爬了一段，平平緩緩，還不錯，蛇尾戲弄蛇頭說：

「怎麼着，沒你還不是一樣！」

蛇頭滿腹委屈，甚麼也不敢說。尾巴感覺越來越好，爬得快了，更快了。可是，牠甚麼也看不見，明明前面是個火坑，竟然直直躥進了裏頭。

這條出類拔萃的蛇就這麼過早結束了輝煌的生命。

❝ 編者的話 ❞

頭尾相爭出自《雜譬喻經》，這則寓言故事採用了擬人手法，生動地向我們講明道理。自從人類組成社會，就有頭領路，有尾斷後。頭和尾各有各的作用，誰也代替不了誰。若是一旦互相爭大，違背自我功能，那災禍就要發生了。

戰馬推磨

　　古時候，各國間戰事很多。敵人來了見東西就搶，見人就殺，臨走還要放一把火燒毀房屋，常常擾得民不聊生，四處流浪。

　　有個國王非常愛民，見百姓受苦心如刀絞。他徵集了很多駿馬，進行訓練，建立了一支騎兵大軍。騎兵行動疾速，哪裏有敵情立即奔向哪裏；騎兵作戰勇猛，敵人從哪裏來，就在哪裏將他們打得落花流水。敵人將這支騎兵稱為天兵，聞風喪膽，誰也不敢前來騷擾了。

　　人們安居樂業，男耕女織，國家一派祥和的氣象。

　　這一天，國王出宮巡視，碰見磨麵的農人。男子漢拉着磨桿弓背行走，汗水滴滴答答落在地上，磨盤卻轉動得極慢。國王見子民這麼拉磨不由得心疼，就想減輕他們的勞動強度。

　　突然，國王一拍大腿，有了主意，他高興地告訴大臣：

　　「如今天下太平，我們那麼多戰馬都在馬廄白吃白喝，為甚麼不讓牠們幫助百姓推磨呢？」

　　大臣們卻紛紛提出質疑：

　　「那要是敵人又來侵擾呢？」

　　國王立即說：「這還不好辦嘛！平日將戰馬下放到各村推磨，戰時召集回來上陣殺敵！」

　　大臣們也覺得這是個兩全其美的好主意，就按國王的旨意將戰馬分散下去。

　　戰馬打仗時疾速奔馳，多數是直行。推磨則不同了，要走環道，這些直跑慣了的馬好大不適應，套在磨上死勁直衝，有的還折了磨桿。好在百姓們都感念國王的恩德，耐心地調教這些戰馬。

　　一個月過去了，戰馬可以在磨道裏轉圈了，不過多少還有磕絆。

　　一年過去了，戰馬在磨道裏轉得圓潤自然，再沒有磕磕絆絆了。

國王得知戰馬派上了用場，能夠替百姓磨麵，興奮地合不攏嘴。

誰料，就在這時，戰爭又爆發了，原來鄰國聽說他們解散了騎兵，又來搶東西了。國王當然不允許侵敵擾民，頒佈命令，召回戰馬，重上戰場。

命令一下，子民無不聽話，很快將戰馬送歸都城。騎兵們各自找到自己的坐騎，跨了上去，雄赳赳，氣昂昂準備出征。

軍令一下，騎兵揚鞭出發，馬蹄一動，軍陣亂作一團。原來這些馬匹早忘了號令，忘了直行，踏着步在原地轉圈呢！你轉牠也轉，騎兵們急得直冒汗也趕不動馬匹，亂成了一鍋粥。

66 編者的話 99

這真是位好心的國王，他那顆仁愛之心令人敬仰。可是讓戰馬為百姓推磨的做法，怎麼也讓人無法恭維。人有行動的習慣方式，動物也有習慣方式，戰馬剛開始推磨不習慣，習慣了推磨卻不會作戰了。這則《大莊嚴論經》中的故事對人們很有啟示。

空中樓閣

　　很久很久以前，有個人販賣糧食發了財，成了遠近聞名的富翁。

　　富翁回到故鄉，就想有富翁的架勢。怎麼才能讓大夥都知道他富甲天下呢？他先從造房子開始。蓋了一座院子，覺得不夠闊氣，又蓋了一座院子。蓋成了，還覺得闊氣不夠，再蓋一座院子。就這麼一連蓋了十來座院子，院院相連，穿前過後，在村子裏黑壓壓遮住了一片。富翁覺得這才有些顯眼。

　　過了些日子，鄰縣一位做生意的老搭檔請他赴宴。到了那人家裏一看，好亮眼呀！人家的房子不是平房，而是樓房，三層高的樓閣，拔地而起，十分顯赫。富翁上到最高層往下一看，全村高高低低的房子都矮到了腳下，村子胡同裏行走的人小得如同螞蟻。啊呀，在樓上喊一聲，下面哪個人看自己不是仰着臉呢！這才叫威風呀！

　　富翁看得動了心思，回到家裏，找來工匠，明確告訴他們，不惜錢財，建造高樓，而且越快越好。

　　工匠不敢怠慢，馬上準備材料。沒有幾天，磚石齊備，擇一個好日子開了工。

　　開工這天，工人們平地挖槽，砌石奠基。黃土剛剛被掀啟，富翁跑來了，一看這場面，立即火冒躥天：

　　「停住，我讓你們建樓房，你們怎麼還是建平房的老幹法！」

　　匠師解釋說：「建樓房也要挖土槽，打地基，一層一層蓋上去。」

　　富翁不耐煩地說：「不行，不行！那太慢了，一層二層可以不要，你們只要給我蓋成第三層就行了！」

　　匠師聽得目瞪口呆，工人們也停了手，不知如何是好。

❝編者的話❞

空中樓閣出自《百喻經》。這是一件怪事，怪到了生活中不一定會有要建空中樓閣的富翁。這個誇張了的故事卻給人深刻的啟示：事有先後，物有次序，蓋房屋必須從平地建起。其實，不僅是蓋房子，事物都有應遵循的內在規律，違背規律的幹法，就如同建造「空中樓閣」，可想，可望，而不可及。

狂泉治狂

這是很早以前的事情了。那時候，南方有個小國，鄰國都稱之為狂國。

狂國的人都很瘋狂，女人都袒胸露乳，男人都赤身裸體。露就露吧，裸就裸吧，待在屋裏也行。可他們都興奮得很，沒有一個能在屋裏待得住的，吃飽了就溜到外面，哪人多就往哪湊。湊到一塊，有的大吼大叫，有的大唱大跳，有的大蹦大鬧，還有的乾脆邊喊叫，邊奔跑。而且，眾人以為誰鬧騰得最厲害，誰就最為正常。

國人瘋狂的原因也很簡單，國中有眼小泉，大夥都飲其中的水，飲了就都變得癲狂不安。鄰國的人都稱那泉為狂泉。

全國只有一個人不飲狂泉的水。這個人是國王。國王在宮中打了一眼井，他吃井水，所以頭腦冷靜，經常為國人的瘋狂感到臉紅不安，思謀着如何才能根治了瘋狂癥。

國王還沒有想出治療國人狂病的妙法，眾人卻要為國王治病了。

國王有甚麼病？

在我們看來國王當然沒病。可是在狂國的子民眼裏，國王明顯患了病，而且還被視為瘋狂癥。瘋狂的程度還很厲害，你看全國人民都不遮不掩，真誠相見，你一個國王竟然穿戴嚴實，不言不語，這不是瘋狂又是甚麼？別人有點瘋狂也就罷了，國王瘋狂了豈不影響國家的聲譽？從愛國的動機出發，子民要為國王治病了。

瘋狂的子民擁進宮中，指着國王說：「你得了瘋狂病，我們為你療治！」

國王瞪了一眼子民，說：「誰瘋狂？你們才有瘋狂病！」

子民不和國王說話，互相交談着：「你們看，國王病得多麼厲害，連自己得了瘋狂病都不知道！」

「是啊，再不治就晚了！」有人馬上應和。

國王還想辯解甚麼，不由分說，圍上好多人拽住了他。有的擰胳膊，有的按雙腿，有的揪耳朵，還有的乾脆扯住了他的頭髮。國王被死死按住無法動彈，拿針的在他身上亂戳，拿艾火的在他身上亂燒。戳一下，國王疼得叫一聲；燒一下，國王疼得喊一陣。聽見叫喊聲，子民們高興地說：

「國王還有救，國王還有救！」

於是，利針一下一下扎進去，艾火一下一下燒上去。國王疼得嗷嗷號叫，眾人樂得歡蹦亂跳。

子民們高興地說：

「快正常了，快正常了！」

國王疼得受不住了，便不再反抗，任憑大家將他架到狂泉邊，舀來一陶罐水，捏住鼻子，掰開嘴，一灌而下。過了不多會兒，不再扎針，不再火烤，國王也狂蹦亂跳了。邊蹦跳，邊喊叫：「我國的子民真正好！」

邊喊叫邊想，還準備給子民治瘋狂病呢，沒想到這病會不治而癒。

國王越想越高興，越高興蹦跳得越瘋狂。

國王越瘋狂，子民越高興，都為治癒了國王的瘋狂癥而興奮不已，瘋跳狂喊。

國王瘋跳狂喊，子民瘋跳狂喊，舉國上下，人人瘋狂，個個瘋狂。

❝ 編者的話 ❞

你看他狂，他看你狂。狂人不知道自己得了狂病，卻以為別人患了瘋狂病。一定要為別人治病，治來治去是將正常的治成了瘋狂病，這是多麼大的悲劇，但是更大的悲劇卻是被治成瘋狂病的國王卻以為子民全正常了。這則出自《宋書·袁粲傳》的寓言故事真是含義深刻呀！

馬慕豬食

那是很早的時候了，故事發生在大月氏國。

大月氏宮中養着很多駿馬，不僅國王出入乘馬，就是大臣出去辦事也都騎着馬。馬成了宮中最主要的交通工具。

宮廷中的駿馬一匹一匹，一代一代兢兢業業給人們服務，從來沒有一匹有怨言。不知過了多少年，宮中添了一匹機靈的小馬駒。說小馬駒機靈一點不假，剛生下一站起就撒開四蹄跑歡了，養馬的人一叫，他搖搖耳朵，眼睛放着亮光，也哼出一聲，像是答應。

這機靈鬼可不得了，沒過幾日就跑遍了宮中的廏棚。跑回來，有甚麼新鮮事情都要向媽媽彙報，媽媽聽得津津有味，母子倆沉浸在幸福之中。

有一天，小馬駒跑回來嘴撅得很高，媽媽問他，他不吭聲，獨自個生氣還眼淚汪汪的。母親再三追問受了甚麼委屈，他才說：

「不公，不公，這個世道太不公當了。」

母親好奇地問：「甚麼不公當呀？」

他氣恨恨地說：「您一天多麼辛苦呀，馱着人們出來進去勞累極了。可是，您不知道那些豬有多麼享福，成天甚麼事也不幹，吃飽了就是躺，躺餓了就是吃。這麼些懶蛋您猜人家吃甚麼呀？吃的是酥油煎麥！我在邊上一站，香得都能流出口水。」

說着，小馬駒停頓了一下，顯然是口水差一點又流出來。接着說：「媽媽，這太不公當了吧！您成天負重進出，吃的卻是乾草，哼！人們憑甚麼這麼虐待我們！」

小馬駒說到這裏，禁不住氣得踏了一下蹄子。他想，媽媽一定也會生氣吧！

沒料到，媽媽聽完不僅沒生氣，反而輕聲笑了，笑着對他說：「傻孩子，千萬不要羨慕肥豬的生活，過些日子你就明白了。」

明白甚麼呢？日子一晃就是幾個月，小馬駒還沒弄明白，新年到了。宮中貼紅掛綠，張燈結彩，一派喜慶的氣氛，小馬駒高興得蹦蹦跳跳。就在這時，傳來了撕肝裂肺的號叫聲。這是甚麼在叫呢？小馬駒跑去一看，嚇得差一點跌坐在地上。原來是屠夫殺豬哩！

敢情是這樣呀，小馬駒嚇得失魂落魄溜回母親身邊，半晌說不出話來。

❝ 編者的話 ❞

馬慕豬食是《出曜經》中的一則寓言故事。這故事讓我想起一句俗話：馬吃草，豬吃穀，各自享得各自福。這就是說，吃草和吃穀都是享福。若是一比較問題就來了，吃草的馬看上去雖不是享福。但牠們一生辛勤為人服務，成了人的好朋友、好夥伴。豬飽食終日，無所用心，看似有福，但看了故事中的全景，誰都會為豬這「福氣」而膽戰，就會打消盲目的攀比心理。

對牛彈琴

　　從前，有個琴師，名叫公明儀。一把琴在他手中玩得團團轉，每彈一支曲調都能撥動聽眾的心弦。他能彈出潺潺細流，也能彈出山崩地裂；他能彈出秋蟲長吟，也能彈出百鳥朝鳳。高興時，他彈一曲，聽得人心花怒放；悲傷時，他彈一曲，聽得人淚如泉湧。人人都誇公明儀彈得好，是個少見的好琴師。

　　有一天，公明儀忽發奇想要給黃牛彈個曲子。

　　那時，他坐在高高的山頭上彈琴，仰望藍天白雲，傾聽風聲林濤，興奮得手舞足蹈，恨不能用琴聲唱盡天下美景。就在這個時候，他看見了山坡上吃草的黃牛。黃牛埋頭吃草，不觀頭上的美景，不聽身邊的濤聲，那麼，牠會不會聽懂自己的琴音呢？

　　想到這裏，公明儀閉目端坐，沉定心緒，片刻以後，手動琴響，一曲悅耳的清角響亮傳出。這時候，如果有人近前，一定會看到，風不叫了，樹不搖了，連藍天上的白雲也閒靜下來，似乎都在醉心聽他的琴聲。這琴聲真是太美妙了！令人懊喪的是，這麼動聽的琴音卻沒有打動吃草的黃牛。黃牛依然埋頭吃草，對琴聲聽而不聞。

　　是不是離黃牛太遠，牠們根本沒有聽到聲音？想到這，公明儀將琴搬下山崗，走進坡地，坐下來，更加用力地彈了一曲清角。這一曲彈得更嘹亮，更悅耳，許多小鳥都齊聲和鳴，天上的白雲沉落在樹梢，可惜的是那些黃牛依然毫無動靜，仍舊埋頭吃草。

　　黃牛真是樂盲，公明儀大失所望。他不再彈撥樂曲，手指隨意在琴上撫彈。

　　食指一撥，是小鳥在叫，黃牛吃着草；

　　中指一扣，是青蛙在唱，黃牛移着步；

　　拇指一撫，是牛犢在呼，黃牛站定了。

一呼，黃牛的嘴巴不動了；

二呼，黃牛的尾巴不搖了；

三呼，黃牛的頭抬高了。

再呼下去，黃牛轉前看後，四處觀望，像是在尋找呼叫的小牛犢。

公明儀不再彈撥別的曲調，繼續撫弄牛犢的叫聲，黃牛歡快得走過來，走到琴邊，晃頭擺尾，無限親昵，活像是逗弄自己的小犢呢！

❝ 編者的話 ❞

對牛彈琴是《牟子》中的一則故事，《弘明集》中也有記載。這則故事傳播很廣，已為成語。成語中的對牛彈琴，是指對不懂道理的人講道理，對外行講內行話。而故事中的道理不是這麼絕對，我們從中可以悟到：不同的對象有不同的接受水平，摸準了他的水平，「對癥下藥」，才會有好的效果。

寵鼠成災

　　古時候，有個人屬鼠，恰巧是半夜子時出生的，名字就叫做子鼠。

　　子鼠覺得自己屬鼠，叫鼠，又生在老鼠最為活躍的半夜，肯定和老鼠有着深厚的緣分。因此，他對老鼠特別寵愛，碰見老鼠不僅不打，而且還為老鼠塑了泥像，供奉在祭桌上。老鼠儼然成了他的先祖。

　　子鼠寵愛老鼠很快出了名，村裏人這麼認為，老鼠也這麼認為。鄰里間，誰家都養着貓，老鼠一出現就會被逮住。惟有子鼠家不養貓，而且，還不准別人家的貓到自己家捉老鼠。

　　一天，子鼠下地回來，推門進院，鄰家的花貓逮住了一隻老鼠，剛咬在嘴裏。見他回來，像往常討好主人一樣興沖沖銜着老鼠跑到他的前面，這自然是要邀功請賞。哪知子鼠頓時火冒躥天，嚇得那隻貓也不敢進他這閻王殿了。

　　如此一來，子鼠家成了老鼠的安樂窩，村裏的老鼠全都朝他家擁來。他家屋裏屋外成了老鼠的自由世界。家人挪步都得小心，否則就會踩在老鼠身上。踩中了可不得了，老鼠的叫聲若是讓子鼠聽到了，準和你鬧個沒完。

　　子鼠這麼寵愛老鼠，老鼠應該理解他的一片真心，安居樂業，共享太平吧！不，老鼠就是老鼠，要吃要喝，亂搜亂啃。家裏收回的糧食，一放下，就被牠們啃咬着瓜分了，弄得家人不得不鼠口奪食。吃飽了，就該安安順順休息吧？不，老鼠才不休息呢！上高爬低，時而躥上房梁，時而鑽進炕道，蹦跳着，尖叫着，擾得人晚上無法睡覺。最為可惡的是，老鼠竟然用牠尖利的牙齒啃透木櫃、木箱，鑽到裏頭生兒育女。

冬天來了，西風猛烈颳着，氣溫驟然下降，天氣涼了。子鼠打開木櫃要添衣服，唉呀，哪裏還有一件能穿的呢，都成了破布條。他開箱的時候，破布條微微蠕動，這是怎麼回事？輕輕掀開，他的一雙大眼對上了幾隻滴溜溜轉的小眼，是一窩鼠崽。

子鼠被老鼠害苦了，他再也無法在祖屋裏住下去，只好搬走了。

沒過多少日子，子鼠的房子裏又住上了人。新主人一見老鼠這麼放肆，哪裏能容忍得了，打定主意要根治。老鼠呢，被子鼠寵愛慣了，以為人人對牠們都那麼慈愛，一點也沒有提防。新主人抬腳一踩，踩死一隻；掄棒一打，打死一隻。不一會兒，院子裏就躺倒了許多老鼠。其餘的老鼠鑽進暗角窩洞裏去了，新主人也不着急，抱來了幾隻貓。那些貓責任心可強了，老鼠出一隻，逮一隻，沒過幾天，老鼠捉光了，屋子裏安靜無擾，新主人過上了太平日子。

66 編者的話 99

《柳河東集》中記載了這個故事，從中我們可以明白兩點：一是甚麼東西只要陷入過度溺愛，就會變成禍害，何況去愛本來就是害蟲的老鼠？二是從老鼠被滅的下場可以看出，世事在變，人物在變，如果使用過去的老眼光看問題，就等於封閉了自己的生路。

吹哨獵人

那年代離現在已很遙遠了，人們還不會播種五穀，都靠打獵為生。

那時候獵獲野獸和現在不同，人們沒有槍支彈藥，都用棍棒石頭。

因此，很少有人單個去打獵，多是成羣結夥進山，至少也要三個人一羣，五個人一夥。結夥打獵，就有了不同分工，有的善於挖陷阱，有的善於舞棍棒，有的則善於投石塊，各有所長，齊心協力，野獸只要碰上沒有一個能逃脫。

有一個人，個頭小，胳膊細，兩腿還有些羅圈，跑都跑不快。不過這個人很精明，會吹口哨。

當然，他不是用口哨吹現在這些流行的樂曲，而是在學各種動物叫，一學一個準。比如，今天碰不上野獸，他一吹，準有動物跑來。不用說，大家一起上手，那活物便成了眾人的收穫。當然，他的口哨不能白吹，也和大夥一樣分得一份吃的東西。

過了些日子，他們這一夥換了個頭領。頭領看吹口哨的人不掄棒、不投石，只動動口，也要分一份食物，覺得不公道，就將他的食物扣除了一半。口哨獵人只能得半份吃食了。

這半份吃食還沒分到口哨獵人手中，他已不幹了。原來，他心裏早就打開了小九九，我雖然不出力氣，可是，那些狼呀，熊呀，哪隻不是我呼叫來的？為甚麼不能多給一份獵物？乾脆不幹了，我打一隻就是一隻。想到這，他有些猶豫，以自己的力氣，別說打虎，就是狼也打不住。不過，他馬上否定了這種想法，心裏說，我不打虎，不打狼，只打鹿、打羊，打那些毫無反抗力的弱小動物。

　　這一天，口哨獵人單獨上路了。到了密林中，他準備好石頭、棍棒，躲在一棵大樹背後學起了鹿叫。不多時，一隻鹿聽見叫聲跑過來了。他正要投石擊打，唉呀，不好，怎麼鹿後頭跟着一隻山貍呢！山貍很兇猛，這可如何是好？

　　還是這獵人精明，他吹響口哨，學起了老虎叫。聽見老虎在叫，山貍嚇慌了，腿沒站，眼沒看，回頭就跑，轉眼溜沒了蹤影。

　　口哨獵人高興得張口要笑，還沒笑出聲，呆住了，怎麼真的來了一隻老虎？這可如何是好？

　　還是這獵人精明，他吹響口哨，學起了狗熊叫。聽見狗熊在叫，老虎嚇慌了，腿沒站，眼沒看，回頭就跑，轉眼溜沒了蹤影。

　　口哨獵人高興得張口要笑，還沒笑出聲，呆住了，怎麼真的來了一隻狗熊？這可如何是好？

　　沒等獵人想出再吹個甚麼聲音，狗熊已撲了上來，將他咬死，吃掉了。

　　不說口哨獵人慘死在狗熊口中，再說和他合夥打獵的人這日奔波了整整一天，甚麼東西也沒有碰上，也沒有獵到。大家這才明白，口哨獵人用處不小。頭領派人去找他，只找到了他的一隻羅圈腿。

❝編者的話❞

　　吹哨獵人出自柳宗元筆下，載《柳河東集》。原故事比較簡單，這次寫作略加改編，增加了情節，複雜了人性，旨在告誡人們：大石頭離開小石頭砌不成牆，小石頭雖小，也有不可替代的用處。

囚錢亡命

永州是個水鄉，水多河多。這地方的人小時候學游泳，長大了都是搏風擊浪的高手。

這年秋天，四五個販運物品的商人，賺了不少錢，結夥回家去。離家不遠有一條大河，河上無橋，坐船才能過去。前一天，下過暴雨，河水突漲，浪濤很高。儘管水手拼盡全力划船，怎奈船到河心，浪急濤狂，一個巨瀾打來，木船被掀翻了，不用說，幾個回家的商人都栽進了河中。

好在他們都會游泳，伸開雙臂，奮力向岸邊游去。

游着游着，有個人落在了後邊，夥伴回頭看都覺得奇怪，這人平日水性極好，為甚麼會落後？大家呼喊，他答應加勁追趕。

又游了一程，那人非但沒有趕前來，還拉得更遠了。大家問他為何游不動？他說：「沒關係，我腰間纏着那一千枚銅錢。」

原來，眾人見波大流急，都將銅錢扔了。那一千枚銅錢纏在腰間，身體負重好多，怎麼會游得快呢？大家關心地喊：「保命要緊，快把錢袋解了！」

那人聽了，想想也是，有命還能掙錢呀，錢是甚麼，扔掉算了！剛要去解錢袋，又划算這些錢帶回去，可以蓋座新瓦房，還能買輛新馬車，到那時候我僱人趕車，自己就可以不勞而食，坐享其成了。想到這裏，他挨近錢袋的手又縮了回來，然後，用勁向岸邊游去。

游了一會兒，前頭的幾位已到岸邊，一邊游，一邊朝他喊：「別心疼那幾個錢了，快扔掉錢袋吧！」

那人雖然游得非常吃力，仍然沒有去解錢袋。聽見他們的喊聲，反而想，看我有錢你們眼紅了吧！我偏不扔，等我游上岸，你們給我打工吧！

又游了一會兒，同夥的人都上岸了，河流中只剩下了腰纏千枚銅錢的那位。夥伴們都為他揪着心，衝着他直喊甚麼，他已聽不見了。他累壞了，腰痠背疼，胳膊掄得快要麻木了，可是總游不前去。他咬咬牙，使勁一蹬腿準備拼力一搏，可是，突然打來一個大浪，他被吞沒在下頭……

大浪過去，夥伴們再看河中，已不見了人影，他和銅錢一塊沉進河底了。

66 編者的話 99

因錢亡命是《柳河東集》中的一則故事。故事的主旨在於告訴大家人和金錢的關係。看起來那個因錢亡命的人很可笑，那是因為我們是旁觀者的緣故。當今之世，有人為錢坑蒙拐騙，有人為錢貪污盜竊，有朝一日，坑蒙拐騙和貪污盜竊的人落入法網，不也同那人沉進河底一樣？

障目盜物

　　楚國有個書生，從小聽說書中自有黃金屋，就發憤讀書，一心讀出個萬貫家產，讀出個榮華富貴。不料，寒窗十年，苦讀不止，沒有富裕，反而更為貧寒。養不了家，還要靠妻子紡織供養衣食。聽到妻子的機杼聲，書生就想，怎樣才獲得吃的穿的呢？

　　這天，他坐在窗前捧讀《淮南方》。讀着讀着，忽然眼睛一亮，書上寫道：「得螳螂伺蟬自障葉，可以隱形。」這是說，找到螳螂捕蟬時藏身用的那片樹葉就能掩藏身體。這可真是個千古良法，我要是找到那片螳螂障身的樹葉，不也可以遮掩身體了嗎？我要是遮掩了身體，不是可以到集市上隨意拿東西了嗎？我要是拿回吃的穿的，妻子不就可以避免晝夜勞累了嗎？想到這裏，書生得意地笑了，看來書中就是有黃金屋呀！

　　書生撂下書，跑進了樹林，仰頭瞅着樹梢，他要尋找那片能夠掩形的神祕樹葉。

　　他走過一棵樹又一棵樹，仔細察看每一片葉子，沒有看到螳螂，也沒有看到神葉。他不氣餒，繼續尋找。

　　他走過一片樹林又一片樹林，仔細察看每一片葉子，沒有看到螳螂，也沒有找到神葉。他仍不氣餒，繼續尋找。

　　工夫不負苦心人。這一天，書生激動地跳起來了，因為終於找到了他渴望已久的神葉。神葉後面潛伏着一隻螳螂，眼睛死死地盯着蟬，而蟬卻一點也不知道。螳螂猛然一躍，蟬成為牠的口中食。此時，書生也猛然一躍摘下了那片遮掩螳螂的神葉。不過，神葉太高，摘是摘下了，手一晃掉在了地上。地上樹葉很多，哪一片是神葉呢？他分辨不出來，就將那些樹葉歸攏在一起，全都裹回家中。

回到家裏，妻子仍舊埋頭織布。書生急於分辨神葉，舉起一片樹葉，放在眼前問妻子：「你看得見我嗎？」

妻子瞅他一眼說：「看得見。」

一回頭，機杼上的棉線斷了一根，妻子定睛去接。剛續好頭，聽他又問，嗔怪地說：「看得見，你到底是咋啦！」

書生喜形於色地說：「你別管，你只說能不能看見我。」

他是想突然弄回好多衣服和糧食，給妻子一個驚喜，所以不想讓她過早知道自己的大計。因而，將樹葉一片一片拿起，一次一次問妻子，看得見嗎？看得見嗎？

這聲音一次又一次在妻子耳邊響起，擾得妻子一次又一次抬頭，妻子根本無法正常織布，實在厭煩了，頭都不抬地說：

「看不見了！」

書生一拍大腿，興奮地拿起那片樹葉說：「神葉，可找到你了！」

說完，一溜煙跑出屋子，跑出院子，跑出村子，很快跑到了集市上。

集市上，人們熙來攘往，貨物琳瑯滿目，好東西可真多呀！書生看花了眼，不知道該拿甚麼。忽然想到妻子整天織布，卻捨不得給自己裁件衣服，那身爛衫已穿了好多年了，打定主意先給妻子拿件新衣服。他選定了一件淡紅色的絲衣，上面還繡着白色的牡丹，潔雅極了。於是掏出神葉，遮在眼前，自以為掩實了身體，伸手拿了那件衣服就走。沒走幾步，就被圍上來的人們抓住了。

書生納悶地自說自道：「這神葉怎麼一點也不神呢？」

眾人不管他說甚麼，推推搡搡將書生押進了衙門。縣太爺聽說抓住了賊偷，立即升堂審案。他一拍驚堂木，大聲斥問：

「好個賊偷，光天化日之下竟敢在集市上偷盜，快快從實招來！」

書生跪在地上，慌忙說：「老爺，我不是小偷，是個讀書人。」

縣太爺奇怪地看他一眼說：「你偷東西被當場抓住，怎麼說不是小偷？還好意思說是讀書人，哪個讀書人會去偷東西？」

書生趕緊解釋：「老爺，是這麼回事……」

書生說完來龍去脈，聽得眾人都笑了。縣太爺笑得前仰後合，幾乎岔了氣，搖搖手說，去吧，去吧，把他放了。

❝ 編者的話 ❞

障目盜物又名為一葉障目，《太平御覽》和《笑林》中都有記載。這個故事和掩耳盜鈴異曲同工，都在說明主觀願望要符合客觀實際，脫離實際的奢望只能是自欺欺人。故事在演繹道理的同時，尖銳地諷刺了那些自欺欺人的人。

截竿進城

古時候，魯國有個人種了一片竹子。竹子長高了，採伐了，就要運到集市上去賣。

這天，他採伐下竹子，聽人說城裏好賣，價格還高，就弄了幾根竹竿試着上城去賣。

城裏離他們村有不近的一程路，他舉着竹竿像是舉着旗幟，一路向前走去。哪知越走越重，累得渾身滴汗。歇了好幾次，才把竹竿舉到城邊。就要進城了，他有點興奮，孰料，緊走幾步到了城門口，那城門實在太低了，竹竿怎麼也進不去。豎着進不去，他就把竹竿橫過來，遺憾的是，那城門不夠寬，還是進不去。

這人把竹竿扔在地上，蹲在一邊歇着，看看竹竿，看看城門，一點辦法也想不出來。

他正打算再舉着竹竿回家，迎面過來了一位滿臉皺紋的老人。老人見他愁眉雙鎖，就想幫他，走過來問：

「後生啊，你有甚麼難事需要我幫你嗎？」

這人看了老頭一眼，心想竹竿這麼高，城門這麼矮，你能有甚麼辦法把竹竿弄進城去？就搖搖頭，沒有應聲。老人見後生這樣，以為他遇上了大麻煩，就說：

「你別不好意思說，我老漢雖然不是甚麼聖人，可過的橋比你走的路多，辦法有的是，說吧，你有甚麼難處？」

這人站了起來，又將竹竿舉到城門口，豎着一試，又橫着一試，說：「就這麼個難題，竹竿進不去。」

老人看着他笑了幾聲，說：「哈哈，這算甚麼難題呀！把竹竿鋸成兩截不就進去了！」，

是呀，把竹竿斷成兩截肯定能進去。這人喜出望外，拍着腦袋說：「是啊，這麼好的主意我怎麼就想不出來？豬腦子！」

老人真是個熱心腸，幫他找來鋸子，又幫他把竹竿截斷。這人對老人充滿了感激，舉着竹竿進城了，還念念不忘他的指點。

到了市場上，買竹竿的人還真不少，可是一看，都說太短，連晾衣竿也不能做，就走了。他對來的人解釋，我這竹竿本來不短，是因為你們那破城門太矮、太窄才鋸短的，聽到的人都笑得幾乎把牙掉下來。

66 編者的話 99

截竿進城是《太平廣記》中的一則故事，那個舉着竹竿進城的人可笑，那個自以為見多識廣的老人更可笑。若沒有那位老人的瞎指揮，那人不會鋸斷竹竿，或許再來個人指點一下，就會順利入門進城。老人太自信了，那人太相信他了。看來不學無術固然可怕，不學無術而又好為人師就更可怕了。

宰相分家

　　宋朝有個大臣，生了兩個兒子，臨終前怕他倆爭奪家產鬧糾紛，惹左右鄰居笑話，就立了個遺囑：兩個兒子平分財產。但是，他死後兄弟倆還是為財產爭得不可開交，鬧得沸沸揚揚。

　　平分財產，就是一人一半。按照父親的遺囑，德高望重的族人將家產劃為兩份，兄弟倆各得一份。這應該是比較公正的。問題出在，兩份在族人看似公正的家產，兄弟二人卻覺得不公正。

　　哥哥說：「分得不公，老二那份多。」

　　弟弟說：「分得不公，老大那份多。」

　　兄弟倆爭執不下，族人無法了斷，事情鬧到了府台大人那裏。府台大人親自到了現場，看了兩份財產，分得基本公道，就開始勸導。

　　他對哥哥說：「你是兄長，應該禮讓弟弟。」

　　哥哥不滿地說：「憑甚麼我吃虧？」

　　他對弟弟說：「你是弟弟，應該尊敬兄長。」

　　弟弟不滿地說：「尊敬也不能吃虧！」

　　府台大人碰了一鼻子灰，覺得這是件棘手的事，進宮向皇上稟報了。皇上聽說大臣家裏起了糾紛，覺得影響不好，就指明宰相張齊賢前去分家。

　　張齊賢領旨，並沒去大臣府中，而是將兄弟倆及族人傳到宰相府中。聽他們說分家的情況，他先是緊皺眉頭，有些為難。聽着聽着，眉結舒開了，有了辦法。待他們說完，他笑吟吟地問：

　　「你是兄長，是說弟弟的那份財產多？」

　　哥哥說是，張齊賢讓他寫在紙上，並畫押簽名。又問：

　　「你是弟弟，是說哥哥的那份財產多？」

　　弟弟說是，張齊賢讓他也寫在紙上，並畫押簽名。然後說：

「既然你們都覺得對方財產多，我就讓你們都得多的那份，保準你倆都滿意。好吧，回去哥哥得弟弟那份，弟弟得哥哥那份，不得反悔！」

哥哥看看弟弟，弟弟看看哥哥，兄弟倆看看宰相大人，都想說甚麼，甚麼也沒敢說，回去了。

一場糾紛就這麼平息了。

編者的話

俗話說，清官難斷家務事。這個故事也告訴了我們這個道理，你看兄弟倆為財產爭執不休，族人分不公，府台斷不明，確實是個剪不斷，理還亂的麻煩事。但是，宰相張齊賢快刀斬亂麻，手到病除，憑的是甚麼？是智慧，是動腦筋，是捉住了兩人的心理特徵，因而才會事半功倍。故事見《宋史・張齊賢傳》。

食肉增智

艾子雖然住在齊國的都城，但那是個平民區，他的鄰居，都是齊國的下人俗民。一天，有兩個鄰人湊在一起閒聊。

老屈歎口氣說：「我們成年累月辛勤勞動，常常吃不飽，穿不暖，這是為甚麼？」

老韓接着說：「還不是因為我們的錢物都給那些王公大夫上了貢！」

老屈又歎口氣說：「那些王公大夫憑甚麼不勞而獲？」

老韓接着答：「這還不清楚呀！人家比我們聰明呀！」

老韓以為這麼一答老屈便不再問了，哪料老屈又問：「那他們為甚麼比我們聰明？」

這個問題差點讓老韓無言對答，所幸老韓頭腦一轉又有了說法：「那是因為人家天天吃肉，我們吃粗糧呀！」

老韓剛說到這裏，老屈「嚓」的一解扣子，露出腰裏纏的錢說：「那我們也吃些肉試試看。」

說着，分些錢給老韓，讓他買肉吃，其餘的留給自己。自此往後，兩人日子過得都不賴，至少頓頓碗裏有肉。

過了數日，兩位鄰人又湊在了一起。老韓一見老屈就興奮地說：

「咳呀夥計，真沒想到這吃不吃肉就是大不一樣，我這腦瓜也聰明多了！」

老屈激動地說：「是呀，這幾天，我每時都有新的感受，那些公卿大夫又能聰明到哪裏去呢！」

老韓馬上接茬說：「對，對，我也有發現。先前我就弄不懂人的腳為甚麼朝前長，現在覺得這問題太簡單了，不就是怕後面的人踩住嘛，嘻嘻！」

「不錯，不錯，大有長進！」老屈不甘落後，說，「夥計，我的發現是人的鼻孔為甚麼都朝下。」

「為甚麼？」老韓急切追問。

「不就是怕天陰下雨，落進水去嘛！」老屈得意地說。

「這可是重大發現呀！」老韓驚喜地說。

哈哈哈，二人越說越高興，都覺得吃了些肉便聰明多了，開心地大笑。

艾子聞知了鄰居這事，感歎說：「那些天天吃肉的公卿大夫，他們的頭腦就是這樣！」

❝ 編者的話 ❞

食肉增智是《艾子雜說》中的一則故事。故事中的二位俗人，自以為吃了幾天肉聰明了好多，但那所謂的聰明事是令人發笑的傻事。讀到此，以為故事諷刺的是平民，讀完了才知道艾子是藉平民的傻事諷刺那些高高在上無所作為的公卿大夫。

蔡京誇孫

　　蔡京是北宋時期的大臣。他手握重權，不謀國事，只為自己撈取私利，是個眾人唾罵的大奸臣。

　　說奸臣，是眾人背地裏的指罵，當着人家的面有人拍馬屁還爭不上呢！走進蔡京家門的人，都說人家公正、廉明，是國家的支柱、棟樑。不僅誇蔡京，到了人家府中見甚麼誇甚麼，連貓和狗也比別家的乖巧。

　　這一天，蔡府來了兩個馬屁精，一陣猛拍，拍得蔡大老爺渾身暈乎，暈乎得頭腦大了好多。

　　就在這個時候，蔡京的兩個孫子打打鬧鬧跑進了客廳。蔡京一見，笑得鬍子都能顛到頭頂上去當頭髮。一位大臣趁勢就拍：

　　「大人的賢孫跑有龍姿，日後定能執掌朝政！」

　　大臣話音未落，兩人爭搶座位，一人一把椅子坐上了。另一位忙拍：

　　「不光跑有龍姿，坐還有虎威，來日定會虎踞天下！」

　　二位這麼一拍，蔡大老爺也不知道孫子的半斤八兩了。湊巧此時僕人進來問蔡京午飯吃甚麼主食，他說大米。說完了，他興猶未盡，問兩位孫子：

　　「哈，哈，爺爺今日考考你們。你們說，大米是從哪裏來的？」

　　一個孫子見過下人在臼中搗米，搶着說：「爺爺，大米是石臼中搗出來的。」

　　另一個孫子馬上反駁說：「不對，爺爺，大米是從草蓆中倒出來的！」原來，那時候搬運大米，裝的是草蓆織成的袋子，這孩子見過。

兩個孫子爭吵起來，互不相讓，弄得蔡京臉色青一陣，黃一陣十分難看。二位大臣故裝驚訝，趁機又拍：

「了不起，您這孫子這麼小就能各執己見，不隨聲附和，有主見，定能成大器！」

66 **編者的話** 99

《獨醒雜志》中的這則故事，以兩個孫子的無知嘲弄重權在握的蔡京，卻讓我讀後大吃一驚。蔡京的孫子四體不勤，五穀不分，那好理解，因為他們是奸臣之後。而當今我們的好多孩子，比那兩個孩子有過之無不及。這裏的原因就值得我們每一個人反思了！

薑從樹生

　　楚國有個人從來沒有見過種植生薑。這一天，他騎頭毛驢去趕集，集上有個賣生薑的。平日炒菜加薑，只是一點點，今日見到整筐的生薑，形態各異，但模樣卻大致相同。他由此想到了外皮皺了的核桃，斷定生薑也是樹上結的果實。

　　楚人對賣薑的說：「這東西肯定是樹上結的。」

　　賣薑的和顏悅色對他說：「不是，生薑是土裏長的。」

　　楚人頭搖得如同撥浪鼓，大聲說：「不可能，不可能！你看這皮的顏色和紋路，有點和核桃相同，既然核桃是樹上結的，生薑怎麼會是土裏長的？」

　　那人耐心給他解釋：「生薑就是土裏長的，我們村好多人家就種生薑。」

　　楚人不耐煩了，說：「你胡說，還想糊弄我，沒門！」

　　那人受此嗆白，也冒了火：「我糊弄你幹甚麼？我吃多了？」

　　楚人一口咬定：「你就是糊弄我，生薑要不是樹上結的，你把我的頭割了！」

　　二人為此爭吵不休，觀看的人圍住了他倆。賣生薑的說：「我割你的頭幹甚麼？我不想犯法！你若不信，我們問十個人，若他們都說是土裏長的，你把這頭毛驢輸給我。」

　　楚人嘟囔說：「頭都敢賭哩，誰還在乎這頭驢！」

　　圍觀的人也都助興，喊叫：「一言為定，不准反悔。」

　　楚人問第一個人：「生薑是樹上結的吧？」

　　第一個人答：「不是，是土裏長的。」

　　楚人問第二個人：「生薑是樹上結的吧？」

　　第二個人回答：「不是，生薑是土裏長的。」

一連問了十個人，沒有一個人說生薑是樹上結的。賣生薑的人問他：

「怎麼樣，輸了吧？」

說着，從楚人手裏接過韁繩，牽走毛驢，拴在樹上。突然，楚人蹦跳着喊道：

「毛驢給你可以，但是生薑還是樹上結的！」

眾人笑着一哄而散。

❝編者的話❞

姜從樹生的題材取自《雪濤小說》。讀這則故事時我想到一個詞語：固執己見。這個楚人簡直是固執己見的典型了。一個人由於地域和閱歷的局限，不可能甚麼都懂。不懂不為羞恥，可以不斷充實學習，可怕的是像故事中的楚人那樣閉目塞聽，一意以為自己正確，聽不進別人的意見。

盲人識日

從前有個盲人，生下來就雙目失明，沒有見過大地，沒有見過藍天，也沒有見過頭頂那輪亮燦燦的太陽。可是，生活在這個世界上，日出日落，夜去晝來，他每天都能享受到太陽的光熱。他知道太陽對於這個世界太重要了，就想知道太陽是甚麼模樣。

盲人問家人：「太陽是甚麼樣子呢？」

家人告訴他，太陽是圓的。他問：「圓的是個甚麼樣？」

家人說不明白，順手拿起一個銅臉盆遞給他，說：「你摸摸吧，圓的就是這麼個樣子。」

盲人拿在手中摸了又摸，摸到了圓，總覺得模模糊糊。忽然，他靈機一動，用手敲擊了一下銅盆，說：「總算是記住了，這就是太陽。」

隔了幾日，盲人去趕廟會。殿裏祭祀的人很多，有人上了香，磕了頭，敲鐘祈福。鐘聲噹噹響起來，盲人聽到了對旁邊的人說：

「啊，太陽出來了。」

上香的人見他弄錯了，就誠懇地告訴他：「那是敲鐘，不是太陽。」

盲人不解地問：「太陽不就是圓的嗎？」

上香的人說：「是圓的，不過太陽還放光芒呀！」

盲人更加不懂了，又問：「那光芒是甚麼樣呢？」

上香的人說光芒是長的，順便將手中的蠟燭遞給他說：「就是這個樣子！」

盲人將蠟燭摸了又摸，默默將太陽的光芒刻進心裏。

從廟殿出來，廟場上有個吹竹簫的，曲聲悠揚，婉轉悅耳，盲人聽得迷住了。聽完一曲，他對吹奏的人說：「讓我摸摸你那好聽的東西！」

那人將竹簫遞給他，盲人握在手中，笑嘻嘻地說：

「怪不得這麼好聽，原來是太陽在唱歌呀！」

66 編者的話 99

盲人識日是《東坡集·日喻》中的一則故事。故事中的盲人是個勤學好問的人，然而他始終沒有弄清太陽是甚麼樣子。原因在於，他無法看到太陽，無法見到全局，從別人那裏得來的東西都是局部的、片面的，由此再生發的比喻就更為片面了。盲人這麼看太陽，是因為有生理的局限，情有可原，只是常人千萬不要讓自己的行為變成盲人。

破籠放鳥

　　先前有位姓段的商人，靠做生意賺了不少錢，成為遠近聞名的富翁，人們稱他段富。

　　段富這人說起來算個儒商，年少時讀過四書五經，後來雖然經了商，但時常還翻看些子曰詩云的書籍。經商致富後乾脆將生意託人打理，自己修身養性，閒讀詩書。書讀多了，心思活絡了，興趣廣泛了，既愛山水田園，又愛花鳥草蟲。因而，就擴大家宅，在祖屋後面建了一座怡情園。園裏峯迴路轉，曲徑通幽，青流環繞，鳥鳴枝頭。

　　這一日，風和日麗，春光明媚，段富走出書房，閒步園中。時而穿洞而過，時而踏石涉水，時而俯視清流，時而隨手挽竹，愜意極了。就在這時一聲脆亮的鳥叫聲響進了他的耳朵，循聲望去，是一隻虎皮鸚鵡在竹梢上鳴唱。翠綠的竹葉上落着隻泛紅亮黃的生靈，這就夠吸引人了，再加上那動聽的聲音，段富哪裏還邁得動腳步呢！

　　鸚鵡見段富欣賞，唱得更清脆，邊唱邊舞，從梢頭跳到葉尖，又從葉尖跳到梢頭，活像宮廷中一位善於取悅國王的精明藝人。段富看呆了，吩咐下人悄悄動手，將鸚鵡逮住關進籠中。這麼貴相的鸚鵡，段富當然不讓牠委屈在一般籠裏。他買來珍貴的紫竹，請了最好的匠師，雕刻成精巧的竹籠，將鸚鵡供養，掛在書房。

　　從此，鸚鵡在紫竹籠中蹦跳唱歌，段富在紫竹籠邊捧讀詩書。

　　段富讀書有個習慣，讀到佳處不自覺發出聲來。說來這鸚鵡也真神了，居然能繪聲繪色模仿出來。段富對這生靈寵愛有加，走到哪裏，就將牠帶到哪裏，還教牠誦讀隴客詩詞及《梵本心經》。鸚鵡居然可以熟讀成誦，倒背如流。不用說，這生靈很快就遠近有了名聲。

　　然而就在此時，段富遭人陷害，銀鐺入獄，離開了故園，不得不割捨下與鸚鵡的情緣。

　　虧得家人想辦法，不惜金錢，上下打點，段富在鐵窗中才沒受多大苦。獨人一室，室有丈餘，白晝能在其中來回走動，夜間可以躺下睡覺。一般囚犯可就苦了，十幾人一室，或站或坐，只能有插腳坐下的空隙，白晝不能挪步，夜晚不能躺倒，因而人們說是坐牢。就這段富在獄中也苦不堪言，白天見不到日光，晚上看不到月亮，說話沒人應，背書沒人聽，更不能閒步庭院，靜坐讀書，他這時才明白了甚麼叫度日如年。

　　幾個月熬下來，段富已經鬢添白髮，枯瘦如柴了。

　　熬過半年，官司有了着落，段富沒罪獲得釋放。走出牢門，又一次看到鮮亮的陽光，段富難以抑制心中的興奮，隨着家人急步奔回故裏，看着家中的一磚一瓦都感到無比親切。

　　見過家人，便來看他心愛的鸚鵡。在獄中他朝思暮想着這生靈，有人探望，就關照給牠勤添食，多洗浴，一定要調養好。看到鸚鵡，他還沒開口，這生靈就說：

　　「您好！」

　　一句您好，問得段富雙目淚傾，半年來的牢獄之災頓時湧上心頭，他不知該從何處向這位知音訴說，怔了一霎，迸出一句：

　　「好？好甚麼？不自由，不如死！」

　　鸚鵡聽了，瞪圓雙眼盯着段富，不叫一聲，看樣子像是有點惱火。

　　「你是怎麼了？」段富問牠。

　　鸚鵡流着淚說：「你才被關了半年，就不堪忍受了，我被關了幾年，難道不痛苦，無怨恨？」

　　聲音不大，段富聽了卻如同錐尖刺心，他頓時大悟，打開籠子，放了鸚鵡。

　　鸚鵡飛出竹籠，飛進花園，又飛回段富跟前的枝頭上，放開喉嚨唱開了。

❝編者的話❞

　　《樂善錄》中記載的這則故事，讓我想到個成語：設身處地。公道說，段富不是個壞人，心地還善良，尤其能善待心愛的鸚鵡。可惜，就是這種善待讓鸚鵡蒙受了牢籠之苦。若不是自己身陷牢獄，怎麼也不會體會到不自由的痛苦，怎麼也不會慨然破籠放鳥。段富的經歷不一定每個人都會碰上，但每一個人都應該一心向善，遇事最好設身處地替別人想一想。

按圖索驥

　　自從相馬出名以後，伯樂家裏門庭若市，來人能把門檻都踏破了。相馬當然不能白相，或多或少都是要給報酬的。伯樂家裏很快富裕起來，置了田地，僱人耕種，打了不少糧食。蓋了新房，四合院在附近村鎮都是數一數二的。

　　家境的變化連伯樂也沒有想到。起初相馬只是出於愛好，喜歡觀察馬，識別馬，久而久之積累了許多經驗。真沒有想到這些經驗會成為一門手藝，能養家餬口，還能發家致富。伯樂有個兒子，他就想將相馬的手藝傳給兒子，子承父業，繼續光宗耀祖。

　　兒子卻對相馬沒有一點興趣，何況相馬是個苦累活，經常要走很遠很遠的路，風吹日曬是經常的，跋山涉水是難免的，時常還會遭受暴風雨的襲擊。伯樂好說歹說，拉着兒子跑了一程，還沒趕到相馬的地方，兒子就嚷叫腰痠背疼，打退堂鼓返回去了。伯樂不免有些失望，只好獨自一人應酬繁忙的事務。

　　起先前來找伯樂的人只是請他相馬，後來又多了一種人，是在伯樂這兒討相馬經驗的。逢到取經的人來，伯樂少不了要口若懸河，滔滔不絕大講一通。開始，他講得津津有味。講多了，便有些厭煩了。有一天，他心窗忽開，為甚麼不把這些經驗寫下來呢？著書立說，別人能讀，兒子也能讀，何樂而不為呢！

　　從這天起，伯樂閉門謝客，一門心思寫他的相馬經驗。

　　春天來了又去了，伯樂坐在窗前，伏案走筆。

　　秋天去了又來了。伯樂坐在窗前，伏案走筆。

　　整整兩年，伯樂費心勞神熬夜，將一生心血寫進《相馬經》。

　　兒子聽說父親寫書，早早就說，看了也要當個相馬師。伯樂當然高興，或許兒子能回心轉意，那這本書的用處可大了。

這一天，伯樂終於寫完了。他直起腰，呼喚兒子，要他來讀。兒子見了這書，一口氣讀了下去，邊讀邊說：

「老爹，您寫得太好了，太細了，照着書上的千里馬模樣去找，何愁找不到好馬！」

伯樂聽見兒子誇獎自己，心裏有點暈昏，但還是告誡他說：「光看書不行，還要到實踐中去鍛煉自己。」

兒子不以為然地說：「老爹幾乎把千里馬畫出來了，照着模樣找肯定能行。」

伯樂沒有應答，只是搖了搖頭。兒子很不高興，他說：「我去給你找一匹千里馬讓你看看。」

說着，一溜煙出了家門。一出村，兒子就有些後悔了。火紅的太陽炙烤着大地，曬得身上熱辣辣的。沒走多遠，頭上冒汗，身上流汗，連腳上也走得滑膩膩的。兒子不走了，看見路邊有棵柳樹，趕緊鑽到樹下乘涼。坐在樹陰裏，涼風習習，不多時汗落了，他回味父親書中的句子：

雙額隆起，眼睛像銅錢那麼圓亮，四蹄如堆疊的酒麴餅……

剛讀到這裏，腳邊的草叢微微一動，又一動，透過縫隙，他看到了一隻從沒見過的動物。這是甚麼動物？他伸長脖子，將目光對準草縫一瞅，興奮得幾乎能跳起來，這不是千里馬嗎？你看牠，前額高隆，兩眼突出……他顧不上再看四蹄了，唯恐驚動了牠，溜掉了，匆忙伸出手去，雙手一捂，逮了個正着。

握在手中，再看四蹄，多少有點泄氣，因為那蹄子沒有一隻像是酒麴餅。不過只一閃念，兒子又有了主見，千里馬哪能千馬一面呢？說不定這是一隻特別的千里馬。想到這，他興奮極了，撒開腿很快跑進村子，蹦進院裏。

一進門，衝着父親就喊：「我找到千里馬啦，快來看！」

伯樂聽見兒子叫，真有些納悶，這麼容易就能找到千里馬，那誰還請我相馬呢！出門來，一眼瞅見兒子手中的癩蛤蟆，氣得真想痛打他一頓。可是，兒子畢竟長大了，拳腳相加有點不宜了，伯樂哭笑不得地說：

「你真找了匹好馬，牠要跳起來，你可駕馭不了啊！」

❝ 編者的話 ❞

不用說，這則記載於《藝林伐山》中的故事有點誇張，兒子再無能也不至於將癩蛤蟆當成千里馬。不過，正是這種誇張提高了故事的戲劇效果，增強了故事的說服力。讀書是獲得知識的一條途徑，但只讀死書，不去實踐，就得不到真本領，還會鬧出笑話。

分雁

　　古時候，有兩名很好的射箭能手，一個姓張，一個姓王。張射手和王射手兩人都能百步穿楊，百發百中，所以，村子裏的人們都很尊重他們。路上相逢先問好，對面而來先讓路，若是一塊合作幹點甚麼，待分東西時總是先讓大夥敬重的人隨意挑，隨便拿。

　　眾人的尊重寵壞了這兩位能手，他們以為自己技藝出眾就應該高人一頭，變得趾高氣揚，非常蠻橫。到處指手畫腳，稍不如意就破口大罵，甚至動手打人。

　　這樣一來，人們漸漸疏遠了他們，見了他們的身影遠遠就躲開了。

　　獨自一人行走打獵，未免有些孤單。張射手這麼熬着，王射手也這麼熬着。

　　說來也巧，這一天去打獵的路上張射手和王射手相遇了。兩人一見如故，親切地拉起話來。說到過去，哪個臉上也放着榮光；談到眼下，哪個臉上也露出沮喪。說着，說着，兩雙大手握在了一起。

　　張射手說：「他們不和我們合作，我們好好合作。」

　　王射手說：「對，我們好好合作，讓他們眼紅去吧！」

　　兩人說着笑着，幾乎沒有覺得多累，就走到了很遠的河灘。時值初秋，天高雲淡，一條大河從腳下流向遙遠的天邊，大地更為寬廣了。

　　張射手愉快地說：「還是有個伴好！」

　　王射手愉快地說：「是呀，有個伴說說話，沒覺得路遠！」

　　兩人談得喜悅無比，忽然聽見一陣雁鳴，抬頭一望，藍天上飛來一羣大雁。

　　張射手手搭涼棚一瞅說：「這羣雁真肥呀！」

　　王射手高仰額頭一瞅說：「是的，這羣雁很肥。」

張射手邊挽弓邊說：「射下來我煮着吃，肯定好吃！」

王射手邊搭箭邊說：「射下來我烤着吃，肯定好吃！」

張射手停住手問王射手：「你說怎麼吃？」

王射手抽下箭回答張射手：「烤着吃呀！」

張射手瞪王射手一眼，說：「烤着怎麼會好吃？煮着才好吃呢！」

王射手斜張射手一眼，說：「煮着怎麼能好吃？烤着才好吃呢！」

「煮着好吃！」

「烤着好吃！」

張射手和王射手在空曠的河灘上大吵大鬧，幾乎要動手打架了。

張射手指着王射手的鼻子挖苦：「怪不得沒人和你合作！」

王射手指着張射手的額頭還擊：「怪不得沒人和你搭夥！」

這麼互相一指責，兩人突然醒悟了，退後幾步不吵了。

張射手按住火氣說：「這麼吧老王，射下雁來分一半給你烤着吃！」

王射手平定火氣說：「好吧老張，另一半你就煮着吃吧！」

二人達成了協議，連忙挽弓射雁，可是，那羣大雁早飛遠了，只見天邊閃動着幾個光點。

66 編者的話 99

分雁這則故事載在《應諧錄》中。這是個令人發笑的故事，笑過了還引人思考。首先，人形成了甚麼習慣，改變也難，兩位射手明白寂寞的原因，是不會和他人和諧相處；其次，打獵和分配是有先後之分的，沒有獵物，何談分配？二人卻在沒獵到雁時就紛爭不休，結果錯過了射獵的大好時機。機不可失，時不再來，對吧？

度心裁衣

明朝嘉靖年間，京城中出了一位名氣很大的裁縫。裁縫是做衣服的人，民間都這麼稱呼。

京城裏做衣服的人很多，哪條街上也有三兩個裁縫鋪子。可是，哪家也沒有這家的生意紅火。起先，是市民在那裏做衣服的多。後來，是官家在那裏做衣服的多。再往後，所有的官服全部由那家做了。不用說，這家鋪面一再擴大，大得快要將別家都擠垮了。

離這家鋪面不遠，有個老裁縫。老裁縫出身於裁縫世家，祖祖輩輩就吃裁縫這碗飯。裁縫行當裏的技巧奧妙積攢得比家裏的財寶還多。老裁縫剛會抓東西，就搭尺子，握剪子，幾十年下來，早把祖先那些好點子滿滿裝了一肚子。過去，他的裁縫活在京城是頭一份呀！

令老裁縫大失臉面的還不只是守不住先人的祖業，只因那個紅紫了的裁縫是他手把手帶出來的徒弟呀！如今，徒弟玩大了，弄得師傅實在難掩汗顏。師傅就是師傅，眼見生意減少，本應去討教討教，可就是放不下那撐了多少年的架子。一咬牙，想出個主意：減價。

減價的招牌一出，鋪子裏的活多了。老裁縫心想，還是實惠價廉能招徠顧客。可是，過了個把月，鋪子裏的景況又如同先前了。

老裁縫再一咬牙，價格又跌了一截。這次更慘，顧客根本就沒有多起來。莫非那個小徒弟把價格壓得更低？悄悄着人打探，人家根本就沒降價，還是原先的價錢。老裁縫被弄糊塗了，難道這世人都變痴了？

老裁縫的鋪裏一天也來不了一個做衣服的，家中那麼多人要吃喝，可怎辦？事到如今，老裁縫顧不上臉面，親自跑到徒弟鋪裏取經。

徒弟見師傅進店，趕緊迎了上去。師傅猶豫着要討教甚麼，話沒出就被徒弟敬到客廳。寒暄幾句，酒菜已擺了上來。徒弟連連舉杯相敬：

「若不是師傅苦心教授，小徒哪敢在京城落腳縫衣！」

老裁縫紅着臉說：「你小子出息了，快把京城的裁縫活全吞完了。」

說到這裏，他準備討教徒弟的訣竅，可一猶豫，話隨着酒菜嚥下肚子裏去了。

這時候，有人進來說宮中御史大人製官服。徒弟說要陪師傅，打發小徒弟前去量尺寸。臨走時他囑咐：「務必問明大人的年齡和官齡。」

老剪縫聽了心頭一格登，忙問徒弟：「你問大人的年齡和官齡做甚麼？」

徒弟又敬師傅一杯，坦誠地說：「師傅，弟子有這麼點感受不知對不對？年輕人初任職，心高意大，走路常挺着胸脯，裁衣要後短前長；居官時間長了，心平氣和，走路四平八穩，裁衣要前後相當；居官到了晚期，心力不足，走路低頭彎腰，裁衣要前短後長。弟子這點淺見讓師傅見笑了。」

「啊呀！你真聰明過人，比老朽強多了！」師傅禁不住誇獎弟子，「我只教你量體裁衣，沒想到你是度心裁衣了！」

66 編者的話 99

少年時我就聽到過一句話：有同行沒同利。為甚麼同行不同利？讀了《寄園寄所寄》中的這則故事我算是徹底明白了，所以不同利，是因為經營手法不同。師傅教給的是量體裁衣，徒弟又悟出了度心裁衣，可以說是青出於藍而勝於藍。這正是，世上無難事，只怕有心人。故事中的徒弟真是個難得的有心人。

鐵杵磨針

　　唐朝有個大詩人，名叫李白。李白小時候是個聰明伶俐的孩子。

　　聰明伶俐的孩子有個優點，腦子轉得快，學東西一看就會。

　　聰明伶俐的孩子也有個缺點，沒有耐心，好動貪玩。

　　李白也是這個樣子。

　　這一天到了私塾，先生又教「不識不知，順帝之則」。李白聽在耳中，記在心中，早就熟讀成誦了。可先生還在教，還在搖頭晃腦地讀，還要他們也搖頭晃腦地讀。搖了幾下頭，晃了幾次腦，李白打起了瞌睡。

　　就在這時，先生的戒尺敲在了課桌上，李白一驚，醒了。提起精神撐着，熬着，上課和坐監獄沒有兩樣。

　　李白熬不住了，趁先生不注意，往下一鑽，溜出了書房。他撒腿就跑，跑出了村莊，跑到了野外。

　　田野裏真美啊！

　　天是藍的，藍得閃亮，亮閃閃的藍天上飄着白雲。李白想，我要是一朵白雲該多好呀！

　　樹是綠的，綠得泛光，光燦燦的綠樹上鳴唱着小鳥。李白想，我要是一隻小鳥該多好呀！

　　水是清的，清得晶瑩，瑩亮亮的清流中游動着河魚。李白想，我要是一條河魚該多好呀！

　　李白沿小河跑去，跑得自由自在，像白雲，像小鳥，又像河魚。

　　遠遠看見河邊蹲着一位老奶奶，好一會兒了她仍然沒有離開。她在幹甚麼？李白跑上前去，只見老奶奶手中拿着一根鐵杵，呼哧！呼哧！在河邊的石頭上磨着。磨一磨，在河中蘸點水，又磨。

　　「奶奶，這是磨甚麼呢？」李白稀奇地問。

老奶奶看他一眼說：「磨根繡花針。」

李白呆住了，老奶奶手中的鐵棒，那麼粗，那麼長，磨了半天不見細，不見短，到哪一年才能磨成繡花針？他有些懷疑地問：

「老奶奶，不是磨繡花針吧？」

老奶奶衝他一笑，肯定地說：「孩子，是磨繡花針。」

李白急切地問：「那要磨到甚麼時候呀！」

老奶奶不慌不忙地答：「只要工夫深，總能磨成針，就怕停手不幹呀！」

李白離開河邊走遠了，老奶奶的話仍然響在耳邊，只要工夫深，總能磨成針，這要有多大耐心呀！回頭再看，老奶奶還蹲在河邊磨着，那麼認真，那麼專注。看一看，想一想，他不在野外轉悠了，撒腿往村裏跑去，一口氣跑進了書房。

從此，李白專心學習詩文，終於成為名垂千秋的大詩人。

66 編者的話 99

這則流傳很廣的寓言故事，古籍中早有記載，載於《潛確類書》中。這個故事中的道理很淺顯，已從老奶奶口中交代清楚了，李白由此受到啟發，刻苦學習，並成為有名的大詩人。故事發生的時代早已遠去了，但是，那「只要工夫深，鐵杵磨成針」的格言，仍然激勵着後人專心學習，奮發努力。

　　時光好快，先生打來電話約我撰寫《中國寓言》是在初夏，而今，當我擱筆校改書稿的時候，中秋節的一輪明月已經高掛長空了。在這萬家合歡的節日，我直起腰，離開案几，舒展着困倦的身肢。

　　這些日子可真夠辛忙的了。

　　自接電話起，我絲毫不敢鬆懈。首先將中國寓言進行了一次統覽梳理，並初步篩選了要寫的篇目；繼而，通讀原著加深對寓言故事的全面理解，同時基本確定入選的內容；接下來便是伏案勞作，涉筆成文了。可以看出我將不少的精力放在對寓言的再學習、再理解上了，自然也就再次用這傳統國粹昇華了自己。

　　平心而論，要重新撰寫《中國寓言》，我是有一定思想壓力的。我知道寓言是中國傳統文化的瑰寶，如果將傳統文化比做一條龍，那麼，這些珍珠般閃亮的寓言故事就是龍的眼睛。要我重新建構寓言，豈不是要着意刻畫這點睛之筆？因而，我必須投入全部身心來做，即使用盡力氣，恐怕仍然難以盡如人意，哪裏敢有一絲一毫地懈怠！

　　今天，我終於畫上了最後一個句號。如果說我尚有一絲欣慰的話，那是因為我用細節鮮活和豐滿了古老的寓言，使之更有可信度，更有文學味，更有可讀性。就說大家都熟悉的杞人憂天吧，原作開篇即寫杞人憂慮天會塌下來，那麼，為甚麼別人不憂慮，杞人要憂慮呢？顯然原來的文章無法說清其中的原因。這次重構，我將

這位杞人從孩童寫起，讓他的心靈世界充滿了新奇和疑問，即使長大了也喜歡睹物深思。他聽說了盤古開天地的故事，便去尋找這位令他敬重的先祖，四處找不見時，他便以為這位巨人不再支撐天地，那天豈不是快要塌下來了？於是，便憂心忡忡，飯也吃不下，覺也睡不著了。不知這樣聯想是否合理？我卻想用這聯想使原作更為合理。

再說丟斧疑鄰吧，原作很是籠統，自己丟了斧子，懷疑是鄰居的兒子偷了，因而看人家走路、臉色及說話都像是偷斧子的人。該文作為《列子・說符》中的一個事例，簡練地說明了世理，恰到好處。然而，抽拔出來作為一個完整的故事，這樣粗略敘述就有點難以自圓其說了。我在撰寫時將之放到了打柴和放牛的活動背景中去。讓丟斧子的人打柴，讓懷疑對象放牛，並讓他們相遇後一起游泳。分別時牛生為柴生扶柴捆，這就為柴生懷疑牛生留下了一定餘地。我想以此使寓言自圓其說，不知是否能圓了這個夢？

刻下，《中國寓言》就要印刷面世了。這本書我付出了很大心力，但仍然會有不足之處，我誠懇希望讀者看後批評指正，以期再版時修正提高。

2006 年中秋於塵泥村

責任編輯　謝燿壎
封面設計　鄧佩儀
版式設計　龐雅美
排　　版　時　潔
印　　務　劉漢舉

中國經典系列叢書

喬忠延／編著

出版 ／ 中華教育

香港北角英皇道499號北角工業大廈1樓B室

電話：（852）2137 2338　　傳真：（852）2713 8202

電子郵件：info@chunghwabook.com.hk

網址：https://www.chunghwabook.com.hk

發行 ／ 香港聯合書刊物流有限公司

香港新界荃灣德士古道220-248號荃灣工業中心16樓

電話：（852）2150 2100　　傳真：（852）2407 3062

電子郵件：info@suplogistics.com.hk

印刷 ／ 美雅印刷製本有限公司

香港觀塘榮業街6號海濱工業大廈4樓A室

版次 ／ 2022年10月第1版第1次印刷
©2022 中華教育

規格 ／ 16開（240mm x 170mm）
ISBN ／ 978-988-8808-75-5